CACHE-TOI SI TU PEUX !

Paru dans Le Livre de Poche :

NUL NE SAURA

NULLE PART OÙ ALLER

PUIS-JE VOUS DIRE UN SECRET ?

SI PRÈS DE VOUS

VOUS NE DEVINEREZ JAMAIS !

VOUS PROMETTEZ DE NE RIEN DIRE

MARY JANE CLARK

Cache-toi si tu peux !

TRADUIT DE L'ANGLAIS (ÉTATS-UNIS) PAR JOSEPH ANTOINE

L'ARCHIPEL

Titre original :

HIDE YOURSELF AWAY
Publié par Saint Martin's Press, New York, 2004.

ISBN : 978-2-253-12078-0 – 1re publication LGF

À Élizabeth et David, comme toujours.
Et à tous ceux qui sont atteints du syndrome de l'X fragile,
la cause la plus commune du retard mental.
Je prie pour eux et souhaite du fond du cœur
qu'un traitement soit bientôt trouvé.

Prologue

Il aurait aimé allumer une lampe, mais c'était impossible. Et elle en fut heureuse. Toute lumière provenant de la cabane de jeu risquait d'attirer l'attention d'un domestique. Il aurait également aimé écouter un peu de musique. Il avait même apporté son radiocassette. Mais elle insista pour qu'ils évitent de faire le moindre bruit. Mieux valait qu'aucun son ne s'échappe dans cette nuit paisible. Ils devraient se contenter du silence et du lent va-et-vient régulier de leurs corps.

Elle s'étendit sur le lit en fer forgé en songeant aux enfants qui avaient fait la sieste ici même. Elle se crispait chaque fois que lui parvenait le cri d'un grillon ou le triste gémissement d'une mouflette dans le champ voisin. Elle se demanda si des bêtes rôdaient dans le souterrain désaffecté qui passait sous la cabane. Pourvu que non ! Ce tunnel était leur seule issue en cas de fuite précipitée.

Elle avait quelque peine à s'abandonner aux caresses de son amant. Lui, au contraire, était parfaitement à l'aise. Alors qu'il était au comble de l'excitation, une voix retentit au-dehors.

— Zut ! laissa-t-elle échapper en le repoussant. C'est Charlotte…

Ils rassemblèrent leurs vêtements à la hâte, sans y voir grand-chose tant il faisait noir. Il se saisit de son radiocassette. Déjà sa compagne soulevait la trappe du plancher. Ils s'enfoncèrent dans l'obscurité et rabattirent la trappe sur eux. À l'instant même où elle se refermait, ils entendirent s'ouvrir la porte de la cabane.

Leurs pieds nus foulèrent le sol froid, rude et poussiéreux du souterrain.

— Qu'est-ce que tu fais ? murmura-t-il. Viens donc.

— Je me rhabille !

Dieu sait quelles bestioles traînaient dans ce tunnel. Elle préférait ne pas être dévêtue pour se frayer un chemin dans un endroit pareil.

Ils enfilèrent leurs vêtements à tâtons. D'en haut leur parvenaient des voix étouffées.

— Qui est avec Charlotte ? demanda-t-il.

— Comment veux-tu que je le sache ?

Bras tendus, ils progressèrent lentement vers l'autre extrémité du tunnel. Leurs doigts frôlaient les murs. Elle étouffa un cri : quelque chose venait de lui glisser entre les jambes. Un raton laveur ? Un rat ? Voilà ce qui arrivait quand on avait péché : Dieu vous punissait.

Ils virent enfin l'ouverture de la galerie et l'eau de la baie de Narragansett scintiller dans la nuit. Ils accélérèrent le pas. La lune répandait une clarté rare, précieuse. Ils allaient toucher au but quand il s'arrêta soudain.

— Mince…

— Quoi ?

— Mon portefeuille. Il a dû glisser de ma poche là-haut…

— Seigneur !

Il lui prit la main.

— Ne t'en fais pas. Continuons. Peut-être qu'ils ne le trouveront pas.

— Je vais le chercher, dit-elle, résolue.

— Demain. Tu iras le chercher demain.

Il la pressait de continuer plutôt vers la sortie.

Elle aurait bien voulu. Mais elle savait qu'elle n'arriverait pas à dormir de toute la nuit : ce portefeuille oublié risquait de les trahir.

— Continue, dit-elle. Rentre à la maison.

— Je remonte avec toi.

— Non ! Tu ne peux pas rester dans l'enceinte de la propriété. Personne ne doit savoir que tu étais là. File. File tout de suite.

— D'accord. Mais on se revoit demain, alors.

Anxieuse, elle le regarda courir vers le rivage. Quand il eut disparu dans les ténèbres, elle rassembla son courage et fit demi-tour pour remonter le tunnel dans l'autre sens. Elle avança avec prudence, en longeant le mur. Sous ses mains, les vieilles briques formaient une surface rugueuse, inégale, sale et froide. Les esclaves, jadis, avaient emprunté ces galeries dans leur fuite. Ces malheureux avaient-ils seulement une lanterne pour s'éclairer ? Non. Sans doute étaient-ils obligés d'avancer à l'aveuglette. Ils ignoraient de plus ce qui les attendait au bout du chemin. Pourtant, ils étaient prêts à risquer le tout pour le tout – ils connaissaient trop bien les horreurs qu'ils laissaient derrière eux.

Parvenue non loin de l'échelle menant à la cabane de jeu, des morceaux de terre se détachèrent de la paroi. Son pouls s'accéléra. Et si le tunnel s'effondrait, la retenant prisonnière ? Qui aurait jamais l'idée de venir la chercher ici ?

Si elle se tirait d'affaire, elle jurait de ne plus jamais le revoir. Et tant pis pour lui s'il en mourait d'envie ! C'était la dernière fois : croix de bois, croix de fer.

Elle renifla doucement et poursuivit sa route.

Elle trébucha sur quelque chose. Elle tomba à genoux. Son souffle s'accéléra. Elle se mit même à haleter, épouvantée. Son cœur cognait contre ses côtes. Elle toucha à tâtons la forme qu'elle avait heurtée.

Un corps humain. Recouvert de tissu. Chaud. Sans vie…

Elle avait déjà éprouvé cette sensation, mais rarement, et seulement en rêve. L'envie de fuir la saisit comme une douleur. Elle eut besoin de hurler. En même temps, elle était pétrifiée. Incapable d'émettre le moindre son. Elle recula pour s'éloigner du corps. Elle se recroquevilla contre le mur en tremblant.

Des idées terrifiantes lui brouillaient l'esprit. Il fallait réclamer de l'aide. Appeler du monde. Mais elle en était incapable. Elle n'aurait jamais dû se trouver là. Elle était tétanisée à la perspective d'avoir à expliquer ce rendez-vous clandestin.

Pire : on risquait de l'accuser, elle ! Que ferait-elle si l'on venait à la soupçonner de meurtre ? C'est alors qu'elle entendit un grincement. Au-dessus d'elle. La trappe de la cabane s'ouvrait.

Elle ferma les yeux. C'était la fin. Le meurtrier allait l'assassiner à son tour.

Quelque chose lui frôla le visage. Un bout de papier ? Une carte ? Elle tendit l'oreille. Elle tremblait. Personne ne s'était aperçu de sa présence. La trappe se refermait doucement. Plus tard, elle sut qu'elle n'était restée que quelques minutes dans ce souterrain ténébreux, mais ces quelques minutes, sur le moment, lui parurent une éternité.

*

Quatorze ans plus tard

Des lampes alignées le long des parois du tunnel, alimentées par un générateur, représentaient une des rares concessions faites en ce lieu à la technologie moderne. Le travail s'effectuait à la main, et soigneusement. Comme autrefois. C'est à la main que des hommes avaient foré cette galerie un siècle et demi auparavant. Sans machine ! Et c'est à la main qu'ils avaient confectionné ces briques rouges.

De nouveau des hommes pénétraient ici. À leur tour, ils avançaient centimètre par centimètre, en veillant avec minutie à la solidité des murs. Car le tunnel devait être sauvegardé. Quand leur travail serait accompli, des milliers de touristes, d'historiens et d'étudiants pourraient enfin venir marcher sur les pas des esclaves en fuite vers la liberté.

— Il faut renforcer ici, dit un contremaître.

Ses paroles résonnèrent contre les parois.

La truelle racla l'argile rouge. Des débris dégringolèrent sur le sol. Le renfoncement, dans le mur, se creusa un peu plus. La fouille se poursuivit. Apparemment, des bouts de tissu étaient pris dans l'argile. Ils étaient décolorés. En lambeaux. Des fils brillèrent sous la clarté des lampes. Étaient-ce des fils de métal ? Le maçon dégagea le tissu avec précaution. Les autres ouvriers se rassemblèrent pour voir. Et quand la macabre trouvaille fut mise au jour, ils ne furent pas mécontents d'être plusieurs. Aucun d'eux n'aurait voulu faire seul une pareille découverte : un crâne humain et des os enserrés dans une robe tissée de fils d'or.

Vendredi 16 juillet

1

C'était elle la plus âgée.

Grace observait les trois autres stagiaires qui s'affairaient sur leur ordinateur dans la salle de rédaction, ou bavardaient avec les journalistes de la chaîne. Comment ne pas avoir conscience du gouffre qui la séparait de ses camarades ? Elle avait dix bonnes années de plus qu'eux. Ils étaient si jeunes, et déjà si ambitieux ! Ils avaient envie d'en découdre. Ils en bouillaient littéralement d'impatience.

Ils ont la vie devant eux.

L'une des stagiaires croisa ses longues jambes bronzées en ayant soin de ne pas trop exhiber ce que ne parvenait pas à cacher une jupe effrontément courte.

Grace songea que ses condisciples avaient devant eux un avenir prometteur. Et s'ils étaient là, c'était pour essayer de décrocher leur premier job dans une importante chaîne de télévision : Key News. Tout comme elle. Sauf que ses trois concurrents – deux filles et un garçon – ne savaient pas ce que voulait dire être inhibé.

Ils avaient les moyens de poursuivre leur ambition. D'entrer de plain-pied dans le monde du travail sans traîner un fardeau de problèmes personnels. Bientôt, toutes les portes s'ouvriraient devant eux.

Grace Wiley Callahan le savait trop bien : tel n'était pas son cas.

Elle n'avait pas débarqué à Key News avec une ardoise vierge. Elle avait déjà un lourd passé. Et des responsabilités. À trente-deux ans, elle avait connu les nausées matinales, le mariage, la maternité et le divorce – dans cet ordre. À l'âge de ses camarades, elle avait déjà renoncé à l'espoir d'aller au bout de ses études universitaires. Le jour de la remise des diplômes, elle avait traversé le campus en poussant le landau de Lucy pour aller voir ses amies monter sur l'estrade des lauréats ; et leurs cris de joie avaient été recouverts par ceux de son bébé qui souffrait de diarrhée.

Depuis, onze années avaient passé. Lucy entrerait bientôt en sixième. Grace commençait à voir des rides se dessiner au coin de ses yeux sombres, tandis que des mèches grises apparaissaient dans ses cheveux couleur de miel. Elle avait décidé de les coiffer en arrière le jour où elle avait appris qu'elle était admise à suivre ce cursus tant convoité. On lui offrait une seconde chance. Elle était résolue à en tirer profit, à obtenir enfin son diplôme. Et à saisir la chance qui se présentait à elle : intégrer le milieu du journalisme télévisé à New York.

Quelque chose d'autre l'enthousiasmait dans l'immédiat : ce projet de voyage à Newport, la semaine suivante. Ce séjour au bord de la mer avait été proposé aux stagiaires par Key News dans le cadre de son émission quotidienne « Key to America ». Bien sûr, ses camarades avaient un avantage sur elle puisqu'ils n'étaient pas obligés de se soucier de leur petite fille…

Cependant Grace n'avait jamais regretté d'avoir eu Lucy – pas une minute. En vérité, sa fille était encore ce qu'elle avait réussi de mieux dans sa vie. Car son mariage avec Frank n'avait pas été un succès – c'était le moins que l'on puisse dire.

Apprenant que sa femme était enceinte, Frank avait d'abord refusé d'entendre parler d'un enfant. Grace était alors en première année de fac. Elle n'avait pas voulu interrompre sa grossesse. Elle avait décidé de garder le bébé, avec ou sans lui.

Grace baissa les yeux vers sa main sans alliance.

Frank Callaghan était finalement revenu à elle. Certes en traînant des pieds, et le cœur chargé d'amertume. C'étaient en réalité ses parents qui l'avaient contraint à « faire ce qu'il fallait », comme on dit. Frank avait beau être un garçon athlétique – en plus d'être un esprit brillant –, il était passé sous les fourches caudines de sa famille. Grace avait accepté de lui ouvrir à nouveau les bras. Naturellement, elle voyait bien que leur mariage ne commençait pas sous les meilleurs auspices ; mais elle se jura de faire tout son possible pour qu'il tienne.

Les noces furent menées tambour battant. Cinq mois plus tard, Lucy voyait le jour. Grace, Frank et leur bébé emménagèrent dans un appartement en sous-sol à Hoboken, dans le New Jersey. Chaque jour, Frank prenait son train de banlieue jusqu'à Manhattan. Il travaillait comme courtier dans une société d'assurances ; c'était son premier emploi. Grace, quant à elle, restait à la maison avec Lucy, et essayait de décrocher des piges dans la presse locale – ce qui impliquait d'assister aux séances du conseil municipal et autres réunions politiques se tenant généralement en soirée. Mais, peu à peu, Frank prit du galon dans sa société. Forcé d'assumer des responsabilités toujours plus importantes, il finit par ne plus supporter de devoir rentrer de bonne heure pour permettre à Grace d'aller faire ses reportages. Surtout qu'il commençait à bien gagner sa vie, et qu'ils auraient eu les moyens de s'offrir un appartement plus grand, plus beau, mieux situé, si Grace avait bien voulu arrêter de pondre des articles pour sa feuille de chou.

Mais elle tint bon. Un an, puis deux. Tout en continuant d'élever sa petite fille, et de la couvrir d'attentions. Elle ne voulait pas trop se préoccuper d'elle-même, même si elle était consciente que son mariage entravait sa carrière. Quand elle regardait les infos à la télé, elle essayait de ne pas penser à ce qu'elle serait devenue si elle avait achevé ses études de journalisme au lieu d'épouser Frank. Cependant, les regrets finirent par l'envahir et par prendre le dessus. Lorsque Lucy était couchée, elle se retrouvait de plus en plus souvent seule, scotchée devant les magazines d'actualité. Elle appréhendait alors le retour de Frank – sa mauvaise humeur, ses colères, et les parfums émanant de ses vêtements quand il rentrait tard, après ses prétendus « dîners d'affaires ».

Si elle restait avec lui, c'était pour le bien de Lucy – enfin, c'est ce qu'elle se disait à elle-même. Oui, c'était pour Lucy qu'elle s'accrochait à ce mariage. Elle ne voulait pas voir sa fille souffrir d'appartenir à une famille brisée. Lucy méritait d'avoir ses deux parents auprès d'elle. De grandir au milieu d'eux. Grace, en tout cas, refusait de partir. Elle ne partirait jamais.

C'est Frank, finalement, qui la quitta.

*

— Grace, voulez-vous être gentille et faxer pour moi ce planning prévisionnel au professeur Gordon Cox, à Newport ?

Le producteur et caméraman B.J. d'Elia lui tendait une feuille. Il avait l'air de s'excuser de lui donner du travail.

— Je sais que c'est un boulot rébarbatif, reprit-il. Mais si je ne file pas tout de suite, je suis sûr de rater mon train pour Rhode Island.

— Je suis là pour ça, répondit Grace en prenant la feuille.

C'est vrai qu'elle n'appréciait pas spécialement ce genre de corvées, mais elle savait que la confiance se construisait pas à pas. Si elle s'acquittait consciencieusement de ces petits travaux, on n'hésiterait pas à lui confier plus tard des missions importantes.

— Vous êtes du voyage, demain, Grace ?

— Oui.

— Puis-je vous demander une autre faveur ?

B.J. attendit la réponse. Il avait sorti une petite liasse de feuilles.

— Il s'agirait de synthétiser les éléments d'une enquête sur les sculptures en ivoire et les tatouages. Nous allons tourner des séquences avec un sculpteur d'ivoire. Peut-être avec un tatoueur, aussi. Il faudrait fournir à Constance… Vous savez que c'est elle qui présente l'émission, n'est-ce pas ? Il faudrait lui fournir des questions à leur poser durant l'interview. N'en faites pas trop…

Il se tut une seconde, puis enchaîna :

— Je veux dire : juste le nécessaire. Les bases, quoi. Faxez-moi le résultat à Newport quand vous aurez fini. Nous aurons une salle de rédaction à l'hôtel Viking. Le numéro est indiqué.

— Pas de problème, dit Grace en prenant les documents.

B.J. avait des mains puissantes, bronzées.

— Merci, Grace. Merci beaucoup.

Il afficha un sourire éclatant de blancheur, et se pencha vers elle pour ajouter à voix basse :

— Je vais vous confier un secret. C'est mon premier déplacement en tant que producteur, et je suis un peu nerveux.

— Vraiment ? Je pensais que vous aviez l'habitude…

— Pas du tout. Je suis journaliste et caméraman à Key News depuis six ans. Avant, j'ai bossé des années pour une télé locale. Ils m'ont bombardé producteur voilà quelques mois seulement. Mais je suis obligé de continuer à tenir la caméra. C'est comme ça, vous savez, de nos jours : le cumul. Vous êtes forcé de vous coltiner plusieurs boulots pour le prix d'un si vous voulez avoir une chance d'y arriver.

Grace l'envia un peu. B.J. avait à peu près le même âge qu'elle. Peut-être deux ou trois ans de plus. Et il était déjà bien avancé dans sa carrière. Était-il marié ? Peut-être avait-il une femme qui restait au foyer et s'occupait des enfants pendant qu'il se taillait une place dans le monde. Pourtant, il n'avait pas l'air marié… D'abord, il ne portait pas d'alliance. Ensuite, il dégageait un je-ne-sais-quoi… Il donnait l'impression d'être libre, voilà. Mais sait-on jamais. Certains hommes ont l'art de jouer les célibataires alors qu'ils ont une famille à nourrir. Frank était spécialiste de ça.

Grace regarda s'éloigner la grande silhouette efflanquée de B.J. ; et elle se surprit à espérer qu'il n'était pas du même bois que son ex-mari.

Elle se tourna vers le fax. Elle composait le numéro quand elle fut rejointe par Josselyne Vickers, une fille du type « beauté brune » en minijupe. Josselyne murmura :

— Toi, au moins, il t'a donné quelque chose à faire. Je vais crever d'ennui si ça continue. Encore cinq minutes à surfer sur le web, et je m'ouvre les veines. En fait, ils n'ont pas assez de travail pour nous occuper tous.

Grace sourit. Le bip électronique lui signala que le fax était en train de passer. Josselyne Vickers n'avait pas tort. Elles avaient du temps libre à ne plus savoir qu'en faire.

— Ça devrait s'arranger à Newport, tu ne crois pas ? Il y aura sûrement plein de boulot, là-bas. En tout cas, on sera dans un endroit magnifique. Et à la belle saison.

Josselyne haussa les épaules.

— Mouais. On peut dire ça comme ça.

— Je ne suis jamais allée à Newport, reprit Grace. Tu connais ?

Pourquoi ne pas en profiter pour nouer une conversation ? D'ordinaire, ses camarades ne cherchaient pas le contact avec Grace. Ils avaient même l'air de ne pas trop savoir ce qu'ils devaient penser d'elle. Ils l'appelaient même peut-être *la vieille*. Que pouvaient-ils avoir en commun avec une maman divorcée ?

— Mes parents ont une maison là-bas, soupira Josselyne. J'y passe tous les étés depuis ma naissance.

— Vraiment ? C'est génial !

Le fax était passé. Grace, tout en récupérant la feuille de planning, jeta un coup d'œil aux orteils parfaitement manucurés de Josselyne dans leurs sandales Burberry. Des chaussures à trois cents dollars. Très jolies. Le contraire de ses propres escarpins fatigués, achetés en solde au supermarché.

— Ouais. Tu peux t'amuser à Newport. Si tu connais les bons endroits.

Elle passa la main dans son épaisse chevelure brune, à coup sûr entretenue par un coiffeur hors de prix.

— Ce sera utile pour faire des rencontres avec les gens du coin. Pas vrai, Josselyne ?

— Appelle-moi Joss.

Elle eut un sourire éclatant.

— Oui, reprit-elle. C'est vrai. Je compte là-dessus. D'ailleurs je pars ce soir. Je serai sur place avant tout le monde. J'ai l'intention de montrer à Key News ce que je vaux pendant cette semaine là-bas. Ils vont voir ce que ça donne quand je bosse à plein temps. Ce ne sera pas comme ici.

Tu n'es pas la seule, songea Grace dont le cœur était en train de sombrer. Josselyne avait un tel avantage ! *Tu n'es pas la seule…*

Au terme de ce stage d'été, un seul des quatre stagiaires – celui qui aurait fait ses preuves – serait recruté pour occuper un poste d'assistant de production. Le résultat reposait entièrement sur les performances de chacun, et Grace était résolue à donner le meilleur d'elle-même.

Assistante de production : elle avait réellement besoin de décrocher ce boulot.

2

Le professeur Gordon Cox prit le fax dans son casier, le parcourut des yeux, et décida qu'il réfléchirait à ce planning plus tard. Pour le moment, il avait un cours.

Devant le grand miroir au cadre sculpté, il ajusta sa cravate. Son visage aux yeux noirs, à la peau dorée, se couronnait d'une généreuse coiffure d'argent. Les cheveux gris lui étaient venus un peu prématurément, mais il ne détestait pas ce look d'universitaire distingué, apprécié du reste par les assistantes de la fac.

Si seulement Agatha Wagstaff pouvait être aussi impressionnée que ses jeunes collègues ! Depuis que l'on avait découvert ces ossements, elle menaçait de couper les crédits alloués à la restauration du vieux tunnel aux esclaves. Elle estimait qu'il pouvait s'agir de ceux de sa sœur. Or Gordon travaillait sur ce projet de sauvegarde depuis dix-sept ans. Depuis qu'il enseignait à l'université Salve Regina, en fait. Tout risquait soudainement d'être remis en question.

L'ouverture au public du tunnel de Shepherd's Point ! La cause était célèbre chez les historiens. Elle avait permis à Gordon de se faire un nom. La tête de file du projet, c'était lui. Il avait même entendu dire que l'on prononçait son nom pour l'attribution du prix Stipplewood. Apparemment, il devrait bientôt dire adieu à cette récompense. Agatha était folle à lier. Et elle n'avait jamais caché son scepticisme envers le projet de Gordon. Elle ne voyait pas l'intérêt d'ouvrir le précieux souterrain aux masses populaires. Alors, s'il apparaissait que sa propre sœur y reposait depuis quatorze ans…

Gordon se sentait profondément déprimé. En plus de travailler à ses recherches, à ses monographies, à ses conférences, il avait toujours eu à cœur de choyer Agatha, de la couvrir d'attentions. Non seulement Agatha, d'ailleurs, mais aussi Maud, la nièce d'Agatha, tout comme il avait été autrefois aux petits soins pour Charlotte – Charlotte : la mère de Maud. Tous ces efforts pour rien.

D'un autre côté, il ne pouvait ignorer qu'il faisait un métier de rêve. Ouvrir les yeux de ses contemporains sur les splendeurs historiques et culturelles qui les entouraient, n'était-ce pas un privilège ? N'était-ce pas un rêve que d'être payé pour vivre une de ses passions ?

Sauf qu'il aurait pu être mieux payé encore. C'est pourquoi il continuait de se porter volontaire pour enseigner durant les cours d'été. De toute façon, il n'avait aucune envie de quitter Newport à la belle saison. Si les milliardaires avaient choisi cette ville historique au bord de l'océan pour y construire leurs résidences secondaires, c'est que l'endroit en valait la peine. Ses voyages, il préférait les accomplir en hiver.

Ou pendant les vacances de printemps. En juillet et en août, c'est à Newport qu'il voulait être.

*

Était-ce une bonne chose que d'emmener un groupe d'étudiants à Shepherd's Point ? Il avait omis d'en demander la permission à Agatha, de crainte d'essuyer un refus. Elle aurait crié au scandale. Un troupeau d'étudiants débarquant dans sa demeure victorienne et piétinant ses plates-bandes !

Le chauffeur du minicar avait ralenti à l'entrée de la propriété.

— Continuez, lui ordonna Gordon.

Le chauffeur hésitait.

— Roulez, roulez ! Allez directement à la cabane de jeu.

Le véhicule s'engagea dans l'allée abîmée par les engins de chantier. Le professeur s'était de nouveau tourné vers ses étudiants :

— Shepherd's Point occupe à Newport une place prépondérante dans l'histoire des relations entre l'Amérique et l'Afrique. La demeure a été construite sur le site d'un ancien pâturage. Il y avait là un berger, un homme de principe qui avait l'habitude d'offrir son aide aux esclaves en fuite. Ces malheureux étaient poursuivis par les maîtres auxquels ils tentaient d'échapper. C'est ainsi qu'un tunnel fut creusé sous la hutte du berger. Cette galerie conduisait jusqu'à l'océan. Shepherd's Point – la pointe du Berger – a fini par devenir synonyme de liberté. Des années plus tard, Charles Wagstaff fit construire sa demeure sur ce terrain. Cet homme était richissime. Il possédait des mines d'argent. Il fit transformer la hutte du berger en cabane de jeu pour ses enfants. Et le tunnel, avec son chemin de fer, fut laissé en l'état. Oublié, pour ainsi dire.

Gordon invita les étudiants à descendre du minicar. Son genou lui faisait mal. Il n'en entraîna pas moins sa petite troupe vers la cabane relativement délabrée.

— Jusqu'à nos jours, poursuivit-il, un seul de ces tunnels de chemin de fer était ouvert au public. Il se trouve à Peekskill, dans l'État de New York. Il grimpe jusqu'à la maison de Henry Ward Beecher, l'abolitionniste bien connu. Mais les historiens disaient qu'il existait aussi un tunnel aux esclaves à Newport. Et c'est celui de Shepherd's Point, précisément. De temps en temps, quelqu'un s'introduisait dans la propriété pour essayer de le découvrir.

Le professeur Gordon reprit son souffle, puis enchaîna :

— Pendant des années, nous nous sommes employés à convaincre Agatha Wagstaff d'ouvrir un accès à cette galerie, et d'accepter que soient effectués les travaux de restauration nécessaires. Elle a fini par y consentir plus ou moins. Du bout des lèvres, disons. Et voilà que les travaux, à peine commencés, ont dû être interrompus. Il y a quatorze ans, l'unique sœur de Miss Wagstaff a disparu : la jeune Charlotte Wagstaff. Agatha vit en recluse depuis cet événement. Comme vous le voyez, Shepherd's Point est au bord de la ruine…

Les étudiants posèrent un regard intrigué sur le manoir gris dressé sur la colline, au milieu d'un champ de mauvaises herbes.

— En définitive, c'est le manque d'argent qui a poussé Agatha à autoriser le début des travaux. Il n'y a pas longtemps, un accord a été passé avec la Ville : elle a accepté que le tunnel soit ouvert au public, en échange de quoi ses arriérés d'impôts locaux ont été oubliés.

L'entrée de la cabane était barrée par un ruban de la police. Le site n'était pas gardé.

— On a le droit, monsieur ?

— Allez-y. J'en prends la responsabilité. Vu ce qu'on y a découvert, j'ignore ce qu'il adviendra de ce tunnel à présent. Mais je veux que vous jetiez un coup d'œil. Nous serons peut-être les derniers à voir de nos yeux ce vestige historique.

Les étudiants, ayant obtenu l'approbation de Gordon, enjambèrent le cordon en plastique et poussèrent la porte de la cabane. L'entrée était étroite. Elle ne pouvait être franchie qu'en file indienne. Elle donnait sur une pièce unique qui jadis avait abrité le lit du berger, sans doute. Par la suite, elle avait été meublée d'une table et de petites chaises pour le goûter des filles Wagstaff. Mais tout avait été emporté depuis longtemps. Les seuls signes de présence humaine encore visibles en ce lieu étaient la cheminée aux parois charbonneuses et les cendres recouvrant le sol.

Le genou de Gordon continuait de le tourmenter. Cependant il s'accroupit pour soulever un morceau de plancher et révéler un étroit escalier de bois. Les étudiants se pressèrent pour regarder ce passage obscur, mais aucun ne fit attention à ce qui se passait à l'entrée de la cabane. C'est alors qu'une voix déchira l'air confiné :

— Dehors ! Sortez tous d'ici ! Allez-vous-en de ma propriété !

C'était Agatha Wagstaff. Ses yeux bleus semblaient jaillir de sa figure laiteuse. Le rouge qui débordait de ses lèvres semblait former autour de sa bouche une tache de sang.

— Agatha, je vous en prie…

Gordon avait pris un ton suppliant.

— Je voulais juste montrer le tunnel à mes étudiants. Accordez-leur quelques minutes…

— Allez-vous-en, vous et vos étudiants ! Ou j'appelle la police ! Charlotte n'aurait jamais voulu ça ! Elle aurait refusé de voir notre maison devenir une attraction touristique !

3

Après le déjeuner, Grace se rendit avec les autres stagiaires dans la salle de conférence de l'émission « Key to America » où devait avoir lieu une distribution de T-shirts. Elle reçut les siens avec plaisir. Ils étaient blancs, imprimés en noir de l'inscription : « Key News – CALLAHAN. » Son nom sous le logo de la chaîne ! Mais la frénésie fit bientôt place à une certaine tension : Linus Nazareth, le producteur exécutif, venait de pénétrer dans la salle avec l'intention de s'adresser aux stagiaires. Il se mit sans tarder à leur expliquer ce que l'on attendrait d'eux durant cette semaine de déplacement à Newport :

— Vous êtes en service vingt-quatre heures sur vingt-quatre. Vous aurez tous un beeper. S'il sonne, tâchez de rappeler en vitesse.

Sa grosse voix se fit plus menaçante encore :

— Et tâchez de vous montrer à la hauteur, si vous avez vraiment envie de travailler chez nous. Chaque employé de cette chaîne sait parfaitement qu'il s'agit d'un véritable engagement. Si vous voulez vous lancer dans une carrière télé, vous avez intérêt à vous impliquer à fond. Si vous ratez un sujet, inutile de chercher des excuses. Un conseil : ne laissez pas vos rendez-vous galants ou vos problèmes personnels se mettre en travers des responsabilités qui seront les vôtres, et ce tant que vous bosserez pour nous.

Un homme jeune prit la parole pour lancer avec un accent doux et traînant :

— Ça me convient parfaitement, monsieur Nazareth. C'est comme ça que je vois les choses. C'est l'état d'esprit dans lequel il faut être pour ce boulot. C'est un travail excitant et plein d'imprévus.

Nazareth posa les yeux sur le jeune garçon efflanqué qui se tenait adossé au mur. Il s'efforça de l'évaluer. Cette pulsion d'enthousiasme juvénile pouvait-elle être considérée comme sincère ?

— En principe, dit-il, vous attendez qu'on vous donne la parole pour vous exprimer. Comment t'appelles-tu, mon gars ?

— Sam. Sam Watkins.

— De quelle fac viens-tu, Sam ?

— Northwestern.

— C'est un bon établissement. Mais tu n'es pas de Chicago, n'est-ce pas ?

Linus faisait allusion à son accent.

— Non, monsieur. Je viens de l'Oklahoma. De Hollis, exactement.

— Ce n'est pas la porte à côté.

Linus était toujours épaté quand il voyait des jeunes traverser le pays rien que pour venir effectuer un stage d'été sans garantie d'embauche. Il avait même entendu dire que l'une des stagiaires venait d'Angleterre.

— Vous pouvez le dire, monsieur, approuva Sam en secouant la tête.

Linus, l'espace d'une seconde, se demanda où ce garçon logeait pendant son stage à Manhattan. En général, les étudiants louaient des chambres dans des appartements de banlieue, ou vivotaient chez des parents ou des amis. Certains arrivaient à se caser dans les logements du campus pour un prix raisonnable... Mais Linus n'en avait rien à faire, en définitive. Ces détails ne l'intéressaient pas. Il reprit :

— Très bien, Sam. Bon, comme je le disais, la plupart de nos apprentis journalistes sont impatients de se lancer dans leur premier reportage. Sachez que ça peut venir très vite.

Il promena un regard sur la salle.

— Ne comptez pas sur moi pour vous brosser un tableau idyllique du métier. Il vaut mieux que vous sachiez où vous mettez les pieds, puisque c'est ainsi que vous avez choisi de gagner votre vie.

Grace en avait l'estomac noué. Ces propos du producteur exécutif décrivaient exactement les cauchemars qui la réveillaient en pleine nuit. Grace savait qu'elle s'en voudrait à mort si elle devait, ne serait-ce qu'une seule fois, rater l'anniversaire de sa fille. Lucy avait beau être une grande fille maintenant, elle n'aurait pas compris que sa mère lui fasse faux bond le jour de la fête de l'école. Elle avait encore besoin que sa maman aille parler à ses professeurs. Qu'elle l'emmène chez le pédiatre. Sans parler des innombrables petits événements qui scandent l'existence d'un enfant. C'était d'autant plus important que Lucy approchait de l'adolescence : elle avait besoin que ses parents soient fortement impliqués dans son éducation. Surtout que l'un des deux avait choisi de quitter la maison. Mais Grace n'était pas la seule dans ce cas. Beaucoup de mamans étaient obligées d'élever leurs enfants tout en gagnant leur vie. Il devait bien y avoir un moyen d'y arriver. Il fallait qu'il y en ait un. Tant que l'on était soutenu, toutes les épreuves pouvaient être franchies.

Mon Dieu, faites que papa aille bien.

Grace songeait à son père, maintenant.

Comment ferait-elle pour s'en sortir s'il n'était pas là ?

4

Grace acheva sa recherche Internet une demi-heure avant la fin de sa journée. Elle avait trouvé plusieurs articles sur la sculpture de l'ivoire et l'art du tatouage. Ces deux disciplines avaient un point commun : que l'artiste veuille graver les os ou dessiner sur la peau, il devait avoir la main habile.

Elle fit des tirages des pages les plus intéressantes.

Elle y joignit une note à l'attention de B.J. d'Elia, et lui faxa le tout. Dix minutes plus tard, elle entendit son nom dans le haut-parleur :

— Grace Callahan, ligne deux.

Depuis qu'elle était stagiaire à Key News – c'est-à-dire depuis quelques semaines seulement –, Grace ne recevait pas d'autres appels que ceux de Lucy, laquelle n'appelait en général que pour réclamer la présence de sa maman.

— J'ai bientôt fini, trésor, se dépêcha-t-elle de répondre en prenant la ligne deux. Je devrais être rentrée un tout petit peu après 18 heures, si le train n'a pas de retard…

Un rire masculin retentit à l'autre bout du fil. Grace sursauta.

— D'accord, trésor ! répéta la voix. À tout à l'heure…

— Oh ! je vous prie de m'excuser, bégaya Grace. Je croyais avoir ma fille au bout du fil… Mais qui est à l'appareil ?

— C'est B.J. Je viens de recevoir votre fax. C'est exactement ce qu'il me fallait. Merci, Grace.

— Vous êtes déjà arrivé sur place ?

— Oui, sans aucun problème. J'ai pris le train jusqu'à Kingston. Puis un taxi jusqu'à l'hôtel. C'est sympa ici. Ça va vous plaire.

— J'ai hâte d'y être, répondit Grace avec sincérité.

La dernière fois qu'elle était partie en voyage sans sa fille, c'était il y a quatre ans, quand Frank l'avait emmenée à Boston pour un déplacement d'affaires. Mais elle ne gardait pas un bon souvenir de ces trois jours passés avec lui.

— Grace, je sais que vous êtes pressée de rentrer chez vous. Mais je me demandais si vous accepteriez d'effectuer une autre petite recherche pour moi.

— Bien sûr. Je vous écoute.

Elle réfléchissait aux horaires de train de Penn Station. À quelle heure était le prochain, déjà ?

— Génial, dit B.J.

Il enchaîna :

— La découverte d'un squelette humain dans un souterrain fait les gros titres de la presse locale. C'est un vieux tunnel creusé dans une propriété, par ici. L'endroit s'appelle Shepherd's Point. On s'interroge pour savoir si le squelette n'appartiendrait pas à une héritière répondant au nom de Charlotte Wagstaff Sloane, disparue il y a quatorze ans. On ne sait pas, en fait. Le tunnel est un morceau de l'ancienne galerie de chemin de fer, et Dieu sait ce qui s'y est passé autrefois ! Je me demande s'il n'y a pas là un sujet intéressant pour « Key to America ». Le mystère Sloane, la saga des esclaves, tout ça. Ça vaut le coup d'y regarder de plus près, vu qu'on sera sur place.

— Vous piquez ma curiosité, dit Grace. Je vais m'y mettre tout de suite, avant de partir. Je vous faxe ce que je trouve.

— Formidable. J'apprécie le geste, vous savez. On se voit demain après-midi, alors ?

— Oui. Fidèle au poste !

Grace pressa le bouton pour couper la communication. Elle allait appuyer de nouveau pour reprendre la ligne et téléphoner à son père quand Josselyne se matérialisa devant elle.

— Tu n'étais pas pressée de rentrer chez toi ?

Grace fut gênée par cette réaction. Joss la surveillait, ou quoi ? Elle s'assurait peut-être que Grace ne faisait pas du zèle ; elle devait craindre d'être supplantée dans le rôle de la stagiaire la plus dévouée…

— C'est vrai que j'allais partir, répondit Grace. Mais B.J. me demande d'effectuer une recherche.

— Sur quel sujet ?

Oh ! Ce n'est pas un secret, après tout !

— Il veut des infos d'archives sur une personne disparue. Une femme : Charlotte Wagstaff Sloane. Des restes ont été retrouvés sur la propriété familiale. Ils pensent que ça pourrait être les siens.

— Ce n'est pas à Shepherd's Point ? demanda Joss à qui cette affaire disait quelque chose.

Grace approuva.

— Tu connais l'endroit ?

— Je connais même la famille. Et Maud, la fille de Charlotte. On est sorties deux ou trois fois ensemble à Newport. Elle est sympa, quoique un peu bizarre. Elle a toujours l'air de dépérir, si tu vois ce que je veux dire. J'imagine que le fait d'avoir perdu sa mère a dû sacrément la perturber.

Joss tourna les talons et fit un signe d'adieu.

— Bonne chance, dit-elle. On se voit là-bas.

Grace pressa le bouton du téléphone et composa un numéro familier. Walter Wiley décrocha à la troisième sonnerie.

— Papa, c'est moi. Tout va bien ?

— Très bien, chérie. Très bien. Lucy est en haut, dans sa chambre. Elle rouspète parce qu'elle n'a pas envie de faire ses devoirs de vacances.

— Je m'en occuperai en rentrant, papa. Ne t'embarque pas là-dedans.

C'était agréable d'avoir quelqu'un pour veiller au grain, mais Grace ne voulait pas que son père se fatigue. Depuis qu'il avait pris sa retraite de la compagnie des téléphones, il avait développé un cancer de la prostate, heureusement guéri ; et quelques mois après, il avait fait une attaque cardiaque qui avait nécessité la pose d'un pacemaker. Il avait beau dire qu'il se portait « comme un charme », il était évident qu'il avait laissé beaucoup de son énergie dans ces épreuves. Grace avait déjà perdu sa mère ; elle ne supportait pas l'idée de voir aussi partir son papa.

— Je vais rentrer un peu plus tard, reprit-elle. Ça ira quand même ?

— Bien sûr, chérie. Tu sors avec des collègues ?

Grace sourit. Walter ne cessait de l'encourager à se faire des relations.

— Non, papa. En fait, j'ai un travail à accomplir. Et je ne sais pas combien de temps ça prendra. Une heure ou deux, sans doute.

— Pas de problème. J'ai déjà acheté une pizza. Ici, tout va bien.

Grace allait raccrocher quand une pensée lui traversa l'esprit.

— Papa… Le chèque de Frank est arrivé ?

La pension alimentaire. Une semaine de retard déjà. Pour ne pas changer… Un silence s'établit à l'autre bout de la ligne.

— Papa ?

— Non. Le chèque n'était pas au courrier d'aujourd'hui. Mais il y a une lettre d'un cabinet d'avocats de Boston.

Grace se raidit. Depuis son divorce, elle se crispait chaque fois qu'elle entendait prononcer ce mot : « Avocat. » Au début, ces courriers la bouleversaient. Maintenant, ils la fichaient en rage. Une lettre de plus ! Devait-elle attendre d'être rentrée pour la lire ? Elle hésita, puis dit :

— Ouvre-la, papa, s'il te plaît.

Inutile de remettre à plus tard.

— Ne quitte pas, ma chérie.

Grace entendit son père reposer le combiné sur le comptoir de la cuisine. Elle l'imagina gagnant le vestibule et cherchant l'enveloppe de Boston sur le secrétaire. Les secondes passaient lentement, trop lentement. Son père fut enfin de retour.

— Grace ?

— Oui.

— Ce n'est pas une bonne nouvelle, chérie, dit-il d'une voix tendue.

— Dis-moi.

— Frank réclame la garde de Lucy. Il veut qu'elle vienne vivre avec lui et sa nouvelle femme dans le Massachusetts.

Grace essaya de digérer la nouvelle.

Mais ni elle ni son père ne pouvaient se douter que Lucy écoutait leur conversation, assise sur la dernière marche de l'escalier.

5

Josselyne poussa la porte à tambour de l'immeuble. Dehors, l'atmosphère étouffante tranchait avec la fraîcheur de l'air conditionné. Même le trottoir était brûlant. Joss repéra la Mercedes vert sombre qui l'attendait au coin de la 57e Avenue. Elle traversa la rue en slalomant, et monta en voiture sans laisser au chauffeur le temps de lui ouvrir la portière.

— Allons-y, Carl.

Comme elle se calait dans le siège de cuir, elle nota la présence à ses pieds d'un panier d'osier. Bien. Rosa lui avait préparé un casse-croûte pour le voyage. Joss se pencha et souleva le couvercle du panier. Une salade au poulet, du raisin, des noix. Il y avait aussi du melon au frais dans une boîte, des gâteaux et plusieurs bouteilles d'Aquafina. C'était parfait. Ils n'auraient pas besoin de s'arrêter en route.

Mais quand la Mercedes prit vers la sortie nord, Joss laissa échapper un soupir. Il était tard. Ça roulait mal. Comme toujours à la veille du week-end, beaucoup de véhicules essayaient de quitter Manhattan. En temps normal, on rejoignait Newport en trois heures et demie. Le trajet, ce soir, risquait d'être plus long.

Quand ils furent sur l'échangeur, Joss avait déjà dressé un plan. Elle irait voir Tommy dès son arrivée. Elle savait dans quel bar le trouver : le Salas. Cela faisait un moment déjà qu'elle était fatiguée de Tommy, mais elle jugeait impossible de le quitter sans s'être d'abord assurée qu'elle pourrait le reprendre, au cas où elle aurait besoin de lui à nouveau. En tout cas, elle le verrait tout à l'heure. Ce brave Tommy ! Un garçon si prévisible… Si impatient de lui faire plaisir. Un vrai gosse, en fait. Il tenait tellement à elle ! Il n'avait pas accepté que leur histoire ne soit qu'une amourette d'été. Il était grand et très beau. C'était le meilleur tireur de son groupe d'entraînement de la police. Mais Joss n'avait ni l'intention de vivre à Newport, ni de partager l'existence d'un simple flic. Cette perspective lui donnait même des frissons d'horreur.

Il n'en demeurait pas moins que l'apprenti policier pouvait l'aider à atteindre son objectif. Si Tommy arrivait à glaner quelque information sur ce squelette découvert dans la propriété des Wagstaff, elle lui en serait reconnaissante ; car ce serait excellent pour son image au sein de Key News, et pour sa promotion future au poste tant convoité d'assistante de production.

Il fallait convaincre Tommy de partir à la chasse aux infos. Mais peut-être pourrait-il déjà lui en communiquer quelques-unes quand ils se rencontreraient tout à l'heure au Salas. Joss fouillait déjà son sac à la recherche de son téléphone.

6

De retour à la maison, Grace trouva son père endormi sur le canapé. Il restait de la pizza ; elle en prit une part et alla embrasser Lucy qui était devant la télévision. La fillette adorait les enquêtes à succès de la série *Law & Order.* Et comme il y avait toujours sur le câble une chaîne pour programmer l'émission, Lucy la regardait trop souvent.

— Pourquoi perds-tu ton temps à regarder ça ? demanda Grace en lui donnant un baiser. Je n'aime pas ce feuilleton. C'est trop perturbant…

— Il est bien, maman. J'ai envie de savoir qui a fait ça.

La fillette ne quittait pas l'écran des yeux.

— Mais tu le sais ! C'est un épisode que tu as déjà vu !

— C'est bien quand même.

Grace s'assit dans le fauteuil et continua de mâcher sa pizza froide. Elle regardait l'écran sans le voir, songeant qu'elle devait appeler Frank, et qu'elle appréhendait de le faire.

— Tu es prête pour demain, ma chérie ?

— Bien sûr, maman.

— Tu as préparé tes affaires ?

— Pas encore. Je ferai mon sac après l'émission.

Grace n'avait pas envie de l'embêter. Surtout la veille d'une séparation qui devait durer toute une semaine. Semaine que Lucy devait justement aller passer chez son père et sa « charmante » belle-mère, une femme dont les seules occupations consistaient à se faire les ongles, à courir les boutiques et à passer à Lucy tous ses caprices.

— Très bien, Lucy, dit Grace en se levant.

Elle monta à l'étage et referma derrière elle la porte de sa chambre. Elle décrocha le téléphone sur la table de chevet. Son ex-mari décrocha à la première sonnerie. Grace était tendue.

— Salut, Frank. C'est Grace.

— Ah, bonsoir ! Comment vas-tu ?

Toujours ce côté formel, comme s'il était dépourvu d'émotion.

— À ton avis ? reprit-elle.

Elle enchaîna sans attendre la réponse :

— J'ai eu la lettre de ton avocat.

— Je vois. Et alors ?

— Alors je me demande pourquoi tu fais ça.

Elle éleva le ton pour ajouter :

— Par pitié, Frank, ne va pas plus loin. Lucy n'a vraiment pas besoin d'un nouveau bouleversement dans sa vie.

— C'est précisément à elle que je pense, Grace.

Ce ton si tranquille, c'était à devenir folle !

— Ce serait mieux, pour elle, de vivre ici avec nous.

— Qu'est-ce que tu veux dire, Frank ? Pourquoi ce serait mieux ? Explique-moi. Elle est habituée à son école, ici, à Waldwick. Elle a fini par s'y faire des copines. Ce serait une mauvaise chose de la couper de ses racines encore une fois. Elle a supporté assez d'épreuves comme ça.

— Lucy sera bientôt adolescente, Grace. Et l'adolescence est une épreuve à passer. Les ados ont besoin de stabilité. Ainsi que de bons modèles parentaux. De parents qui s'occupent de leurs gosses. Qui s'impliquent et qui leur manifestent de l'intérêt…

La main de Grace se crispait si fort sur le combiné qu'elle en avait les jointures toutes blanches. Elle avait déjà deviné la suite.

— Jeanne et moi pouvons prendre soin d'elle. Lui offrir un environnement stable, bien meilleur que celui que tu peux lui apporter.

— Tu oses me dire ça !

— C'est la vérité, et tu le sais très bien.

— Je ne sais rien du tout, Frank ! Lucy vit dans un environnement parfaitement stable. Un foyer aimant. Tu t'imagines peut-être que tu es un bon modèle ? Un exemple pour ta fille ? Avec tes prétendus dîners. Tes voyages d'affaires ! Tes aventures extraconjugales !

— Notre mariage ne marchait pas, Grace. C'est pour ça que j'allais voir ailleurs.

— C'est vrai ! J'oubliais combien tu étais malheureux.

Frank ignora le sarcasme.

— Écoute, dit-il, je n'ai aucune envie de revenir sur nos sempiternels problèmes. Les choses sont comme elles sont. À savoir que Jeanne et moi, nous sommes très heureux. Extrêmement heureux. Avec nous, Lucy aura une vision positive de ce qu'un mariage peut être. Nous avons une nouvelle maison, très jolie, dans une banlieue chic dotée d'excellents établissements scolaires. Jeanne a arrêté de travailler. Elle veut rester au foyer. Elle sera là pour Lucy. En ce moment, Lucy vit dans la maison de ton père. Toi, tu as décidé de reprendre tes études. C'est très courageux de ta part, mais ça te demande beaucoup de temps. Quand tu auras ton diplôme, j'imagine que tu prendras un poste à plein temps, et que c'est encore ton père qui devra s'occuper de la petite au quotidien. Or ton père n'est plus un jeune homme, Grace. Tu trouves ça bien de lui imposer ce fardeau ?

Grace était consciente du problème. Mais elle savait que son père appréciait d'avoir sa fille et sa petite-fille auprès de lui. Ainsi, il avait retrouvé un but dans l'existence. Sa maison était de nouveau pleine de vie. Il avait tellement souffert de la solitude après la mort de sa femme…

— Papa aime Lucy, Frank. Et je remercie Dieu de l'avoir. Il s'occupe formidablement d'elle. Je sais qu'elle n'est pas un poids pour lui. Au contraire, elle lui donne de l'énergie.

— C'est possible. Mais il n'est pas en bonne santé. Et puis c'est moi le père de la petite.

— Et moi je ne suis pas sa mère, peut-être ?

Elle ajouta fermement :

— Elle reste avec moi.

Mais elle dut se retenir pour ne pas balancer le téléphone à l'autre bout de la chambre.

— Très bien, dit Frank. De toute façon, on n'avancera pas ce soir. Laissons le juge se prononcer. En attendant, je serai demain à la gare pour accueillir Lucy.

*

Et dire que ce sale égoïste ne voulait même pas d'enfant !

Grace enrageait. Descendue au sous-sol, elle pliait les vêtements encore chauds, tout juste sortis du sèche-linge, et les rangeait sur deux piles. Il fallait évidemment que ça tombe en ce moment. Frank réclamait la garde de leur fille alors qu'il allait l'avoir chez lui pendant deux semaines. Lui et sa nouvelle épouse se chargeraient de convaincre Lucy qu'elle serait mieux chez eux, tandis que Grace, de son côté, ne cesserait de tourner et retourner le problème dans sa tête.

Comme tout pouvait changer rapidement ! Hier encore, Grace se réjouissait : les vacances de Lucy chez son père tombaient en même temps que ce déplacement à Newport. Lucy était tout excitée à l'idée de prendre avec sa mère le train pour Rhode Island, puis de continuer seule jusqu'à Boston où son papa l'attendrait à la gare. À présent, Grace en était malade. Elle ne supportait pas la perspective de se séparer de sa fille pour la laisser partir « chez eux ».

— Lucy ! Tu veux bien aller chercher les valises ?

— Oui, maman.

Elle doit sentir qu'il se passe quelque chose. D'habitude, il faut renouveler la demande deux ou trois fois pour obtenir un résultat.

— Je les descends, maman ?

— Non. Porte-les dans nos chambres.

Grace souleva ses deux paniers de linge empilés l'un sur l'autre, et attaqua l'escalier en béton. Comme elle pénétrait dans la cuisine, elle se rendit compte que le papier peint avait vraiment besoin d'être changé. Le couloir qui menait au séjour réclamait un bon coup de peinture. Sans parler des moquettes usées jusqu'à la corde. C'est drôle : on passe jour après jour devant ces détails sans les voir, et soudain ils vous sautent aux yeux.

Quel genre d'intérieur Lucy allait-elle trouver chez Frank et Jeanne ? Grace le devinait sans peine : une étincelante cuisine en acier avec son comptoir en granit, des kilomètres de faïences, des planchers tout neufs, des baies vitrées dans le toit, un jacuzzi. Qui de nos jours construisait une maison sans penser aux baies vitrées et au jacuzzi ? Grace songea à la petite baignoire rose dans laquelle elle se lavait. La salle de bains datait des années 70, comme presque tout ici. Grace, son père et sa fille habitaient un intérieur bien briqué, mais très loin du confort dernier cri. Ici, on vivait presque à l'ancienne mode ! Grace n'arriverait jamais à soutenir la comparaison avec ce que Frank proposait. Lucy seraitelle heureuse dans le luxe ?

Arrête ! Arrête tout de suite !

La question n'était pas de savoir qui avait la plus belle maison ! Si tel était le cas, alors Grace pouvait s'estimer battue d'avance. Or elle ne serait jamais en mesure d'offrir à sa fille un environnement comparable à celui de Frank. Les journalistes télé gagnaient bien leur vie, mais, sauf à être présentateur vedette, vous ne pouviez espérer des revenus comparables à ceux des investisseurs bancaires.

Un juge était tout de même en mesure de savoir ce qui comptait vraiment. Étaient-ce les équipements d'une maison, ou la façon d'y vivre ? Un juge était tout de même capable de déterminer où étaient l'amour, la stabilité et les attentions ! En somme, ce dont un enfant avait réellement besoin.

Grace devait-elle entrer en compétition avec la nouvelle épouse de Frank ? Jeanne avait envie d'être femme au foyer. Cela signifierait-il, aux yeux du juge, que Lucy serait mieux avec elle qu'avec sa propre mère ? En tout cas, le juge ne pouvait décemment pas estimer qu'un enfant gagnait à être élevé par sa belle-mère plutôt que par sa vraie maman.

Autrefois, l'affaire aurait été gagnée d'avance : la place d'une fillette était auprès de sa mère. Mais les temps avaient changé. Les pères, désormais, avaient à cœur de faire valoir leurs droits. On pouvait à présent trouver normal de confier au père la garde de l'enfant… Certes, mais encore fallait-il que ce soit l'intérêt de ce dernier…

Or justement, Lucy devait rester où elle était, en sécurité, avec sa mère. C'était bien là que se situait son intérêt, non ?

7

Avant de finir son service, l'agent de police stagiaire Thomas James s'offrit une visite au bureau des inspecteurs. Il avait préparé une excuse pour le cas où quelqu'un lui demanderait ce qu'il faisait là. Tout ce qu'il voulait, c'était jeter un coup d'œil au dossier de Charlotte Wagstaff. Après tout, il n'avait lui-même que douze ans lorsque cette dame avait disparu. Si l'on venait à le surprendre, il jouerait les stagiaires consciencieux au service de l'inspecteur chargé de rouvrir l'affaire.

Il ne lui fallut pas longtemps pour trouver ce qu'il cherchait. Il avait entendu les inspecteurs parler d'un journal intime tenu par la jeune femme. Le journal était là. Des photocopies du journal, tout du moins. Des pages couvertes d'une écriture féminine extrêmement déliée.

Une mention figurait sur la couverture du dossier : « Original restitué à Agatha Wagstaff, sœur de la victime. »

Tommy se saisit des documents et se dirigea d'un pas nonchalant vers la photocopieuse. Les battements de son cœur s'accélérèrent quand il commença à passer les feuilles dans la machine. Il savait qu'il n'en avait pas le droit. Mais il savait aussi qu'il allait revoir Joss dans moins d'une heure. Elle lui avait dit qu'elle n'avait pas arrêté de penser à lui et qu'il lui avait manqué. L'idée que Joss allait lui appartenir à nouveau excitait follement Tommy.

Ils s'étaient connus l'été précédent. Joss se préparait alors à partir pour Manhattan où l'appelaient ses études. Tommy était tombé fou amoureux. Il savait en même temps que sortir avec elle, c'était viser très haut. Une fille de cette trempe, venue d'une famille si importante, n'était pas supposée se laisser séduire par un garçon tel que lui – un gars issu de la classe ouvrière, qui suivait des cours à la fac de Rhode Island, et dont l'ambition consistait à finir inspecteur de police à Newport. Il avait six ans de plus qu'elle, ce qui, à leur âge, au stade où ils en étaient, représentait une grande différence. Mais il trouvait Joss beaucoup plus cultivée que les autres filles du coin. Elle avait vu et vécu des choses dont les autres étudiantes n'avaient même pas idée.

Et, comme par miracle, elle ne l'avait pas quitté de tout ce fameux été – une saison véritablement magique : plage, danse sur les embarcadères, balades au clair de lune main dans la main. Tommy gardait un souvenir vif et émouvant de ces soirées sur la falaise, à observer l'océan et les vagues qui venaient exploser en bas sur les rochers. C'était au point que cet épisode heureux n'en finissait plus de hanter ses rêves et ses désirs.

Mais les meilleures choses ont une fin, et Joss était partie pour l'université. Pendant quelque temps, elle avait répondu à ses lettres passionnées, et passé de longues heures au téléphone avec lui. Puis, soudain, aux environs de Thanksgiving, elle avait changé d'attitude : elle avait souhaité qu'ils restent amis, sans plus. Elle s'était complètement immergée dans sa nouvelle existence.

Pourtant, Tommy espérait toujours que Joss lui

reviendrait. Il avait envie que recommencent leurs promenades le long de la mer. Après tout, elle ne lui avait jamais dit explicitement qu'il n'avait aucune chance.

Tommy glissa la dernière feuille dans la photocopieuse. Il prit dans le bac les copies encore chaudes.

Joss saura combien je l'aime quand elle verra que je risque ma carrière pour elle.

8

Il n'avait pas besoin de connaître le résultat des analyses pour savoir que les os retrouvés étaient bien ceux de Charlotte. Il n'y avait aucun doute possible.

Il se souvenait très clairement de la façon dont Charlotte était arrivée là. Ce souvenir restait douloureux et triste, bien que lointain. Tout avait mal tourné. Le désir de bien faire les choses s'était transformé en cauchemar.

Ce soir-là, Charlotte était désespérée. Mais comme toujours, elle était d'une beauté à couper le souffle. Elle avait préféré quitter la maison et aller discuter dans la cabane de jeu, de peur d'être entendue par sa fille, la petite Maud.

Charlotte avait accepté le mouchoir qu'il lui offrait pour essuyer ses larmes – une pochette de soie jaune.

Si seulement elle avait été plus réceptive ! Si seulement elle lui avait proposé une solution. Mais non. Elle s'était contentée de pleurer dans le mouchoir en examinant la photo prise quelques heures plus tôt au

Country Club. Elle était incapable de se concentrer sur quoi que ce soit d'autre. Elle n'avait pas pris en compte les besoins de son interlocuteur. Elle n'avait pas perçu à quel point cette conversation était décisive. Une discussion portant sur l'avenir. Sur leur avenir à tous les deux.

Un rêve s'était brisé, et elle ne l'avait pas supporté.

Aujourd'hui, quatorze ans après, il acceptait mal la fureur aveugle qui l'avait poussé à se saisir du tisonnier dans la cheminée, et à frapper Charlotte à la tête.

Samedi 17 juillet

9

Le dentiste avait pris sa retraite depuis longtemps, mais il avait expédié le dossier de Charlotte Wagstaff Sloane à la police de Newport avant de mettre la clé sous la porte. Par la suite, les clichés des molaires de son ex-patiente, qui auraient suffi à déterminer si les restes étaient bien ceux de Charlotte, avaient dormi dans des cartons.

*

Maud Sloane, quant à elle, avait donné un échantillon de son sang, au cas où un test ADN se révélerait nécessaire.

Maud avait aujourd'hui vingt ans.

Elle remontait Ocean Avenue au volant de sa Mustang décapotable. Tout en conduisant, elle arracha le sparadrap collé à l'intérieur de son avant-bras. Elle refusait de garder sur elle quelque chose qui lui rappelait cette histoire. Elle qui avait perdu sa mère à l'âge de six ans et vécu des années de solitude ; elle qui avait souffert de voir son père brisé, et entendu les gens médire à leur sujet.

Un grand soleil brillait dans le ciel lumineux. Maud voyait s'étendre à sa gauche les eaux bleues et étincelantes de l'océan. L'horizon se piquait de voiles blanches qui s'inclinaient sous le souffle du vent, pour le grand plaisir des propriétaires de yachts. De l'autre côté de la route, des cerfs-volants flottaient au-dessus du parc de Brenton Point ; simples cartons découpés ou véritables machines en plastique en forme de baleine ou de grenouille, ils symbolisaient l'été, la liberté, les vacances et la vie.

Maud éprouva une sorte de jalousie. Être aussi libre que ces cerfs-volants dans les airs ! Aussi aventureuse que le marin sur l'océan. Jouir simplement de l'instant présent, au lieu de traîner le sempiternel fardeau de ses tristes souvenirs…

Elle serra les mains sur le volant. Le vent fouettait ses courts cheveux blonds. Pourquoi n'avait-elle connu de la vie que le chagrin ? Si rares étaient ses souvenirs heureux ! Sa maman qui l'emmenait au jardin en lui serrant la main très fort. Ses parents échangeant des sourires confiants, ou appréhendant son entrée à l'école. Les confiseries qu'ils achetaient à la sortie du jardin d'enfant… Ce bonheur avait si peu duré ! Maud se rappelait son premier jour à l'école primaire. C'est à cette période que ses parents avaient commencé à se disputer. Maud avait vu sa mère pleurer. Son père se réfugiait dans son bureau. Souvent la fillette se retrouvait seule avec son désespoir.

Et puis, un matin, au début des vacances d'été,

maman s'en était allée pour toujours. La veille, elle s'était encore disputée avec papa.

Quatorze ans avaient passé. L'école primaire, puis les études secondaires. Maud était à présent en troisième année à Salve Regina. Elle avait beaucoup souffert à l'idée de n'avoir pas su aider sa mère. En tout cas, elle refusait de croire que Charlotte était partie de son plein gré. Plus exactement : elle ne s'autorisait pas à l'imaginer. Elle ne concevait pas que Charlotte ait pu l'abandonner. Quelqu'un lui avait pris sa maman. Quelqu'un ou quelque chose. Il lui était fatalement arrivé malheur.

Maud ne concevait pas non plus qu'Oliver, son père, ait pu jouer un rôle quelconque dans cette disparition. Elle savait aussi que ce sentiment était très loin d'être partagé par tout le monde. À Newport, on sous-entendait qu'Oliver Sloane avait purement et simplement assassiné sa femme.

À l'automne, quand venait l'heure de retourner à l'école, les élèves se faisaient une joie de répéter à Maud, dans la cour de récréation, ce qu'ils avaient entendu dire à table par leurs parents :

— Ton père n'a jamais aimé ta mère.

— Ton père boit.

— Ton père a assassiné ta mère.

Au début, ces commentaires blessaient Maud, ou la mettaient mal à l'aise. Puis elle s'était rebellée contre ses camarades. Enfin, elle avait coupé les ponts avec tout le monde. Sauf avec son père. Et avec sa tante Agatha. Car son père et Agatha avaient besoin d'elle.

Mais ces relations n'étaient pas sans lui poser des problèmes. En effet, après la disparition de Charlotte,

Oliver et Agatha avaient cessé de s'apprécier, de s'aimer et de se faire mutuellement confiance.

*

La Mustang franchit la grille de la propriété. L'allée était longée de massifs de rhododendrons et de buis qu'une main experte avait taillés jadis pour leur donner des formes animales. La porte d'entrée de la maison – un « cottage » de vingt-huit pièces – était abîmée par les années et les intempéries. Une douzaine de chats se prélassaient sur la pelouse à l'abandon.

Maud gara sa décapotable à l'entrée. Finola apparut sur le perron et lança en clignant des yeux :

— Qu'est-ce que c'est ?

— C'est moi ! Maud... Qu'est-ce que tu fais là, à surveiller tout ce qui passe comme une araignée sur sa toile ?

— Je veille sur votre tante ! Voilà ce que je fais. Il y a des journalistes et autres poisons qui feraient n'importe quoi pour pouvoir l'approcher.

Le « n'importe quoi » était sans doute exagéré. Mais c'était un soulagement de penser que tante Agatha avait auprès d'elle sa femme de chambre pour faire barrage aux visiteurs. La presse locale et les télés essayaient même d'entrer en contact avec Maud, ainsi qu'avec son père.

Elle rejoignit Finola sur le perron. Dans la maison, elle fut prise à la gorge par l'odeur d'urine de chat qui imprégnait la moquette – une moquette jadis d'un rouge princier, aujourd'hui délavée et usée jusqu'à la corde.

— Votre tante est dans le salon.

Les rideaux de la pièce étaient tirés, de sorte que la lumière du soleil ne puisse y pénétrer ni se réfléchir dans les miroirs. La chaleur, alors, eût été trop forte. À Shepherd's Point, on ne connaissait pas l'air conditionné.

Les yeux de Maud eurent besoin de quelques secondes pour s'accommoder à la pénombre. Une forme minuscule se blottissait dans l'un des deux sofas, près de la cheminée en carrelage italien.

— Tante Agatha ? C'est moi…

Elle se pencha pour effleurer d'un baiser la vieille joue fripée, humide et froide.

— Ah ! Maud. Ma petite Maud… Comment vas-tu, ma chérie ?

Elle enchaîna sans attendre la réponse :

— Finola, allez chercher un verre de limonade, je vous prie…

— Je n'ai pas soif, ma tante. Merci.

— Vraiment ? Alors tant pis. Laissez, Finola.

De sa main griffue, elle donnait de petites tapes sur le velours déchiré du sofa.

— Viens, assieds-toi.

Maud consentit à s'asseoir.

— Je voudrais le voir encore, dit-elle.

— Quoi donc, ma chérie ?

— Tu sais bien.

— Oh ! Maud, pourquoi veux-tu encore te faire du mal ?

La vieille femme avait pris une mine implorante.

— S'il te plaît, tante Agatha. Il faut que je le voie.

Agatha se leva péniblement et gagna le buffet en acajou qui épousait l'angle du salon. Elle souleva un napperon sous lequel elle prit une clé. Elle enfonça la clé dans la serrure de cuivre. Ouvrir le tiroir exigea un effort. Agatha en sortit un cahier à couverture de cuir jaune.

*

« *Quelle idiote. Pourquoi faut-il que je sois si naïve ? Les gens mentent et trichent tout le temps. Mais la déception de ce soir au Country Club, c'était trop…* »

Ces mots étaient rédigés à la main, d'une écriture nette et résolue, mais différente des pattes de mouche maladroites, enfantines, qui couvraient les pages précédentes. Charlotte avait repris son journal intime pour s'y soulager de ses angoisses.

Maud, comme elle l'avait déjà fait cent fois, lut les derniers mots inscrits par sa mère dans ce cahier ; mais elle ne voulut pas le rendre à sa tante qui déjà tendait les mains pour le récupérer.

— Non, tante Agatha. Pas cette fois. Je le garde. Il est temps qu'il devienne ma propriété.

Agatha ne lui opposa aucune résistance.

— Comme tu voudras, chérie. Tu as probablement raison.

Ensemble, elles se levèrent du sofa. Elles savaient où aller maintenant. Elles obéissaient toujours au même rituel. Elles grimpèrent le grand escalier jusqu'au deuxième étage, où se trouvait la chambre de Charlotte.

C'était une pièce assez vaste qui n'avait pas changé depuis vingt ans, depuis que Charlotte avait quitté Shepherd's Point pour aller vivre à Seaview sa vie de jeune mariée. Sauf que les années et le manque d'entretien y avaient laissé leur empreinte. La courtepointe jaune qui habillait le lit en fer forgé était bien celle sous laquelle Charlotte s'était blottie enfant, mais la couleur en était désormais fanée, et elle se couvrait de poils d'animaux. La tapisserie à fleurs se décollait du mur. La pièce, en outre, n'était jamais aérée, de sorte qu'il y flottait une odeur suffocante.

Sur le petit bureau, près de la fenêtre, reposait une boîte en porcelaine rouge. Maud en souleva le couvercle. Elle savait très bien ce qui se trouvait à l'intérieur : le bijou qui avait symbolisé l'union de ses parents. Il n'y avait rien d'autre au fond du coffret que cette alliance en or, toute simple. Maud la prit, la fit tourner entre ses doigts, puis la passa à son annulaire. Elle se rappelait avoir vu sa mère l'enlever pour s'enduire les mains de crème, ce fameux soir. Agatha avait toujours insisté pour que le bijou demeure là où Charlotte l'avait laissé avant de disparaître ; et le père de Maud n'avait pas eu le courage de s'y opposer.

Le téléphone sonnait quelque part dans la maison. Maud ôta la bague. Finola entra dans la chambre.

— La police au téléphone, Miss Agatha !

L'espace d'un instant, la tante et la nièce furent paralysées. Était-ce la nouvelle tant attendue ?

— Je garde aussi la bague, dit Maud.

10

Dès que les proches parents furent informés de la nouvelle, l'État de Rhode Island et la police de Newport publièrent un communiqué destiné à la presse :

« Le squelette découvert la semaine dernière à Shepherd's Point, Newport, Rhode Island, a été examiné pour identification par le Service officiel de médecine légale de l'État. Des comparaisons ont été effectuées entre les empreintes dentaires, la forme du crâne et des os faciaux, et les données anthropologiques. Il est affirmé en conclusion de cette étude que les ossements sont ceux de Charlotte Wagstaff Sloane, une femme blanche née à Newport, Rhode Island. Mrs Sloane était âgée de vingt-huit ans quand sa disparition fut signalée voici quatorze ans.

Mrs Sloane a été victime d'un homicide. Cet homicide fait dès à présent l'objet d'une enquête criminelle. Aucune information supplémentaire ne sera délivrée. »

11

Le *Seawolf* – ou *Loup des mers* – emplissait de fierté Gordon Cox, et se révélait fort utile quand il s'agissait de faire impression sur les jeunes femmes. Gordon l'avait baptisé ainsi en souvenir de son père, qu'il n'avait pas connu. Cet homme avait rejoint la marine en 1944, peu après avoir épousé la mère de Gordon. Il appartenait à l'équipage du *Seawolf*, un sous-marin de l'armée américaine qui fut déclaré perdu à la fin de la Seconde Guerre mondiale.

Gordon, à la barre de son bateau, écoutait claquer les voiles sous le vent. Il approchait de Shepherd's

Point, la jonction entre Narragansett Bay et Newport. Dressé sur la colline dominant la mer, le manoir victorien menaçait ruine.

— Le voilà, dit Gordon. Shepherd's Point. Vu sous un autre angle.

Ces mots s'adressaient à Judy, une jolie femme qui était à la fois l'étudiante de Gordon, et son amie la plus jeune. Judy rajusta sa casquette de base-ball pour mieux protéger son visage contre les rayons du soleil.

— Le manoir a beaucoup plus d'allure vu d'ici, fit-elle observer en clignant des yeux. Quand on s'y est rendu hier avec la classe, il m'a vraiment fait une triste impression. Il a dû être beau, autrefois. C'est déprimant de voir ce qu'il est devenu. Il faudrait qu'un riche le rachète, et s'occupe de le restaurer.

— Il faudrait qu'il soit très riche, dit Gordon. Très, très riche.

— Tu crois qu'Agatha Wagstaff accepterait de le vendre ?

Judy fouillait dans son grand sac de toile, à la recherche de sa crème solaire.

— J'en doute, répondit Gordon. Agatha est bien décidée à le léguer à sa nièce. Mais je ne serais pas surpris que Maud Sloane revende Shepherd's Point après en avoir hérité. Oh ! elle aurait les moyens d'entretenir le manoir. Cependant je ne crois pas qu'elle aura envie de le garder. Surtout si les ossements trouvés dans le souterrain se révèlent être ceux de sa mère.

Judy observait attentivement la côte.

— Où est-il, ce tunnel ? Je ne le vois pas.

Gordon procéda à la manœuvre nécessaire, et le *Seawolf* fit route vers une tache sombre qui se dessinait près du rivage. Gordon connaissait bien les lieux. Il les avait si souvent fréquentés ! Il fut soulagé en voyant que l'entrée du tunnel était fermée par une palissade noire. Le fait d'avoir retrouvé les restes de Charlotte remettrait peut-être à l'ordre du jour le projet de restauration du souterrain. Jusqu'ici, l'argument culturel et historique n'avait guère été efficace ; mais il devenait possible de miser désormais sur la fascination qu'inspirent au public les crimes commis dans la « bonne société ».

12

Le train ne tarderait plus à entrer en gare de Kingston, et Grace fut saisie d'une appréhension. Cette séparation serait une première pour elle et Lucy.

— On y est presque, chérie. Alors, rappelle-toi bien : tu restes sur ton siège, et tu ne parles à personne.

— J'ai compris, maman ! soupira la fillette exaspérée. Je sais. Je ne suis plus un bébé.

— Tu es mon bébé. Et je te répète que tu ne dois parler à personne.

— Je ne parlerai à personne, maman.

Grace considéra avec amour les taches de rousseur sur le visage de sa fille, et ses grands yeux marron abrités sous de longs cils. On lui retirerait bientôt son appareil dentaire. Ses seins commençaient à se former sous son T-shirt. Elle grandissait.

Le temps était passé si vite ! C'était à peine si Grace

se rappelait à quoi ressemblait sa vie avant Lucy. Presque toute son attention s'était concentrée sur elle. Bien sûr, l'objectif était de permettre à Lucy de devenir une adulte indépendante et libre, mais la laisser partir n'était pas facile. Même en procédant par étapes.

Grace se demanda ce que serait son existence quand elle n'aurait plus Lucy auprès d'elle. Puis elle se raisonna en se disant qu'elle avait encore le temps. Lucy n'entrerait à l'université que dans sept ans ! Et sept ans, ce n'était pas rien. Sauf qu'il y avait Frank, et que si ce dernier gagnait devant le juge, alors Lucy s'en irait vivre chez lui – et les sept années à venir seraient alors des années perdues pour Grace. Elle ne verrait plus sa fille que le week-end, et durant quelques semaines en été. Du dos de sa main, elle essuya les larmes qui se formaient au coin de ses yeux.

— Ah non, maman ! Ne pleure pas… Je serai bien.

— Je sais, mon cœur. Je sais.

Elle lui donna un baiser sur le front, et respira ce parfum si familier de shampooing.

— Je suis ridicule, dit-elle.

Le train ralentissait. Grace prit la valise dans le casier à bagages.

— Tu as l'argent que je t'ai donné ? Et mon portable ? Tu connais par cœur le numéro de papa, hein ?

Lucy approuva. Elle semblait ravie. Depuis un moment elle réclamait un téléphone à elle, et voilà que sa mère lui prêtait le sien le temps de son séjour : c'était un début.

— Je l'ai, maman.

— Tu rapporteras un petit cadeau pour ton grand-père ?

— Sûr. Papa a dit qu'on irait faire du tourisme. Je trouverai quelque chose pour papy.

— Tu es gentille.

Le train s'était arrêté. Il fallait descendre.

— Voilà, Lucy. Passe un bon séjour. Papa sera là pour t'attendre.

— Ne t'en fais pas, maman.

— Je ne m'en fais pas… Au revoir, mon cœur. Je t'aime…

— Moi aussi, je t'aime, maman.

Elle se leva vivement et étreignit sa mère.

*

Finalement, Lucy était encore une petite fille, songea Grace en descendant du train. Lucy était sa petite fille, et Frank ne pourrait la lui prendre.

Mais n'était-elle pas en train de donner des armes à Frank ? N'était-ce pas une erreur que d'essayer de réaliser son vieux rêve à tout prix ? Le moment était-il bien choisi pour partir en déplacement professionnel ?

Elle héla un taxi. Elle savait qu'elle était à la croisée des chemins. Elle pouvait encore laisser tomber ce stage pour la télévision, se mettre en quête d'un travail moins prenant, avec moins de contraintes. Un emploi qui ne risquait pas d'apporter de l'eau au moulin de Frank. Mais elle pouvait aussi aller de l'avant, sans permettre à Frank de lui dicter ce qu'elle avait à faire pour mener sa carrière.

Grace réfléchit durant le trajet, tout en observant les bateaux de plaisance qui filaient sur les eaux bleues de Narragansett Bay. Sa décision était prise : elle irait de l'avant. Elle serait cohérente et sincère avec elle-même.

En définitive, n'était-ce pas ce que sa propre fille attendait d'elle ? N'était-ce pas l'exemple qu'elle se devait de lui donner ?

13

Le taxi franchit le portail de l'hôtel Viking et emprunta l'allée en demi-cercle qui conduisait à l'entrée. L'établissement était installé dans une vaste maison en brique de style colonial, bâtie dans les années 1920 par un homme qui aimait à recevoir de nombreux convives. Grace imagina les gens arrivant ici au volant de leur voiture à l'ancienne mode. Elle sourit à la vue des massifs de pétunias roses et rouges, des hibiscus et des marguerites qui ornaient les plates-bandes et les fenêtres. Sous le porche, les résidents prenaient le soleil dans des transats.

La réception était ornée de tapisseries blanches, de chandeliers anciens et de boiseries sculptées. Une boîte aux lettres en cuivre trônait entre les ascenseurs.

Le concierge en uniforme remit à Grace la clé de sa chambre, ainsi qu'un billet.

— Un message pour vous, madame Callahan.

Grace fut un peu déçue de ne pouvoir monter tout de suite dans sa chambre pour faire un brin de toilette. B.J. la priait de le rejoindre directement en salle de rédaction.

— Le salon Bellevue, s'il vous plaît ? demanda-t-elle au concierge.

— Sur votre gauche au bout du couloir, madame.

— Merci.

Chargée de sa valise, elle prenait la direction indiquée quand le concierge la rappela :

— Madame Callahan, le groom se fera un plaisir de monter votre valise, si vous le souhaitez.

— Ce serait formidable. Merci.

Grace s'arrêta au seuil du salon, et prit une profonde inspiration. La pièce, prévue pour accueillir réceptions, mariages et conférences, était aménagée en plateau technique pour la chaîne Key News et l'émission « Key to America » : ordinateurs, téléphones, fax, photocopieurs. Des techniciens achevaient de tirer, le long du mur, les câbles qui permettraient d'établir les transmissions haut débit avec New York et le reste du pays. B.J. se trouvait près du buffet dressé au fond de la salle. Dès qu'il aperçut Grace, il lui fit signe.

— Venez !

Les yeux de Grace se posèrent sur une profusion de sandwiches, de gâteaux et de fruits.

— Heureux de vous voir, reprit B.J. J'ai cru que j'allais être obligé d'y aller sans vous.

Elle l'interrogea du regard.

— J'ai pensé que vous auriez envie de m'accompagner à Shepherd's Point. On va essayer d'y tourner deux ou trois images… Avec un peu de chance, quelqu'un acceptera de nous parler.

Il ajouta en se tournant vers le buffet :

— Servez-vous. Prenez quelque chose à emporter. Vous le mangerez en route.

Grace choisit sur la table un sandwich au thon qu'elle enveloppa dans une serviette en papier. Elle prit aussi une bouteille d'eau. Et elle se hâta de rattraper B.J. qui se dirigeait déjà vers la sortie.

— Tout ce qu'on sait, c'est que les tests sont positifs, lui lança-t-il par-dessus l'épaule. C'est bien de Charlotte Sloane qu'il s'agit.

Il l'entraîna vers une voiture garée à l'entrée de l'hôtel.

14

Zoé Quigley vit Grace quitter le salon Bellevue sur les talons de ce très séduisant producteur – B.J., comme tout le monde l'appelait. Zoé aurait parié qu'il s'intéressait à Grace, et pas uniquement à cause de ses qualités professionnelles.

C'est pour ça que j'ai traversé l'Atlantique et sacrifié mes vacances ?

Aucun des producteurs de « Key to America » ne s'était encore approché d'elle pour lui confier la moindre tâche. À New York, on la laissait répondre au téléphone et faire des photocopies : c'était toute la confiance qu'on lui avait témoignée. Apparemment, les choses n'étaient pas parties pour être différentes ici.

Bientôt, ils m'enverront chercher les cafés.

D'un geste ample, elle rabattit en arrière ses grandes tresses. En tout cas, elle était résolue à ne pas en rester là. C'est elle qui décrocherait ce poste d'assistant à la production dont la chaîne Key News avait besoin. À son retour en Angleterre, ce job serait son trophée, et elle s'en servirait comme d'un atout pour essayer d'obtenir mieux encore. Ce résultat obtenu aux États-Unis, plus le film documentaire qu'elle allait tourner seule, lui ouvriraient les portes de la BBC.

Le souvenir de l'esclavage avait laissé en Amérique des traces profondes et complexes, et il valait la peine de montrer en quoi les vieux démons étaient toujours présents. C'est pourquoi Zoé employait son temps libre à filmer au caméscope les vestiges du combat mené autrefois par les Noirs au « pays de la liberté ». Son intérêt se focalisait notamment sur une esclave prénommée Mariah.

Elle savait qu'il ne lui serait pas facile de mener de front son stage et son film, mais elle y parviendrait. Selon elle, le point fort de son documentaire était de donner à voir la vérité telle qu'elle était vraiment ; et la vérité, c'était que l'Amérique n'avait jamais cessé de mener la vie dure aux populations noires.

Elle continuait d'y réfléchir, songeant qu'en Angleterre la couleur de peau comptait bien moins. Là-bas, on ne vous jugeait pas en fonction de vos origines, mais de la classe à laquelle vous apparteniez. Votre façon de vous exprimer révélait qui vous étiez. L'accent pouvait être le signe d'un statut social élevé et d'une bonne éducation : il vous ouvrait des portes. En un sens, on pouvait peut-être aussi y voir une forme de discrimination. Sauf qu'une langue, on pouvait toujours l'améliorer. Il suffisait de travailler dur. Pour la couleur de peau, c'était une autre paire de manches.

15

Mon Dieu, il y a donc des gens qui vivent ainsi !

Grace était frappée de respect devant les chefs-d'œuvre d'architecture qu'elle voyait défiler le long de Bellevue Avenue. Toutes ces demeures étaient extraordinaires ! Toutes différentes ! Toutes réalisées avec art jusque dans leurs moindres détails. Étaient-ce encore les États-Unis ? On se serait cru en Europe, le long d'une avenue bordée de belles demeures. La Grèce antique, la Rome impériale, la Renaissance italienne, le Paris des Bourbons : les styles les plus prestigieux étaient tous représentés. Une fois encore, Grace essaya d'imaginer la vie, ici même, à l'époque de l'Âge d'or, quand Bellevue Avenue était sillonnée de fiacres menés par des cochers en livrée.

Évidemment, de pareilles demeures supposaient d'entretenir du monde : majordomes, jardiniers, femmes de chambre et autres domestiques. Mais avec les millions de dollars que ces gens gagnaient dans les chemins de fer, le pétrole, le charbon, le tabac, les transports maritimes, les banques et l'immobilier, ils avaient les moyens de s'offrir tout ce dont ils avaient besoin – d'autant qu'ils ne payaient pas l'impôt fédéral sur le revenu !

Mais les temps avaient changé. Le coût du travail n'était plus le même. La fiscalité non plus. Nombre de grandes familles en étaient même venues à estimer qu'elles n'avaient plus les moyens d'entretenir de telles habitations. Quelquefois, elles en faisaient don au comté de Newport – c'était une façon de résoudre le problème. Ainsi l'État prenait soin de ces richesses du passé, les ouvrait à la curiosité du public, ou les rentabilisait lors des cérémonies officielles.

Il est vrai que les deux guerres mondiales avaient été fatales aux grandes fortunes de la ville. Par la suite, le port avait pris une nette coloration militaire, la marine américaine ayant décidé d'y mouiller sa flotte Atlantique. Dans le centre-ville, s'étaient ouverts les bars et les commerces à bas prix destinés aux hommes de troupe. Mais ce temps-là était révolu aussi. Et peu d'industries étaient venues s'installer dans la région. Désormais, on s'intéressait à Newport pour son célèbre festival de jazz, et parce que John et Jackie Kennedy aimaient venir y passer leurs vacances. Mais les Kennedy, c'était il y a longtemps ! Aujourd'hui, il ne restait plus en fait que le tourisme pour rendre la ville attractive.

B.J. conduisait vite. Ils passèrent devant un club très sélect, le Bailey's Beach. Puis ils traversèrent le quartier prestigieux, quoique plus moderne, de Rhode Island Sound. Enfin la voiture ralentit à l'approche de Shepherd's Point. Il leur apparut tout de suite qu'aucun accord n'avait été trouvé entre l'État et Agatha Wagstaff en ce qui concernait la sauvegarde de la propriété. Le domaine, perché sur la colline, ressemblait au décor d'un vieux film d'horreur gothique. La maison était abîmée, dévorée par le lierre et les glycines sauvages, et comme abandonnée.

Près de l'entrée, parmi les herbes folles, se dressait un homme en chapeau de paille, vêtu d'un pantalon vert sombre et d'une chemise à manches longues ; cet homme tenait à la main une faux.

B.J. se gara dans l'allée, coupa le contact et descendit de voiture, suivi de Grace.

— Excusez-moi, dit-il en s'approchant du jardinier. Nous travaillons pour Key News.

L'homme était âgé. Il rabaissa sa faux. Des mèches grises s'échappaient de son chapeau déformé. Sa figure ridée était tannée par le soleil. Et son expression était tout sauf accueillante.

— Nous aimerions filmer la maison, reprit B.J. On se disait aussi que quelqu'un accepterait peut-être de nous dire quelques mots.

L'espace d'un instant, Grace se demanda si le jardinier n'allait pas les menacer en brandissant sa faux – d'autant qu'il empestait l'alcool. D'instinct, elle recula d'un pas.

— C'est un pays libre, dit le vieil homme. En tout cas, c'est ce qu'ils disent. Mais quoi qu'il en soit, vous êtes ici dans une propriété privée. Vous n'avez qu'à filmer depuis la route, si ça vous chante. Mais ne mettez pas les pieds sur les terres de Miss Wagstaff.

B.J. fit une nouvelle tentative :

— Mais vous, vous ne voudriez pas nous dire quelques mots ?

— Ça m'étonnerait, ricana l'homme. Ce serait à quel sujet ?

Comme s'il ne le savait pas ! songea Grace.

— C'est au sujet de Charlotte Wagstaff Sloane, répondit B.J. Les restes découverts dans le tunnel ont été identifiés ce matin comme étant les siens, non ?

Le jardinier laissa retomber ses épaules. Soudain accablé, il murmura d'une voix changée :

— Pas entendu dire ça…

Ils y allaient trop fort, pensa Grace. Le vieil homme tremblait, maintenant. C'était une chose affreuse que d'être informé d'une mauvaise nouvelle par un journaliste. Grace pensait à ces malheureuses familles qui ont perdu un fils ou une fille à la guerre, et qui l'apprennent par la télévision avant même la visite de l'aumônier militaire.

— Je suis désolé, reprit B.J. Comment vous appelez-vous, monsieur ?

— Dugan. Terence Dugan.

— Et vous travaillez pour Miss Wagstaff, monsieur Dugan ?

— Voilà quarante-deux ans que j'entretiens ce jardin. Je me souviens du jour où Miss Charlotte est née. Un si joli bébé…

Ses yeux s'emplissaient de larmes. Grace observa B.J. tandis qu'il poursuivait à voix basse :

— Je suis vraiment navré, monsieur Dugan. Je parie que vous aimiez beaucoup Charlotte.

Le jardinier reposa sa faux et tira de sa poche un mouchoir sale. Il s'essuya les yeux, et la sueur qui perlait sur son front.

— Miss Agatha va être bouleversée, dit-il. C'est elle qui a élevé Charlotte, car sa mère est morte quelques semaines après l'accouchement. Tout le monde savait qu'elle était trop âgée pour attendre un nouvel enfant. Miss Agatha avait déjà vingt ans ! Vous vous rendez compte ?

Terence continua :

— Deux ans plus tard, ça a été au tour de monsieur Charles de partir. Miss Agatha n'avait plus ni père ni mère. Elle a consacré sa vie à Charlotte.

— Quel tourment elle a dû vivre, dit B.J. Toutes ces années sans savoir ce qu'il était advenu de sa jeune sœur…

— S'il n'y avait que ça. Ce qui la torturait surtout, c'était de penser que Charlotte avait probablement été tuée par Oliver Sloane…

— Ça suffit, Terence !

Une voix jeune et féminine avait retenti derrière la porte.

— Arrête immédiatement de bavarder si tu ne veux pas t'attirer d'ennuis !

*

Maud Sloane ouvrit la marche, traversant le champ de mauvaises herbes qui menait vers la cabane de jeu. B.J. transportait sa caméra et sa valise technique. Grace s'était chargée du trépied.

— Je ne peux pas laisser les choses continuer comme ça une minute de plus, disait Maud d'une voix où perçait une détermination féroce. Il est temps de mettre les choses au point. D'ouvrir cette boîte aux mystères. Et tant pis pour les retombées.

— Si on commençait par vous, Maud ? suggéra B.J.

Il trépignait d'impatience à l'idée de pouvoir interviewer la propre fille de Charlotte Wagstaff ! C'était beaucoup plus important que de tourner des vues du domaine et du souterrain ! Si important qu'il préférait ne pas laisser à Maud le temps d'y réfléchir à deux fois. C'était une chance qu'elle ait dit oui. Il fallait vite en profiter.

— Si vous voulez, répondit-elle. Où voulez-vous faire ça ?

B.J. promena un regard sur le décor. Il cherchait la meilleure lumière. Le soleil d'été était haut dans le ciel. S'il filmait l'entretien en extérieur, on risquait de voir Maud cligner des yeux à l'image. Il avisa un grand chêne dont l'ombre se répandait près de la cabane de jeu. La journée était belle ; tourner sous les branches d'un arbre, voilà qui serait parfait.

Il installa la caméra sur son trépied. Il brancha les câbles du magnéto. Grace attendait près de Maud.

— Je suis navrée pour votre mère, dit-elle.

— Je vous remercie.

Cet échange fut suivi d'un silence gêné. Grace baissa les yeux. Maud était chaussée de sandales, et celles-ci révélaient un minuscule tatouage au pied droit. Maud vit que Grace avait noté ce détail.

— Ma mère n'aurait sûrement pas aimé, dit-elle. Mais c'est pour elle que je l'ai fait. Pour penser à elle tout le temps. Je n'ai guère de souvenirs, car j'avais six ans quand elle a disparu. Mais je l'entends encore me dire : « Attaque toujours du bon pied, Maud. » C'est pour ça. Je me suis fait tatouer un petit ange sur le pied droit. Ça m'aide à penser à elle. Elle m'appelait son ange.

— C'est une jolie histoire, dit Grace avec un sourire sincère. Ma mère me disait la même chose.

Maud chercha le regard de Grace.

— Votre mère est morte aussi ?

— Oui. Il y a six ans.

J'ai au moins eu la chance d'être élevée par ma mère, songea-t-elle. *Elle était là le jour de mon bac. Elle était à mon mariage. Et à la naissance de Lucy. Je l'ai eue auprès de moi pour les étapes les plus importantes.* Elle pensa aussi que sa mère lui manquait. Comme elle aurait aimé pouvoir encore parler avec elle de sa vie ! De ce qui se passait avec Frank. Du problème de la garde de Lucy. Oui, quelle chance d'avoir eu sa mère auprès d'elle si longtemps ! Grandir sans maman est si triste. Et c'était précisément ce qu'avait vécu cette jeune femme, Maud Sloane.

— Je suis désolée, reprit Maud en plissant les yeux. Pardon, mais… Je n'ai pas retenu votre nom.

— Grace. Grace Callahan.

— Qu'est-ce que vous faites chez Key News ?

— Je ne suis que stagiaire.

Maud l'observa avec scepticisme.

— Je sais, reprit Grace. Je fais vieille pour une stagiaire. Mais c'est une longue histoire. J'espère que mon stage débouchera sur une offre d'emploi. Il y a un job à la clé. Évidemment, tout le monde espère l'avoir. Il y a de la concurrence.

B.J. avait fini de s'installer. Il tendit à Maud un petit micro noir.

— Vous restez où vous êtes, dit-il. Je vous interrogerai en me tenant derrière la caméra. Grace, venez à côté de moi. Miss Sloane, si vous pouviez regarder Grace quand vous répondez, ce serait génial. Je préfère que vous ne fixiez pas l'objectif.

— Vous pouvez m'appeler Maud…

Elle accrocha le micro à son col, en faisant passer le fil sous le T-shirt, comme le lui avait suggéré B.J. Grace vint se placer près de lui.

— Prête ? dit B.J.

Maud fit oui de la tête.

— Très bien…

Il examina l'image miniature dessinée sur l'écran du moniteur, au-dessus de la caméra. Maud tordait ses mains délicates sur son buste. Ses cheveux blonds remuaient sous la brise légère venue de la mer. Le tronc du chêne apparaissait au second plan.

— Avant tout, Maud, quand et comment avez-vous appris que les restes ont été identifiés comme étant ceux de votre mère ?

Maud s'éclaircit la gorge.

— J'étais ici. Je rendais visite à ma tante Agatha quand on a reçu le coup de téléphone. C'était tout à l'heure. Juste avant de vous rencontrer en bas, à l'entrée.

— Votre réaction à cette nouvelle ?

La jeune femme fit une grimace. Elle secoua la tête. Grace, depuis toujours, détestait voir les reporters de la télévision brandir leur micro sous le nez des personnes victimes d'événements tragiques. *Pour l'amour du ciel, comment voulez-vous qu'elles aient réagi ? Ça les a accablées, brisées, atterrées !*

— Honnêtement ? Honnêtement, j'étais soulagée. Voilà quatorze ans que je me tourmentais au sujet de ma mère. Que lui était-il arrivé, tout ça… Je ne savais même pas avec certitude si elle était morte ou toujours vivante. C'est affreux, de ne pas savoir. Maintenant, je sais. C'est toujours ça. Les choses deviendront peut-être plus faciles.

B.J. enchaîna :

— La police vous a parlé de l'enquête ? Par où vont-ils commencer ?

— Ils ne m'ont rien dit, répondit-elle sèchement. Et je n'ai rien demandé.

— Vous avez l'air en colère.

— Vous ne le seriez pas, si vous appreniez que votre mère est restée toutes ces années dans un tunnel, à deux pas de chez vous, sans que la police soit fichue de la retrouver ?

Elle poursuivit :

— C'est leur faute. C'est à cause de leur incompétence que mon père a été l'objet d'accusations injustes. Il a vécu un véritable enfer. Tout le monde parlait dans son dos.

— Sauf votre respect, Maud, le fait que l'on ait retrouvé les restes de votre mère dans le tunnel ne prouve pas que votre père ne l'a pas tuée…

— Je sais, soupira Maud. Mais il aimait ma mère. Et puis, si la police avait retrouvé le corps plus tôt, elle aurait pu recueillir des indices qui auraient mis les enquêteurs sur la piste du véritable assassin. Laissez-moi vous dire une chose. Ce n'est pas mon père qui l'a assassinée, j'en suis absolument certaine.

B.J. releva la tête. Il regarda Grace, puis Maud.

— Alors, à votre avis, qui l'a assassinée ? dit-il.

La jeune femme hésita, puis lâcha d'un ton inflexible :

— Je ne peux rien vous dire pour l'instant. Maintenant, filmez la propriété. Et faites vite, je vous prie. Parce que si ma tante Agatha vous voit, elle piquera une colère.

— Nous comprenons, dit B.J. en éteignant sa caméra. Vous nous laissez dix minutes, un quart d'heure ?

— Pas plus. Je dois retourner auprès de mon père.

16

Toutes les radios diffusaient à présent le résultat des analyses, et le dernier individu à avoir vu Charlotte Sloane vivante n'était pas surpris de ce que l'on annonçait. La nouvelle aurait pu tomber plus tôt, ou plus tard. Il aurait préféré plus tard, bien plus tard, voire jamais.

Les détails sordides qui avaient précédé la mort de la victime risquaient d'être mis au jour. Or, de cela, il ne pouvait être question. Inquiétant, le mouchoir resté dans la poche de la robe. Ce mouchoir de soie qu'il lui avait prêté pour qu'elle sèche ses larmes.

Oui, inquiétant.

Heureusement, la photo n'avait pas refait surface.

Car il y avait aussi une photo. Tombée sur le sol du tunnel aux esclaves. C'est d'ailleurs ce qui avait désespéré Charlotte. Et tout déclenché.

L'arme du crime aussi était restée dans le tunnel ! Il avait dû retourner l'enterrer. C'est alors qu'il s'était aperçu que la photo avait disparu.

Quelqu'un l'avait prise.

D'abord, il avait eu une bouffée de panique. Puis il s'était senti soulagé en retrouvant ce portefeuille dans la cabane de jeu. Ce portefeuille stupidement oublié ! Et qui désignait un coupable. Tant que ce portefeuille existerait, il y avait peu de chances que la photo reparaisse.

Il avait adressé une lettre au propriétaire du portefeuille pour attirer son attention sur les risques qu'il encourait…

À présent, chacun tenait l'autre.

L'assassin était en possession du portefeuille. L'inconnu auquel appartenait le portefeuille était en possession de la photo. Des deux côtés régnait le silence. Chacun préférait ne pas courir après les ennuis.

Et il était capital de s'en tenir à ce *statu quo.*

17

Elsa Gravell adorait nourrir elle-même les oiseaux qui visitaient son jardin. Elle versait des graines dans la mangeoire quand le téléphone sonna. Elle se hâta de traverser sa pelouse impeccable pour pénétrer dans la fraîcheur du patio. Le sans-fil reposait sur la table en fer forgé, près de la chaise longue.

— Allô ?

— Elsa, c'est Oliver à l'appareil.

Elle sentit son cœur s'emballer. Il en allait ainsi depuis des années, chaque fois qu'elle entendait la voix d'Oliver Sloane. Elsa avait consacré l'essentiel de son existence adulte à aimer cet homme.

— Il y a du nouveau, Elsa. Les restes sont ceux de Charlotte, c'est sûr. C'est confirmé.

— Oh, je suis désolée, Oliver chéri... Je sais que toute cette affaire est pour toi un affreux cauchemar. Pour Maud aussi. Et pour nous tous, à vrai dire. Mais du moins, maintenant, nous savons. Le plus dur, c'était de ne pas savoir ce qui était arrivé à Charlotte. N'est-ce pas, Oliver ?

— Ça et les rumeurs disant que je l'avais tuée.

Dans la voix de baryton d'Oliver, la mélancolie semblait le disputer au cynisme. Elsa songeait à ce qu'il avait enduré. Elle partageait sa peine.

— Jamais, au grand jamais, une pareille idée ne m'a effleuré l'esprit, Oliver. Jamais je n'ai pensé que tu puisses être pour quelque chose dans la disparition de Charlotte. Je crois à ton innocence. De tout mon cœur et de toute mon âme. Tu le sais.

— Tu es bien la seule, Elsa. Avec Maud. La meilleure amie de Charlotte et la fille de Charlotte : il n'y a que vous deux pour m'avoir soutenu. À part vous, tout Newport me regarde comme un criminel.

— Tout va peut-être s'arranger.

— Pourquoi ? Qu'est-ce que tu imagines, Elsa ? Ils ont un corps, c'est tout. Ou ce qu'il en reste. L'assassin, lui, il court toujours.

Elsa devait admettre qu'il avait raison. Quelle épreuve affreuse que cette affaire ! Oliver n'en verrait pas la fin tant qu'ils n'auraient pas mis la main sur le coupable, c'était évident.

Elsa aimait Oliver d'un amour qui n'avait fait que croître après ces événements. Toutes ces années passées à le voir souffrir, à s'efforcer de l'aider tout en sachant que c'était impossible… Avec le temps, elle s'était dit qu'il finirait peut-être par oublier sa femme, du moins par s'éloigner d'elle, affectivement parlant. Elle avait espéré qu'ils pourraient enfin vivre comme un couple. Mais Oliver était dévoré par la culpabilité. Charlotte ne s'était guère montrée aimante avec lui au cours des mois précédant sa disparition. Et ils avaient eu une dispute le dernier soir qu'ils avaient passé ensemble. Cette culpabilité, Oliver s'efforçait de la noyer dans l'alcool ; une fois ivre, il se confiait à Elsa pendant des heures.

— Pourquoi n'ai-je pas su me montrer plus discret ? répétait-il. Qu'est-ce qui m'a pris ? Comment ai-je pu m'imaginer que Charlotte ne découvrirait pas mon infidélité ? Quel idiot j'ai été !

À chaque fois, il s'énervait. Elsa essayait de le calmer. Elle redoublait de patience.

— C'est le passé, chéri, disait-elle. Regarde l'avenir. Tu n'as consacré que trop de temps à cette histoire. Tu as encore de belles années devant toi – de belles années pour nous…

— Je t'en prie, Elsa. Ne recommence pas. Tu sais mieux que personne combien j'ai prié pour que Charlotte me revienne. C'est un miracle qu'elle ait voulu de moi. Sans l'intervention d'Agatha, je n'aurais jamais eu Charlotte. Et je ne t'ai jamais donné de faux espoirs. J'ai peut-être commis des erreurs, mais mon cœur a toujours appartenu à Charlotte.

À présent qu'Elsa avait Oliver au téléphone, et que les ossements venaient d'être identifiés, il lui répéta cette phrase une fois de plus :

— Mon cœur appartient à Charlotte…

— Mais Charlotte ne reviendra pas, Oliver ! le coupa brusquement Elsa. Nous pouvons vivre ensemble, maintenant. Nous pouvons nous marier. Tu es veuf. Officiellement veuf !

Elsa regretta aussitôt d'avoir prononcé ce mot. Certes, Oliver était privé d'épouse depuis quatorze ans, mais le moment était-il bien choisi pour l'entraîner dans un deuxième mariage ? En agissant ainsi, elle ne faisait qu'afficher son impatience à devenir Mrs Oliver

Sloane. Mais elle le voulait tellement ! Épouser Oliver ! Cet honneur avait beau n'intéresser désormais aucune femme de Newport, Elsa Gravell, elle, le désirait plus que tout. Elle était persuadée que son bonheur était attaché à la personne d'Oliver Sloane.

— Je viens juste d'apprendre avec certitude que ma femme est morte, reprit-il sèchement. Alors laisse-moi le temps de faire mon deuil.

Il raccrocha.

Elsa, qui avait encore le combiné à l'oreille, laissa échapper un juron.

C'était clair, Oliver ne l'accompagnerait pas ce soir à la réception donnée par les Vickers. Elle pouvait même décommander tout de suite. Elle décida cependant qu'il serait avec elle mercredi à la soirée de bienfaisance du Bal bleu. C'était elle qui présidait la cérémonie, et elle aurait Oliver à ses côtés, en dépit des événements. En réalité, c'est même la raison pour laquelle il se devrait d'être à ses côtés mercredi : parce que Charlotte avait été retrouvée. Il y serait en l'honneur de Charlotte. Il avait toujours été là le soir du Bal bleu. Charlotte et Elsa avaient coprésidé autrefois cette association pour la sauvegarde des oiseaux en danger. C'était gratifiant de voir que leur œuvre avait prospéré ; et Oliver, qui était là depuis le début, avait bravement fait sienne la cause de sa femme, au mépris des murmures.

Mais elle ne pouvait pas le forcer non plus. Elle ne pouvait se l'aliéner. Surtout dans une telle période, au moment précis où la vie leur offrait une chance de devenir peut-être, enfin, mari et femme.

Elsa avait grandi avec Charlotte. Charlotte avait jadis été sa meilleure copine d'école. Charlotte était alors une fille extravertie, aimée de tous ; Elsa passait pour plus calme, plus studieuse. Elsa avait été demoiselle d'honneur au mariage de son amie. Elle était la marraine de sa fille, Maud. Les deux amies avaient partagé cette passion des oiseaux qui les avait amenées à faire ensemble de lointains voyages. Combien d'heures n'avaient-elles passées côte à côte à guetter l'apparition d'un spécimen rarissime ? Et puis, un jour, cette fidélité d'Elsa envers Charlotte avait pris fin. À cause d'Oliver.

Elsa s'était aperçue qu'elle aimait Oliver. Elle avait décidé qu'il serait à elle.

Et tant pis si cela prenait du temps.

18

Grace et B.J., de retour à l'hôtel Viking, se rendirent immédiatement au bureau des reportages où le rédacteur en chef, Dominick O'Donnell, les regarda pardessus ses lunettes en demi-lune. B.J. ayant expliqué ce qu'ils ramenaient de Shepherd's Point, Dominick laissa tomber ce jugement :

— L'interview de la fille de Charlotte Sloane peut faire une exclusivité, mais ça ne suffit pas à monter un sujet d'intérêt national. Le reportage est intéressant au niveau de la région. Il faudrait lui donner de la consistance si tu veux accrocher le grand public. Garde ton enregistrement et essaie de voir s'il n'y a pas un élément intéressant à développer.

B.J. décida de ne pas lâcher prise.

— Dom, dit-il, le squelette est identifié. On a filmé l'intérieur du tunnel aux esclaves. On a l'interview… À mon avis, ça suffit pour faire un sujet.

Dominick considéra l'écran de son moniteur.

— Tu as déjà de bons sujets de programmés tous les jours de la semaine, B.J. Tu as avancé sur les boulots en cours ?

— Ne t'en fais pas. Tout est sous contrôle.

— Dans ce cas… Si tu as bouclé les autres sujets et que tu peux apporter en plus quelque chose de valable dans l'affaire Sloane, alors, c'est d'accord. Mais je te le répète, B.J., il faut développer. Tâche d'obtenir des réactions. Va interroger les gens qui ont connu Charlotte. Son mari, par exemple. C'est tout de suite à lui qu'on pense. Il faudra présenter aussi le point de vue de la police. C'est indispensable.

B.J. avait compris.

— Très bien, dit-il. On reviendra à la charge quand on aura plus de matériel.

*

Grace passa brièvement un coup de fil dans le Massachusetts pour s'assurer que Lucy était arrivée à bon port. Dans la salle de rédaction, tous les regards étaient braqués sur elle. Ceux des autres stagiaires surtout. On la voyait travailler avec B.J. Sans parler de cet échange avec le rédacteur en chef.

À présent Grace était partagée. D'un côté, elle était heureuse de la confiance que lui manifestait B.J. ; en même temps elle se coupait de ses camarades, ce qui la mettait mal à l'aise. Elle n'aimait pas l'atmosphère de compétition qui régnait autour de ce poste d'assistant. Chacun se croyait tenu d'en faire des tonnes, quitte à outrepasser ses compétences. Était-ce vraiment le meilleur moyen de toucher au but ?

Une qui n'avait pas ces scrupules, en tout cas, c'était Joss Vickers. Elle se leva et dit soudain :

— Mes parents organisent un *clambake*, ce soir. Les gens de Key News sont les bienvenus.

— Super, dit Dominick. Je n'ai jamais été à un *clambake.* On cuit des fruits de mer sur des pierres brûlantes, c'est ça ?

— Tu peux m'inscrire aussi, dit B.J.

En voilà une qui sait mener sa barque, songea Grace.

19

L'inspecteur Al Manzorella sortait d'une journée éprouvante. Il avait envie de tout, sauf d'aller à un *clambake* chez les Vickers. L'affaire Charlotte Sloane lui mettait les nerfs à vif.

Il réfléchissait tout en passant une chemise propre.

Bon, il y avait un cadavre, maintenant. Mais un cadavre ne faisait pas un coupable. Il récapitula mentalement les rares indices : le tisonnier, le journal intime, les boucles d'oreilles, et ce mouchoir de soie remarquablement conservé…

— Tu es prêt, chéri ?

Seanna venait d'apparaître au seuil de la chambre. Son regard étincelait. Elle avait mis sa nouvelle robe. Le fait d'être invitée à une soirée chez ces gens richissimes l'excitait énormément. Les Vickers : une famille que l'on ne voyait à Newport que l'été. Seanna travaillait à temps partiel dans une boutique d'antiquités, et c'est là qu'elle avait fait connaissance avec Vanessa Vickers. Une conversation s'était engagée. Et Vanessa, qui venait de laisser dans la boutique une somme d'argent considérable, avait invité Seanna et son mari à cette fête.

— Presque, dit Al.

Il ne pouvait pas faire faux bond à sa femme dans un moment pareil. Seanna n'avait pas souvent l'occasion de rencontrer des gens prestigieux. Il le regrettait d'ailleurs. Il s'en voulait de ne pouvoir offrir à sa femme tout ce qu'elle méritait. D'autant qu'elle ne se plaignait jamais. Dieu sait pourtant qu'elle aurait eu de quoi ! Les journées de travail d'un flic étaient longues, et ses revenus insuffisants pour leur permettre de s'offrir de belles vacances ou une maison plus grande.

— On prend ta voiture ou la mienne ?

— Prenons la tienne, répondit-il en essayant de peigner ses épais cheveux noirs.

C'était peut-être l'occasion de passer une bonne soirée, finalement. À vrai dire, il en doutait. Mais sait-on jamais… Dans ce genre de réception, il était quelquefois possible de glaner un ou deux tuyaux.

20

L'opération avait commencé beaucoup plus tôt, quand Mickey avait envoyé son équipe ramasser des algues dans les rochers. Un certain type d'algues en fait, aux feuilles sombres, chargées de ces bulles d'eau salée qui fournissent la vapeur nécessaire à la cuisson. Le *clambake* traditionnel exigeait cela.

Le bûcher aussi devait être construit dans les règles, en respectant une alternance de bois et de pierre. Les flammes, en s'élevant, portaient les pierres à très haute température ; puis elles diminuaient, tandis que se formait un lit de charbons ardents. On recouvrait pierres et braises d'algues en quantité. Les bulles éclataient alors en produisant des émanations de vapeur salée qui cuisaient et aromatisaient poissons et fruits de mer.

Tout cela impliquait une préparation qui commençait longtemps avant l'arrivée des invités. Mickey Hager était un cuisinier exigeant. Il tirait grande fierté de ses talents quand il s'agissait de préparer le poisson. En fait, c'était lui qui présidait le *clambake,* lequel s'effectuait dans le respect d'une tradition triséculaire transmise par les indigènes aux colons de la Nouvelle-Angleterre. Mickey était si doué qu'on se l'arrachait durant toute la belle saison. C'est à lui que l'on faisait appel pour les réceptions, les mariages et les soirées d'entreprises. Les *clambakes* se déroulaient sur la plage ou dans les propriétés familiales. Ils étaient très cotés à Newport. Et nombre d'estivants étaient prêts à les payer très cher.

Les Vickers étaient coutumiers de ce type de réception, et Mickey connaissait très bien leur maison. Il y disposait d'un local parfaitement équipé, aménagé dans un ancien hangar qui avait abrité autrefois les fiacres et autres voitures à cheval. La demeure n'avait pas la taille de ces constructions immenses qui bordaient Bellevue Avenue, mais elle était dotée de nombreux équipements parmi les plus enviables : la climatisation, la télévision par satellite et les machines à glace, inventions qui rendaient la vie du XXIe siècle plus confortable encore que celle du fameux Âge d'or.

Mickey travaillait rapidement. Il empilait les homards, les moules, les coquillages et le maïs dans des paniers de métal, sur un lit d'algues humides et fraîches. Les paniers étaient dressés ensuite sur les pierres avec art, de sorte à favoriser la meilleure cuisson possible. Avec l'aide de son assistant, il tendait même des toiles au-dessus du bûcher, afin de conserver la chaleur.

Mickey recula de quelques pas et contempla son œuvre. Il était satisfait. Ses affaires en général marchaient bien. Cependant il fallait essayer de rester le meilleur. Il s'était donné du mal pour en arriver là : pas question pour lui de redégringoler l'échelle et de retourner bosser comme serveur au Country Club.

— Salut, Mickey !

Il se retourna. Joss Vickers. Une super nana. Vêtue ce soir d'un short blanc et d'un T-shirt noir qui lui moulait les seins. Cette façon d'exhiber ses longues jambes bronzées outrepassait très largement les usages en vigueur. *Merde, elle est tout simplement à croquer.*

Elle aimait draguer, en plus. Mickey avait eu plusieurs fois l'occasion de voir comment elle s'y prenait pour séduire un gamin de son âge, quand ce n'était pas un ami de ses parents. Cette fille était un rêve. Elle avait un pouvoir d'enfer. Et elle savait s'en servir.

Chaque fois qu'il se trouvait en sa présence, Mickey revoyait leur première rencontre. C'était pour le sixième anniversaire de Maud Sloane. La fête se tenait au Country Club, au bord de la piscine. Toute petite déjà, Joss dégageait une volupté folle. Au point que c'en était choquant. À six ans, elle portait un maillot de bain léopard. Ses petites jambes étaient bien formées. Et elle avait déjà l'air d'avoir tout compris. Lui, Mickey, avait dix-huit ans. Il servait la limonade aux jeunes invités, et distribuait les parts de gâteau au chocolat. Il avait eu honte alors d'accueillir de telles pensées concernant une fillette. Aujourd'hui, il lui suffisait de se remémorer cette scène pour sentir le rouge lui monter aux joues.

— Salut, répondit-il prudemment.

Elle était son employeur, en l'occurrence. Il aurait été gêné de l'appeler par son prénom. En même temps, il ne se voyait pas non plus lui donner du « Miss Vickers ». Il s'essuya le front, heureux que la chaleur dégagée par le brasier l'aide à dissimuler son trouble.

— Ça se présente bien, on dirait, reprit Joss.

Elle fixait des yeux le lit de braises.

— Ouais. Tout est sous contrôle. Ce sera une bonne soirée.

Joss lui adressa un grand sourire et plissa les yeux.

— Super, dit-elle. C'est important pour moi que tout le monde passe une bonne soirée. Il n'y aura pas seulement nos amis de Newport. Des gens de Key News seront là aussi. Et j'ai l'intention de leur faire une méga-impression.

21

Grace, qui avait ouvert sa valise sur le lit, fut contrariée par le spectacle de ses vêtements mal pliés. Plus exactement, elle était mécontente de n'avoir pas les vêtements qui convenaient.

À présent qu'elle entrait dans le monde du travail, elle allait devoir se soucier plus sérieusement de sa garde-robe. Ainsi qu'elle avait pu s'en rendre compte à New York, les employées de Key News ne se contentaient pas de venir au bureau dans une tenue classique. Elles s'habillaient au contraire avec une certaine recherche. Ici, à Newport, productrices, rédactrices et cadres avaient l'air de pencher pour le look Ralph Lauren : pantalon de toile, chemisier blanc ou T-shirt, sweater autour de la taille ou négligemment jeté sur les épaules. Grace avait même repéré des vestes en jean sur le dos de fauteuils, dans la salle de rédaction.

Elle sortit de la valise ses pantalons en lin – tous désespérément froissés ! Elle alla ouvrir la porte de la penderie. Elle y trouva une planche à repasser, mais pas de fer.

Du reste, le pantalon de lin était-il la tenue appropriée pour se rendre à un *clambake ?* Si seulement elle avait le temps de filer en ville… Elle y trouverait sûrement un magasin Gap. Mais B.J. s'était offert de l'emmener. Elle devait le rejoindre à la réception dans une demi-heure. Ayant contourné le lit et décroché le téléphone sur la table de nuit, elle demanda qu'on lui monte un fer à repasser.

*

— Izzie, avant de vous en aller, vous voudrez bien monter un fer à la 201 ?

Elle avait le choix, peut-être ? Ce n'était pas une demande. C'était un ordre. Un ordre venu de la chef. Et Izzie se savait surveillée : on attendait qu'elle fasse un faux pas.

— Bien sûr, Eileen. Tout de suite.

En attendant l'ascenseur de service, Izzie fit quelques exercices avec le bras droit, en se servant du fer comme d'un haltère. Elle répéta le mouvement. C'était une façon de récupérer un peu de sa musculature. Elle était sortie sans force de son opération. Et son boulot était pénible. Faire les lits. Vider les poubelles. Nettoyer les toilettes. Récurer les baignoires. Ce n'était facile pour personne. Alors pour quelqu'un qui sortait d'un cancer du sein, d'une opération et d'une chimio ! Autant parler de mission impossible. Combien de temps arriverait-elle à tenir ? Elle n'en savait rien. Tous les soirs, elle rentrait chez elle exténuée, incapable de rien faire d'autre que de s'effondrer sur son lit.

Dans l'ascenseur qui l'emmenait au deuxième étage, elle eut un étourdissement. Elle se dit que ce n'était rien. Elle était sujette à ce genre de symptômes depuis son traitement.

— Tiens bon, Izzie, tiens bon, se répétait-elle à voix basse quand les portes de l'ascenseur s'ouvrirent.

Elle gagna la chambre 201. Elle frappa.

— Une minute, répondit une voix féminine.

Une minute ? Ce fut une minute de trop. Quand la porte s'ouvrit, Izzie gisait à terre.

*

— Vous allez mieux ?

Grace, accroupie, aidait la femme de chambre à se relever.

— Tenez bon, je vais appeler de l'aide…

— Surtout pas.

Le ton était sans réplique.

— Alors, que puis-je faire ? Voulez-vous un verre d'eau ?

La femme de chambre prenait appui contre le chambranle de la porte. Elle faisait tous ses efforts pour tenir debout. Elle semblait épuisée.

— Je ne veux pas qu'on me voie comme ça, dit-elle. Vous ne me laisseriez pas entrer une minute ?

Grace se demanda si c'était prudent. Mais l'expression qui se lisait sur le visage tourmenté de cette malheureuse la poussa à dire oui. Elle la fit entrer. Elle l'accompagna jusqu'au fauteuil. Elle la fit asseoir. Elle gagna la salle de bains dont elle revint avec un verre d'eau.

— Tenez, dit-elle doucement.

La femme de chambre accepta le verre. Grace l'observait. Cette personne avait quelque chose d'enfantin, avec ses courts cheveux gris, légers comme de la plume. De nouveaux cheveux, en fait. Grace songea à sa mère qui elle aussi avait perdu ses cheveux au terme d'une chimiothérapie.

— Je m'appelle Grace Callahan.

— Izzie O'Malley, murmura la femme.

— S'il vous plaît, Izzie, laissez-moi téléphoner à la réception. Ils enverront quelqu'un pour vous examiner.

— Non, non. Je vous remercie, mais ce n'est pas une bonne idée. Ils vont penser que je ne peux plus travailler, et je ne veux pas.

Grace hocha la tête. Elle comprenait.

— Très bien, reprit-elle. Dans ce cas, si j'appelais une de vos amies, ou un parent, pour que l'on vienne vous chercher ?

Izzie secouait la tête.

— Ça va aller, dit-elle. Pourvu que je puisse rester assise encore une minute.

Elle jeta un coup d'œil au pantalon de lin étendu sur le lit.

— Faites ce que vous avez à faire, je vous en prie. Je m'en vais dans un instant.

Grace regardait la pendule, et l'écran digital où s'égrenaient les secondes. B.J. était sûrement déjà en bas, en train de l'attendre. Elle brancha le fer.

— Vous êtes avec l'équipe de Key News ? demanda Izzie. Vous venez de New York ?

Elle hochait la tête vers la chaise où reposait le sac au logo de la chaîne.

— Oui.

— Ça doit être excitant.

— On verra. C'est mon premier stage sur le terrain. Je dois essayer de faire mes preuves. C'est pour ça : je suis un peu nerveuse.

Inutile de s'étendre davantage : Izzie avait compris qu'elle n'était pas la seule à avoir un patron sur le dos. Grace continua de passer le fer sur son pantalon. Izzie se leva.

— Ça va mieux, maintenant.

— Vous êtes sûre ? Je dois sortir avec un ami. Voulez-vous que nous vous déposions chez vous ?

— Non. Vous n'avez déjà été que trop gentille. Merci beaucoup.

Izzie regagna le couloir, puis l'ascenseur. Elle se sentait mieux. Il existait des gens bien, et Grace Callahan en faisait partie. Espérons qu'elle s'en sortirait dans son boulot.

Le temps d'arriver dans son bungalow, Izzie avait pris sa décision. Si elle devait rendre public ce qu'elle savait, elle s'adresserait à cette jeune femme : Grace Callahan.

Un service n'en vaut-il pas un autre ?

22

Il restait deux bonnes heures avant le coucher du soleil. Dans la propriété des Vickers, on avait dressé assez de tables pour accueillir une centaine d'invités. Les nappes rouges et blanches s'ornaient de ballons. Une tente accueillait la piste de danse et un orchestre de cinq musiciens. Des attractions étaient prévues aux quatre coins de la propriété : un portraitiste, un jongleur, une diseuse de bonne aventure, et même un tatoueur au henné.

— Impressionnant ! s'exclama B.J.

— Vous ne saurez pas ce que c'est qu'une fête tant que vous ne serez pas venu chez moi, dit Grace. Je vous inviterai, la prochaine fois. Mon père prépare des hot-dogs de première classe sur son petit barbecue.

B.J. souriait. Ses yeux bruns pétillaient de plaisir.

— Venez, dit-il. Allons boire un verre.

Ils prirent la direction du bar.

*

Grace but une gorgée de bière fraîche et promena un regard autour d'elle. Il fallait vraiment avoir de l'argent pour se permettre de rajouter quarante ou cinquante personnes de plus sur sa liste d'invités.

— Vous savez, Grace, reprit B.J., je ne voudrais pas que vous vous imaginiez que je ne pense qu'au boulot. Que je ne sais pas m'amuser. Mais bon. Pourquoi ne pas en profiter pour essayer de glaner deux ou trois infos sur l'affaire Sloane ? Histoire de développer le sujet, comme dit Dominick. Des gens qui se trouvaient à Newport au moment des faits. Tout ça.

— Vous avez apporté votre caméra ?

— Elle est dans le coffre de la voiture. Mais ce n'est pas tellement à ça que je pensais. Je songeais plutôt à parler à telle ou telle personne qui aurait connu Charlotte. Quitte à faire revenir les gens, après, devant la caméra. Si besoin est.

Grace, à vrai dire, n'aurait pas été fâchée de pouvoir profiter d'un moment de détente. Elle avait une longue journée derrière elle. Elle s'était levée tôt pour attraper son train. Ensuite il y avait eu ce choc émotionnel quand elle avait dû se séparer de Lucy. La vérité est qu'elle n'avait pas eu le temps de souffler depuis qu'elle avait débarqué à Newport… Mais c'étaient là des considérations dont elle préférait ne pas s'ouvrir à B.J. Mieux valait jouer le jeu à fond.

— Bien sûr, répondit-elle.

— Alors séparons-nous, enchaîna-t-il. On augmentera nos chances en opérant chacun de son côté. Ça ira ?

Grace but une autre gorgée de bière. *Que répondre ? Ah ! non, B.J. ! Je préfère vous coller au train ! De toute façon, je n'ai pas tellement confiance en moi, vous savez. Et je me disais qu'on allait passer la soirée ensemble, à se balader bras dessus bras dessous...*

— Ça ira très bien, dit-elle.

*

Elle se déplaça vers la périphérie de la fête. Elle regardait le jongleur faire tourner ses boules multicolores, quand elle sentit une présence auprès d'elle. Elle tourna les yeux. C'était un homme chauve d'allure aristocratique, vêtu d'une tenue décontractée et soigneusement étudiée en même temps : pantalon blanc au pli impeccable, chemise Oxford bleue à col ouvert, manches soigneusement roulées sur des avant-bras bronzés. L'élégant personnage était pieds nus dans ses mocassins de cuir.

— Vous êtes une amie des Vickers ou une de ces personnes de la télé ?

Il avait formulé la seconde hypothèse en réprimant un début de grimace.

— Peut-être les deux.

Il interrogea Grace des yeux. Elle reprit :

— Je travaille pour Key News. Dans l'émission « Key to America ». Je suis stagiaire, en fait. Tout comme Joss Vickers.

Elle devina qu'il essayait de comprendre. Stagiaire ? À cet âge ? Autant devancer la question :

— J'ai repris mes études.

— Je vois.

Le ton était condescendant. Elle préféra ne pas relever. Mieux vaut avoir la peau un peu dure quand on a des ambitions.

— Je m'appelle Grace Callahan.

Elle fit passer son verre de la main droite à la main gauche.

— Kyle Seaton, répondit l'homme en acceptant la poignée de main.

Ce nom figurait dans les documents sur Newport qu'elle avait lus pour préparer ce séjour.

— Vous êtes le sculpteur d'ivoire, dit-elle.

Satisfait d'avoir été reconnu, Kyle tira aussitôt de sa poche une carte professionnelle : « KYLE SEATON, sculpteur d'ivoire, négociant, pièces de collection. »

— C'est la première fois que je rencontre quelqu'un qui travaille dans ce domaine, dit Grace en prenant la carte. C'est intéressant. J'ai fait une recherche sur votre activité.

— Key News débarque chez les provinciaux pour tourner des reportages couleur locale, n'est-ce pas ? Je me demande si je ne regrette pas déjà d'avoir accepté de vous laisser filmer ma boutique.

— Pourquoi donc ?

— Parce que je me suis forgé en vingt ans une réputation dans le milieu fermé des collectionneurs. Je ne tiens pas à la ternir en passant à la télévision.

— Vous avez accepté, cependant.

Grace était sincèrement surprise.

— Vanité, soupira Kyle en haussant les épaules. Vanité et bêtise. Enfin, je suppose. Il faut être bête pour s'exposer à la télévision devant les masses. Non ?

Grace n'était pas sûre de connaître la réponse à cette question, mais elle devait admettre qu'elle se l'était souvent posée. C'était un fait que, de nos jours, les gens n'hésitaient pas à divulguer à l'antenne des informations à caractère personnel, pour ne pas dire intimes, voire gênantes. Ils s'étaient fait refaire le ventre, le visage, les fesses, les seins, et le public bayait aux corneilles en écoutant la liste de ces détails ! Ils venaient au micro proclamer leur amour, jurer qu'il ne mourrait jamais, puis on les surprenait en flagrant délit d'infidélité. Ils participaient à des compétitions de survie au cours desquelles on les forçait à se nourrir d'insectes et de vers. Et toujours le téléspectateur se gaussait. Et jamais les producteurs d'émissions ne semblaient embarrassés de voir des êtres humains sacrifier leur dignité en échange d'un quart d'heure de gloire…

Grace décida de ne rien dire qui eût risqué de pousser Kyle à rompre son engagement avec la chaîne.

— Vous vivez à Newport depuis longtemps ?

— Un authentique Newporter vit à Newport depuis toujours, répondit Kyle avec un rien de solennité. Et je suis un vrai Newporter.

— Donc vous étiez là quand Charlotte Sloane a disparu.

Il se rembrunit.

— C'est un fait que je connaissais Charlotte depuis nos années d'enfance. Nos familles avaient des cabanons voisins au club de Bailey's Beach.

Joli coup.

— Alors vous devez avoir votre théorie sur ce qui lui est arrivé.

— Non. Vous avez certainement entendu parler de la rumeur : tout le monde en ville pense que son mari est dans le coup. C'est triste pour le pauvre Oliver. Mais je dirai pour sa défense qu'il possède une merveilleuse collection d'ivoires sculptés. C'était un de mes bons clients. Charlotte et lui achetaient de superbes objets pour fêter les anniversaires. Puis Charlotte a disparu. La ville a commencé à jaser. Et Oliver a cessé de fréquenter ma boutique.

— Je comprends. Charlotte a disparu le jour de leur anniversaire de mariage, je crois ?

— Oui. Ça doit être ça. Même si la réception donnée ce soir-là n'était pas une fête d'anniversaire. C'était une soirée de bienfaisance. Pour la protection des oiseaux menacés. Charlotte s'occupait de cette association avec Elsa Gravell. J'y étais, du reste. Charlotte aurait quitté la soirée seule. Et en larmes. Je ne l'ai pas vue. C'est ce qu'on m'a rapporté.

— Pourquoi pleurait-elle, à votre avis ?

Kyle la regarda d'un œil sévère, puis protesta :

— Ce ne sont pas mes affaires !

Phrase qui voulait clairement dire : « Ni les vôtres, Miss Callahan. »

*

— Grace, viens voir !

Cette voix nasillarde appartenait à Sam Watkins, le gars de l'Oklahoma. Sam lui faisait signe. Il l'invitait à le rejoindre.

Il était avec d'autres dans le box du tatoueur, et l'artiste s'employait à reproduire le dessin d'un aigle sur sa poitrine glabre. Joss assistait à la scène, ainsi que Zoé Quigley, la fille venue d'Angleterre.

— Ce n'est pas du patriotisme, ça ? s'écria le jeune homme. Qu'est-ce que tu en penses, Grace ?

Il baissait la tête pour essayer de découvrir le résultat.

— Rusty est un sacré artiste, non ?

Le tatoueur pressa un tube pour en faire sortir un peu de pâte brune qu'il appliqua sur son dessin.

— On va bientôt manquer de lumière, dit-il. Alors arrête de bouger. Je veux finir avant la nuit…

Il peaufina son dessin à l'aide d'une brosse.

— Maintenant, reprit-il, attends que ça sèche.

Il se renversa sur son pliant pour admirer le travail.

— Ça va tenir longtemps ? demanda Zoé, fascinée.

— Quelques jours, répondit Rusty. Voire une semaine. Ça dépend des frottements. Et de la quantité d'eau et de savon qu'il utilise pour se laver.

C'était amusant, ces tatouages au henné. Et sans douleur. On n'était pas obligé de les garder une vie entière. Grace songea à cet ange que Maud s'était fait graver sur le pied. Un vrai tatouage, celui-là. Un symbole indélébile associé au chagrin d'avoir perdu une mère. Un dessin visible chaque jour qui passait. Grace eut subitement envie d'en avoir un elle aussi. Mais se faire imprimer sur la peau un souvenir sans pouvoir jamais revenir en arrière ! Elle hésitait.

— Vous auriez le temps de m'en faire un petit ? demanda-t-elle à l'artiste.

Rusty consulta sa montre. Il leva les yeux vers le ciel déjà sombre. Pourquoi pas ? Il était payé à l'heure.

— En se dépêchant, alors. Qu'est-ce que tu veux comme dessin ?

— Une fleur d'iris, c'est possible ?

— Sûr. Ce n'est pas bien difficile. Tu la veux où ?

— Sur le pied.

Rusty haussa les épaules. Ce n'était pas un vilain endroit où faire un dessin. On lui avait déjà demandé pire.

Grace commençait à ôter sa sandale.

— Garde-la, dit Rusty. Je vais le faire juste au-dessus de la bride. Comme ça, tu ne seras pas forcée de rester pied nu le temps qu'il sèche.

Grace regarda les pétales se former au-dessus de son pied droit. Mais pour Sam, Joss et Zoé, la fascination était retombée : ils étaient déjà en route pour le bar.

— En fait, dit Rusty sans lever les yeux de son travail, il devrait tenir plus longtemps que celui de ton copain. La peau des mains et des pieds est plus perméable. Le henné tient mieux.

— Je réfléchis, en ce moment. Peut-être que ça m'intéresserait d'avoir un tatouage permanent.

— Je peux m'en charger. C'est mon boulot. C'est ce que je fais le plus : de vrais tatouages. Le henné, c'est juste pour arrondir les fins de mois. Viens dans ma boutique. C'est sur Broadway. Je te ferai tout ce que tu voudras. Mais je te préviens : le tatouage sur le pied, c'est très douloureux. L'aiguille pique tout de suite dans l'os.

Grace se pencha pour examiner le résultat.

— Pourquoi une fleur d'iris ? voulut savoir Rusty en rebouchant son tube de pâte.

— Iris était le prénom de ma mère, répondit Grace.

— C'est drôle. J'ai vu une fille, récemment. Elle est

venue pour un tatouage sur le pied, elle aussi. Et c'était aussi en souvenir de sa mère.

— Ce n'était pas Maud Sloane ?

— Eh bien, si. C'était elle.

Rusty regardait Grace d'un air intrigué.

— Tu connais Maud ?

— J'ai fait sa connaissance aujourd'hui. J'ai vu son tatouage. C'est même ce qui m'a donné l'idée de l'iris.

— C'est triste, hein, ce qui est arrivé à sa mère ?

Il jeta le tube de henné dans sa boîte.

— Oui. Très triste.

— Ça m'a étonné, de la voir ici tout à l'heure. Vu ce qu'on disait aujourd'hui à la radio.

Grace se tourna vers la fête.

— Maud est ici ?

— Ouais. Je l'ai vue. Elle était avec une dame plus âgée qui a plein d'oiseaux imprimés sur son chemisier. Ça ferait de super tatouages, ces oiseaux-là.

*

Grace partie, Rusty remballa son matériel. Il n'était pas fâché de pouvoir enfin quitter cette bande de snobs. Il ne se sentait pas à l'aise dans ce monde-là. Les poses et les grands airs, ce n'était pas pour lui. Ça n'avait jamais été son truc.

Alberto S. Texiera, *alias* Rusty, avait fait son service dans la marine, à bord d'un bâtiment stationné dans la base navale de Newport. Au bout d'un temps, il avait été affecté au rôle de chauffeur de l'amiral, et cette mission l'avait rendu nerveux. À l'époque déjà il n'aimait pas accompagner les huiles en tenue d'apparat dans les endroits huppés de Newport. Et il n'avait pas changé depuis. Il aurait préféré de loin descendre des bières dans un bar, en ville, que de se retrouver dans une fête au milieu des rupins – même s'il se doutait que les Vickers considéraient leur réception comme une petite réunion décontractée.

Il faut dire que Rusty avait limité ses ambitions personnelles à peu de chose : *Vivre et laisser vivre.*

Il y était d'ailleurs parvenu jusqu'ici. Après son service militaire, il avait commencé à travailler à Broadway Tattoos, la boutique où lui-même s'était fait tatouer. Le propriétaire de ce commerce pratiquait des prix défiant toute concurrence. Résultat, les marins de la base venaient chez lui. Mais Rusty avait observé que son commerce attirait aussi d'autres clients, des civils qui souhaitaient se faire tatouer un petit quelque chose à un endroit discret. À l'épaule, au-dessus de la cuisse, dans le bas du dos. Même les gosses étaient intéressés ; et ils n'hésitaient pas à mentir sur leur âge pour obtenir ce qu'ils voulaient. Peu à peu, la clientèle de Broadway Tattoos s'élargit à un nombre toujours croissant de femmes des classes moyennes désireuses de mettre un rien de piment dans leur vie.

Rusty travailla ses dessins. Bientôt, le bouche à oreille aidant, c'est lui que les clientes réclamèrent. Quand le propriétaire parla de fermer boutique et de déménager en Floride, Rusty lui racheta Broadway Tattoos grâce à un prêt bancaire.

Il prospéra quelque temps. Mais la mode du tatouage ne faisait elle-même que croître et embellir, et la concurrence ne tarda pas à se durcir. Si Broadway Tattoos était resté longtemps le seul rendez-vous des candidats au tatouage de Newport, d'autres artisans décidèrent de tenter leur chance. La ville vit s'ouvrir plusieurs « salons d'art corporel ». Ces nouveaux négoces étendaient leur activité à toutes sortes de massages, de soins esthétiques et même de traitements pour la beauté et l'entretien du corps – tout cela dans une ambiance trop chic aux yeux de Rusty. Désormais, les élégantes de Newport ne franchissaient même plus le seuil de Broadway Tattoos : elles allaient directement voir la concurrence.

C'est pourquoi Rusty avait été heureux de recevoir le mois dernier la visite de Maud Sloane. En réalité, il ne l'avait pas reconnue. Il s'était appliqué à lui tatouer sur le pied un ange aussi parfait que possible, non sans l'avoir avertie qu'elle risquait de souffrir, ce dont il s'excusait par avance. Comme il se concentrait sur son travail, elle lui avait expliqué la raison de sa démarche. C'était en mémoire de sa mère. Elle vient sûrement de la perdre, avait alors songé Rusty. Puis, voyant son nom sur le reçu de carte bleue, il avait compris à qui il avait affaire.

Sloane.

C'était la fille de Charlotte Sloane. La petite Maud. À présent devenue une femme. Cette fillette dont Charlotte lui avait parlé, à lui Rusty, un soir qu'il tenait son rôle de chauffeur. Il avait conduit l'amiral à une soirée au Country Club. Il attendait dans la voiture. Charlotte avait quitté la fête en pleurant. Rusty l'avait conduite à Shepherd's Point. Et personne ne l'avait jamais revue.

Découvrant qu'il avait Maud Sloane devant lui, Rusty avait été tenté de lui parler de ce souvenir. Mais il n'avait pu s'y résoudre. Les mots ne venaient pas. Du reste, il n'était jamais allé raconter à la police qu'il avait conduit Charlotte à Shepherd's Point ce fameux soir. À son boss non plus, il n'avait rien dit.

Après avoir servi de chauffeur à Charlotte Sloane, il s'était hâté de revenir au Country Club avant que l'amiral ne décide de quitter la fête à son tour ; et il avait toujours gardé ce secret pour lui.

23

Au terme de plusieurs heures de préparation et de cuisson, Mickey put enfin sonner la cloche qui signalait le début du festin. Grace se joignit aux invités rassemblés autour du feu. Mickey offrit aux convives quelques explications sur le processus de cuisson. Quand ses aides délivrèrent le bûcher de sa toile, des « Oh ! » et des « Ah ! » enthousiastes fusèrent de toutes parts. L'atmosphère s'emplit aussitôt de vapeur et d'un exquis parfum d'aromates.

Les tables se couvrirent de homards fumants. Il y avait aussi de la morue fraîche, des clams, des moules, des épis de maïs, des sauces, des oignons, des pommes de terre et du pain chaud. Grace prit place dans la file devant le buffet. Quand vint son tour, elle tendit son assiette. Une fois servie, elle chercha un endroit où s'asseoir.

Il restait des places libres à une table où s'étaient installés des membres de Key News. Grace pensait aller dîner en leur compagnie. Mais, en chemin, elle entendit qu'on l'appelait par son nom. Elle s'arrêta. C'était Maud Sloane.

— Salut, Grace !

Grace songea au tatouage en forme d'iris qui séchait sur son pied. Pourvu que Maud ne s'en aperçoive pas ! Elle pourrait s'imaginer que Grace la copiait. Mais la nuit était tombée, désormais. Le seul éclairage de la fête venait des bougies alignées sur les tables.

— Bonsoir, Maud. Je ne pensais pas vous voir ici.

Maud haussa les épaules.

— On se dit tu, proposa-t-elle. Je ne voyais pas l'intérêt de rester chez moi. J'ai essayé de convaincre mon père de m'accompagner, mais rien à faire.

Elle présenta Grace à la femme qui se trouvait auprès d'elle.

— Elsa, voici Grace Callahan. Elle fait un stage à Key News. Je t'ai parlé d'elle. Grace, voici ma belle-mère, Elsa Gravell.

Elsa et Grace échangèrent une poignée de main. Grace reconnut dans la demi-pénombre le chemisier à motif d'oiseaux exotiques dont Rusty lui avait parlé.

— Vous avez fait sur Maud une forte impression, affirma Elsa Gravell. Elle m'a dit que vous vous étiez montrée très polie et très sensible.

— D'habitude, les gens qui rôdent autour de nous se conduisent comme de vrais requins, enchaîna Maud.

Grace sourit.

— Je débute dans le métier, dit-elle avec humour. C'est peut-être pour ça.

— J'espère que tu ne deviendras jamais comme eux, enchaîna Maud. Mais, de nos jours, c'est à la télé qu'il faut être, n'est-ce pas ? Tenez, ce cher professeur Cox, par exemple…

Elle désignait l'homme attablé à côté d'elles.

— Même lui, il accepte de passer à la télévision. Pourtant, c'est un savant très estimé.

Grace observa le savant en question. Autant qu'elle pût en juger, il était plutôt séduisant. Un nez puissant, des yeux sombres. Curieusement, sa chevelure blanche semblait le rajeunir. Mais il avait sans doute passé la cinquantaine.

— Monsieur le professeur Gordon Cox ? lança-t-elle.

— Exactement, répondit-il en se levant de sa chaise.

— Je vous en prie, dit Grace. Restez assis. C'est juste que je vous connais de nom. C'est moi qui vous ai faxé des plannings d'émissions depuis New York, pas plus tard qu'hier.

— Bien sûr ! Ils me sont parvenus. Je vous en remercie.

— C'est le meilleur professeur de Salve Regina, reprit Maud. Il n'arrête pas de me harceler, cela dit. Il veut que j'intervienne auprès de ma tante Agatha pour qu'elle autorise la reprise des travaux dans le tunnel de Shepherd's Point.

— Tu es gentille, dit Cox, manifestement ravi. Mais le « meilleur professeur » est sans doute trop généreux.

— Pas du tout, insista Maud.

Elle enchaîna en s'adressant à Grace :

— Il a l'art de rendre l'histoire vivante. Il n'est pas du tout comme ces enseignants qui ronronnent jusqu'à vous donner l'envie de hurler. Tu as de la chance de l'avoir comme consultant pour vos émissions, Grace.

— J'en suis convaincue, dit Grace.

Un siège était libre à côté de Maud. Cependant personne n'offrait à Grace de le prendre. Aussi décida-t-elle de s'excuser, et de rejoindre la table de Key News.

*

Le homard était fameux. Les épis de maïs aussi – onctueux et frais. Mais Grace n'apprécia pas vraiment ce repas.

En effet, Joss draguait ouvertement B.J.

Grace aurait voulu feindre de ne même pas avoir remarqué ce manège, mais c'était difficile. Joss parlait à B.J. en battant des cils, et en lui effleurant sans cesse le bras de ses doigts sublimement manucurés. Grace était un peu déçue par la réaction de B.J. : il avait carrément l'air d'être aux anges.

Grace s'essuyait les doigts dans sa serviette chaude quand Linus Nazareth s'approcha de leur table.

— Vous vous amusez bien ?

On lui répondit en chœur par l'affirmative.

— Je pense que nous devrions adresser un toast à Joss, notre charmante hôtesse, vous ne croyez pas ?

Les stagiaires y consentirent avec d'autant plus d'ardeur qu'ils avaient déjà absorbé pas mal d'alcool.

— Tout le plaisir est pour moi, monsieur Nazareth, assura Joss. Et pour ma famille.

Elle rayonnait. Elle se leva d'un bond et se jeta sur Linus pour lui donner un baiser sur la joue. La réaction du producteur exécutif consista à enlacer Joss et à l'attirer contre lui – geste qui obligea les autres femmes présentes à cette table à détourner les yeux avec écœurement. Linus Nazareth traînait une solide réputation de coureur de jupons, mais l'image de ce gros quinquagénaire en train de peloter une gamine de vingt ans avait quelque chose d'indécent.

Grace échangea un regard avec Beth Terry, la responsable de la logistique. Elle semblait particulièrement tendue. D'après la rumeur, elle était très dévouée au producteur. Elle était blessée, et ça se voyait. Grace se jura qu'elle saurait le cacher, si elle venait elle-même à être contrariée par le comportement de Joss et de B.J.

Elle se jura de faire comme si la chose lui était indifférente. Quand bien même elle en était mortifiée.

*

Grace s'excusa. En route, elle complimenta le cuisinier pour ce somptueux repas. Dans la maison, elle attendit son tour à la porte des lavabos. Le henné avait séché. Elle se tapota le pied à l'aide d'un mouchoir en papier. Rusty avait fait du bon boulot. C'était un très bel iris.

En sortant des lavabos, elle tomba sur Maud qui lui dit :

— Tu me colles, pas possible !

Son haleine exhalait des relents d'alcool.

— Ce serait plutôt le contraire, répondit Grace, puisque j'étais là la première.

Maud gloussa de rire.

— Tu as raison !

Elle toisa Grace, et ses yeux se posèrent sur le dessin au henné.

— Tu t'es fait faire un tatouage ?

Le ton n'était pas accusateur. C'était une observation, rien de plus.

— Juste au henné. Ça ne te dérange pas, j'espère ?

— Pourquoi ça me dérangerait ?

Grace, gênée, fit une grimace.

— Tu pourrais croire que j'essaie de te copier, ou ce genre de choses. Surtout que c'est le cas, je pense.

— L'imitation est une forme sincère de flatterie, dit Maud, impavide. Attends-moi une minute. Tu me raconteras.

*

Quand elles sortirent de la maison, l'orchestre jouait à fond les meilleurs hits des Rolling Stones, et les danseurs se trémoussaient sous la tente du bal. À un moment, Sam Watkins arracha le micro des mains du chanteur et se mit en devoir d'interpréter une version personnelle de « Brown Sugar ». Les paroles étaient à peu près incompréhensibles, mais on ne pouvait nier que Sam fût un fan authentique des Stones ; et ses musiciens improvisés ne ratèrent pas une mesure tandis qu'il se livrait à une imitation de Mick Jagger.

— Il est ivre mort, dit Grace.

Elle venait de voir Zoé tressaillir en entendant Sam massacrer les paroles des Stones.

— Il n'est pas le seul, dit Maud.

Elle appuya ses doigts effilés sur ses tempes, comme pour s'éclaircir les idées.

— Si on se cherchait un endroit calme, proposa-t-elle.

— Dehors, répondit Grace, on ne trouvera pas. Retournons plutôt dans la maison.

— D'accord.

Dans le séjour désert, elles s'installèrent sur un luxueux sofa. Grace présenta son pied à Maud.

— Qu'est-ce que tu en dis ?

— J'en dis que c'est pas mal.

Elle se pencha pour examiner le dessin de plus près.

— Pourquoi un iris ?

— C'était le prénom de ma mère.

— Super.

Maud se redressa, et reposa sa tête blonde sur le dossier du sofa, les yeux fixés au plafond.

— Tu sais quoi ? dit-elle. Je crois que j'ai bu un coup de trop.

— Ça peut se comprendre. Vu la journée que tu as passée…

— Les journées, tu veux dire. Les mois. Les années. Une triste existence.

Elle eut un profond soupir.

— Mais ça ira peut-être mieux, maintenant. En tout cas, on peut toujours l'espérer.

— Ça prend du temps, de faire le deuil de sa mère. Je me demande même si on y arrive vraiment.

Grace avait pris un ton mélancolique. Maud releva la tête.

— Tu penses beaucoup à ta mère, toi ?

— Tout le temps.

— Tu l'as perdue quand ? Tu me l'as déjà dit, mais j'ai oublié.

— Il y a six ans. Mais c'est arrivé alors que j'étais heureuse. J'ai grandi auprès d'elle. Quand je pense à ma fille, je ne l'imagine pas vivant sans sa mère.

Maud hocha la tête. Grace semblait sincèrement comprendre ce qu'avait été son enfance à elle.

— Mon père a fait de son mieux, reprit-elle. Il m'a élevée avec amour et tendresse. Ce n'était pas évident, avec ces rumeurs. Quant à ma tante Agatha, elle m'a donné toute l'affection possible, compte tenu de son état. Je les aime beaucoup, tous les deux. Ils ont énormément souffert…

Elle ajouta :

— Mais tu sais, pendant toutes ces années, je n'ai jamais cessé de rêver à ma mère.

— C'étaient des rêves heureux ?

— Des fois. En général, c'était plus mitigé.

Grace préféra ne pas pousser plus loin. Elle laissa à Maud le choix d'en dire plus, si elle le souhaitait.

— Il y a un rêve qui revenait sans cesse. Toujours le même. Je ne sais pas ce qu'il contient de réel, et ce qui relève vraiment du songe. C'est un rêve sur le dernier soir. C'est tante Agatha qui me garde. Mes parents sont à une réception. Ça, c'est réel. Je me rappelle m'être réveillée à Sherpherd's Point, ce soir-là. Ma mère était en train d'écrire dans son journal. Je l'ai vue qui ôtait son alliance. Elle s'est enduit les mains de crème. Je revois cette scène dans mon rêve. Je trouve ma mère en train d'écrire, assise devant son secrétaire, dans la vieille chambre, chez Agatha. Elle ressemble à une princesse de conte de fées. Ses cheveux sont rassemblés sur le sommet de sa tête. Elle porte une robe magnifique, tissée d'or. Quand elle me voit, elle cesse d'écrire.

Elle me ramène dans mon lit. Elle me borde. Je lève les yeux vers son visage. Je m'aperçois qu'il lui manque une boucle d'oreille. Je le lui fais remarquer. Elle détache alors la boucle restante, et la glisse dans la poche de sa robe. C'est alors que le téléphone sonne. Elle se lève pour aller répondre…

— Qui est au bout du fil ?

— Je ne sais pas. Je quitte aussitôt mon lit et je la suis dans sa chambre. Quand elle me voit, elle me fait signe de me taire en mettant son doigt sur ses lèvres. Puis elle dit dans le combiné : « Je te retrouve au portail. » Elle raccroche. Et elle m'envoie me recoucher.

— Tu obéis ?

— Dans le rêve, j'ai toujours obéi. Et c'est ce que j'ai dit à la police à l'époque. Que ma mère devait être partie en voiture avec la personne qui lui avait téléphoné. Mais depuis qu'on a retrouvé ses restes dans le souterrain, le rêve a changé. La nuit dernière, c'était même surprenant… Quand je me suis réveillée, j'étais couverte de sueur glacée.

— Pourquoi ?

— J'ai rêvé que je suivais ma mère jusqu'au portail.

— Et après ?

— Après, je ne sais pas.

Maud secouait la tête. Elle essayait de se rappeler.

— Dans le rêve, il y avait des phares. Ma mère attendait que quelqu'un descende de la voiture…

— Qui ? Tu pourrais dire qui est descendu de la voiture ?

— Non. Je me suis réveillée à ce moment-là.

Elles se turent un moment. C'est Grace qui rompit le silence :

— Je ne suis pas au courant de tout, mais tu étais toute petite quand ta mère a disparu. Des faits dont tu as été le témoin alors ont pu rester enfouis profondément dans ta mémoire. Peut-être que ton subconscient se prépare à t'en restituer le souvenir…

— Tu penses que je pourrais savoir inconsciemment qui est l'assassin ?

— Tout est possible.

— Je sais que tout est possible. Mais qu'est-ce que tu en penses ?

— Je ne sais pas, Maud. Je n'en ai aucune idée.

— Que dois-je faire, Grace ?

Elle fixait sur elle un regard intense.

— Qu'est-ce que tu ferais, toi ?

L'angoisse étreignait le visage de la jeune femme. Grace luttait intérieurement, essayant de trouver la réponse appropriée.

— Écoute… Je crois que j'attendrais de voir si mes rêves m'apportent de nouveaux éléments. Ou bien j'irais consulter un hypnothérapeute. Je ne sais pas… Je ne peux pas te dicter ta conduite, Maud. Je ne suis pas une professionnelle.

— Bien sûr, se plaignit Maud. Tu es Grace Callahan. Quelqu'un de la télévision…

Subitement, son attitude avait changé.

— J'avais oublié, reprit-elle. Je suis stupide, de tout déballer comme ça…

— Maud, je t'en prie…

— Maintenant, tu vas t'empresser d'aller raconter mon histoire à tes amis, c'est ça ?

Grace, il est vrai, était partagée. D'un côté, elle se demandait si elle ne devait pas au moins faire part de cette conversation à B.J. D'un autre côté, Maud lui avait fait confiance ; et la confiance méritait le respect. Ne partageait-elle pas avec elle un lien douloureux ? Maud n'était-elle pas déjà vulnérable ? N'avait-elle pas assez souffert ? Fallait-il lui infliger plus de mal encore ?

Techniquement parlant, Grace n'avait pas prévenu Maud que leur échange était *« off the record »* ; mais moralement, elle se sentait liée par un pacte implicite.

— Non, dit-elle. Je n'en parlerai à personne. C'est juré.

— J'apprécierais que tu ne dises rien, Grace.

Elle parut se détendre un peu.

Un silence gêné s'installa entre elles.

— Tu as envie de retourner dehors ? reprit Grace, doucement. Les feux d'artifice vont bientôt commencer, j'imagine.

Elles se levèrent.

Dans le couloir, quelqu'un s'éclipsa, qui avait prêté une oreille attentive à la conversation des deux jeunes femmes.

24

Cake aux fruits rouges et crème glacée : tel fut le dessert qui conclut le repas. Puis les invités furent conviés à une parade sur Narragansett Avenue, munis de flambeaux gracieusement fournis par leurs hôtes. Certains convives étaient si enthousiastes qu'ils chantaient « Yankee Doodle Dandy » à tue-tête, stimulés dans leur patriotisme par de nombreux verres d'alcool. La procession s'arrêta sur la falaise, au-dessus de l'océan, et le clou de la soirée fut le grand feu d'artifice offert par la municipalité de Newport, le spectacle n'ayant pu être donné à l'occasion de la fête nationale du 4 juillet pour cause de pluie.

Grace se trouva à côté du professeur Cox.

— Ce que vous voyez là en bas, lui dit-il, ce sont les célèbres Quarante Marches.

Il expliqua :

— Les serviteurs des grandes maisons ne savaient où passer leur seule soirée de libre de la semaine. Alors ils venaient se réunir ici. L'escalier était en bois, à l'époque, bien entendu. Non pas en pierre, comme aujourd'hui.

— Très intéressant, dit Grace.

Elle imaginait ces domestiques astreints à un rude labeur dansant ici même sous le seul éclairage de la lune. D'autres restaient assis sur les marches avec leur bouteille de bière. Certains étaient-ils assez braves pour plonger dans les eaux froides de l'Atlantique ? Grace en doutait. Pas les femmes, en tout cas. L'époque était puritaine, et ce genre d'audace pouvait vous ruiner une réputation.

La foule gronda : une première explosion de lumière venait de retentir dans l'air tiède de la nuit. Le ciel fut bientôt sillonné de fusées et de gerbes multicolores. Brusquement, des cavernes de clarté se creusaient dans les profondeurs obscures ; et les mortels, sur la falaise, étaient comme envoûtés par le spectacle.

Grace voulut se tourner vers le professeur – il n'était plus là.

Plus loin, Maud Sloane écrasait une larme. Grace

se demanda si elle devait la rejoindre. Elle n'eut pas le temps de trancher la question. Maud tourna subitement le dos à l'océan pour se fondre dans la foule où elle disparut.

25

Maud avait compris. Elle savait que, si elle poursuivait son effort de mémoire, si elle laissait remonter d'autres souvenirs, elle arriverait à reconstituer le fil des événements.

Or il ne pouvait être question de la laisser faire.

Il n'y avait pas à tergiverser. Il n'existait qu'une seule solution : empêcher qu'elle se souvienne Il fallait même s'en occuper tout de suite. Maud n'avait déjà que trop parlé à cette Grace Callahan.

Le feu d'artifice avait pris fin. Les convives, d'un pas léger, regagnaient la maison des Vickers où les attendait un dernier verre. Après, il serait temps de rentrer.

Où Maud était-elle passée ?

Filer discrètement n'était pas difficile dans cette cohue.

Les invités revenaient par petits groupes vers Narragansett Avenue. Bientôt il n'y eut plus personne au bord de la falaise. Et Maud avait disparu.

Où était-elle ?

Une silhouette était assise en haut des Quarante Marches.

Maud.

L'assassin se dirigea vers elle.

Le vacarme qui montait de l'océan étouffa ses pas.

26

Pris de violents hoquets, Sam Watkins tomba à genoux sous un orme géant. C'était clair : il avait trop bu. Trop de bière. Mélangé à de telles quantités de fruits de mer, l'alcool devenait nocif.

Il jeta autour de lui des regards furtifs. Pourvu que personne n'ait rien vu ! Il était si malade que c'en était pathétique. Et il ne tenait pas à se faire remarquer alors même qu'il se bagarrait pour ce poste à Key News. En le voyant dans cet état, on ne manquerait pas de le prendre pour un gamin qui ne tenait pas l'alcool – et c'était mauvais pour sa carrière. La nausée était de retour : il laissa échapper un profond gémissement.

Au bout de quelques minutes, il parvint à se remettre debout. Il quitta son arbre en titubant, puis marcha d'un pas plus assuré. Il remonta péniblement vers la route, et y parvint au moment où les derniers invités s'éloignaient. Apparemment, personne ne l'avait repéré. Il en fut satisfait.

Il se tourna une dernière fois vers l'océan, histoire de s'assurer qu'il n'y avait personne derrière lui.

Et il se demanda alors s'il n'était pas victime d'une hallucination. Il hésita, puis son instinct le poussa à vouloir porter secours. Mais ses jambes menaçaient de le trahir. Il fut submergé en même temps par les vapeurs d'alcool et par cette vision qui s'offrait à lui. Revenant en arrière, il alla de nouveau s'effondrer au pied du grand orme, tandis qu'un cri de femme couvrit quelques instants la sombre rumeur de l'océan.

Dimanche 18 juillet

27

Grace, qui ne dormait que par intermittence, jetait fréquemment un coup d'œil vers la pendule. Parfois, elle se levait pour aller boire un verre d'eau, régler le thermostat de la climatisation, ou écouter à nouveau son message : « Salut, m'man. Tu sais quoi ? Avec papa et Jeanne, on va venir à Newport ! Papa sait dans quel hôtel tu es, et il a réservé au même endroit. C'est trop cool, non ? On pourra sortir tous ensemble. Bon, rappelle-moi chez papa. Je t'aime. Bisous. »

Elle avait eu le message trop tard pour rappeler immédiatement, et c'était peut-être mieux ainsi. Elle n'avait pas envie de se disputer avec Frank au téléphone. Il avait eu une idée totalement déplacée, et il le savait ; sauf qu'il ferait celui qui ne comprend pas.

Grace se demandait en fait si Frank n'avait pas une intention précise derrière la tête. Laquelle ? Telle était la question. Peut-être essayait-il de la déstabiliser psychologiquement. De la rendre encore plus nerveuse alors qu'elle jouait une partie difficile sur le plan professionnel. Frank avait-il décidé de la faire échouer ? Autre hypothèse : il cherchait à réunir des éléments susceptibles d'être utilisés contre elle devant le juge. Il allait la surveiller. Prendre des notes, mentalement, sinon par écrit, sur les longues heures qu'elle consacrait à son travail…

Est-ce qu'elle n'était pas en train de céder à la paranoïa ?

Elle donna un coup de poing dans l'oreiller.

Non. Ce n'était pas de la parano. C'était exactement ainsi que procédait un Frank Callahan. Quand il voulait une chose, il déployait une énergie considérable pour l'obtenir.

Mais Lucy n'était pas une chose. Lucy était tout.

28

Elsa ouvrit la porte de sa penderie. Elle décrocha de la patère un large pantalon de coton et un chemisier à manches longues. Les mêmes vêtements que la veille. Et que l'avant-veille. Mais tant pis. Il était encore tôt, et elle n'avait pas le projet d'impressionner qui que ce soit. Elle savait même d'expérience qu'elle n'avait aucune chance de rencontrer quelqu'un d'intéressant pendant sa promenade matinale. Il serait bien temps plus tard de prendre une douche, et de s'habiller convenablement.

Elle soupira en se baissant pour nouer ses chaussures de marche. Elle se sentait vieille, ce matin. Il lui semblait qu'elle faisait plus que son âge. À quarante-deux ans, on n'a pas le corps raide au sortir de son lit – en principe. Mais il est vrai qu'elle s'était réveillée dans une mauvaise position. Elle n'avait pas eu un sommeil relaxant. Ses muscles étaient pleins de tensions.

Elle descendit le majestueux escalier de bois sculpté. Sur la table en marbre de l'entrée, elle prit ses jumelles et son téléphone portable. Elle s'approcha de la fenêtre aux meneaux de plomb. Elle se passerait de son thé. Le soleil était déjà haut, et elle n'avait pas de temps à perdre. Elle achèterait peut-être en route de ces délicieux scones au raisin pour Oliver. Peut-être prendraient-ils le petit déjeuner ensemble…

Les pierres de l'allée craquèrent sous ses semelles de caoutchouc. Comme prévu, la route était déserte. Pas de bruit, sauf le grondement de l'océan, et les cris des oiseaux – *mes chers amis à plume*, songea-t-elle.

Au bout de Ruggles Avenue, elle franchit une des entrées menant à la mer. Les mouettes volaient au ras des vagues. Elles nichaient en colonies au bord de la falaise. Elsa n'avait pas besoin d'utiliser ses jumelles pour repérer aussi les bécasses et les pluviers qui n'étaient pas rares sur la côte de Rhode Island. Elle surveillait avec plus de soin les espèces menacées, comme la grèbe bariolée, le busard, la chouette effraie ou le butor, par exemple, qui risquaient purement et simplement de disparaître. Elsa aurait vécu très mal une pareille catastrophe. D'où sa croisade en faveur des oiseaux. Et son choix de diriger cette association.

Elle prit le sentier vers le nord et observa les loriots déjà aperçus la veille autour des haies qui bordaient la falaise. Elle repéra un mâle, avec son plumage brun sombre caractéristique et son petit bec pointu. Cet oiseau était commun dans la région, et non menacé ; pourtant, il se faisait rare.

Était-ce bien hier qu'elle l'avait vu ? Il s'était passé tant de choses depuis ! Les restes identifiés comme étant ceux de Charlotte. Le ressentiment d'Oliver. Elsa aurait voulu qu'il l'accompagne chez les Vickers : ainsi ils auraient formé un couple aux yeux de la société. Mais peut-être valait-il mieux qu'il ait préféré ne pas venir, en définitive. Sa présence à une fête un tel jour aurait sûrement été jugée inconvenante. Il n'aurait fait que s'attirer plus de critiques encore.

Maud, c'était différent. Les gens comprenaient. La pauvre petite avait subi de telles épreuves. Et sans avoir jamais rien fait de mal. Maud était innocente ; on acceptait mieux de la voir évoluer dans une atmosphère festive.

Le soleil s'élevait au-dessus de la mer. Elsa continua de grimper le sentier qui longeait la falaise. Elle ne remarqua rien d'inhabituel. Elle se réjouit de la présence de nombreux oiseaux dans les cieux.

Elle monta ainsi jusqu'à Narragansett Avenue. C'était le but qu'elle fixait ordinairement à sa promenade. Arrivée là, elle s'asseyait sur un banc pour se reposer et réfléchir quelques minutes, avant de redescendre. Le banc métallique imprima une sensation de froid sous ses cuisses à travers le coton du pantalon. Elle en voulut aux gens d'avoir laissé derrière eux, après le feu d'artifice, des mégots et des boîtes de bière. Un joggeur la salua d'un signe en passant.

Elsa quitta son banc. Elle s'étira. L'air matinal était frais. Elle prit de profondes inspirations. On jouissait d'une mer particulièrement belle, aujourd'hui. Elle se rapprocha du bord de la falaise et des Quarante Marches.

Tout en bas, au pied de l'escalier, gisait le corps de Maud, comme vrillé dans une position affreuse.

29

L'agent Tommy James sortit du bar, un sac en papier contenant deux petits gâteaux et un gobelet de café fumant à la main. Il s'installait dans sa voiture de patrouille pour y prendre son petit déjeuner quand la radio transmit un appel. Ayant calé le gobelet dans le couvercle de la boîte à gants, il se hâta de démarrer.

Il prit directement sur Broadway sans se donner la peine de déclencher sa sirène. La circulation était très faible, comme toujours le dimanche matin.

Il tourna rapidement sur Narragansett Avenue. Sa déception se réveilla comme une blessure quand il passa devant la propriété des Vickers. Joss ne l'avait pas invité au *clambake* de la veille. Les échos de la fête lui étaient déjà parvenus. La police avait reçu quantité d'appels de voisins qui se plaignaient du bruit. Apparemment, tout le monde s'était bien amusé.

Joss aurait dû l'inviter. Surtout qu'il avait pris des risques pour elle en faisant des photocopies de ce journal intime. Qu'est-ce qu'elle croyait ? Qu'elle pouvait se servir de lui ?

Oui. C'est ce qu'elle pensait. Et il le savait, au fond

de lui-même. Le problème, c'est qu'il ne supportait pas l'idée de devoir renoncer à elle.

Arrivé au bout de la rue, il mit deux roues sur le trottoir, coupa le moteur et descendit du véhicule. Ses narines s'emplirent aussitôt d'un puissant parfum de chèvrefeuille. Il trouva drôle d'enregistrer ce genre de détails dans un moment pareil.

Des joggeurs s'étaient rassemblés au-dessus des Quarante Marches. Ils s'écartèrent à son approche. La femme d'âge moyen qui lui prit le bras pour l'entraîner avait une paire de jumelles autour du cou. Elle sanglotait. Elle lui montra quelque chose au pied des marches.

— C'est moi qui ai appelé, dit-elle. Je suis Elsa Gravell. Elle, c'est Maud Sloane…

Tommy dégringola l'escalier de pierre. Le corps inerte gisait au bord de l'océan. La victime avait le cou complètement tordu. Des yeux aveugles crevaient son visage sans vie. Tommy effleura le cou de la jeune femme, en quête d'une pulsation. Rien. Comme il s'y attendait.

Maud Sloane. Tommy réfléchissait à ce nom.

Joss aura envie d'en savoir plus.

30

Sam se réveilla avec un sentiment affreux : quelque chose lui rampait sur la figure. Il écarta l'insecte d'un revers de la main, ouvrit les yeux et grimaça dans la lumière matinale. Un relent écœurant lui remonta dans la bouche. Au-dessus de lui s'étendait un large dais de feuilles. Il donna de petites tapes sur le matelas herbeux et humide où il avait dormi.

Bon Dieu. Il avait passé la nuit à la belle étoile.

Il s'assit. Il avait mal à la tête. Les souvenirs commençaient à lui revenir en mémoire. Le *clambake*. La bière. Le feu d'artifice. La nausée. Et cette épouvantable vision sur la falaise.

Peut-être était-ce un effet de son imagination. Si tel était le cas, alors il faudrait laisser tomber l'alcool. Et pour de bon. Si dur que soit le sacrifice. Péniblement, il se mit debout. Il chassa les brins d'herbe de son pantalon. Il essaya de défroisser sa chemise. Puis il contourna l'arbre pour aller jeter un coup d'œil du côté de la falaise.

Une voiture de police. Des gens. Une ambulance.

Ce n'était donc pas une hallucination. Ce qu'il avait vu était bel et bien arrivé.

31

Le silence paisible de la chambre fut déchiré par la sonnerie agressive du téléphone.

— Allô ?

— Salut, Grace. C'est B.J. Je vous réveille ?

— J'aimerais bien. Mais je n'ai pas pu dormir.

— Alors habillez-vous et venez vite. Je vous attends en bas. Maud Sloane est morte.

Grace se dressa brusquement dans son lit.

— Mon Dieu, non…

Sa voix se brisait.

— On en discutera dans la voiture. Venez.

Grace enfila un jean et un T-shirt marron. Elle se brossa les dents. Son cœur cognait avec force. Comment était-ce possible ? Maud… Elle l'avait vue écraser une larme au cours du feu d'artifice. Pour sa mère. En tout cas, c'est ce que Grace avait pensé.

Elle attacha ses cheveux en queue-de-cheval. Elle enfila ses chaussures de sport. Et elle sortit. Jugeant trop long d'attendre l'ascenseur, elle prit l'escalier. Et, tout en dégringolant les marches, elle se dit que c'était son baptême du feu. Son premier reportage.

Sauf que ce reportage ne concernait pas des inconnus. Ni une situation que l'on pouvait aisément considérer avec recul et objectivité. Elle avait noué un lien avec Maud. Elle l'avait appréciée. Sa mort la bouleversait.

*

B.J. attendait au volant. Sa caméra reposait sur la banquette arrière. Grace monta en voiture.

— Qu'est-ce que vous savez ? dit-elle en bouclant sa ceinture.

B.J. démarra.

— Le corps a été retrouvé ce matin. Au pied de la falaise. À l'endroit même d'où l'on a regardé le feu d'artifice. C'est tout.

— Mon Dieu. J'ai parlé avec elle pendant la fête.

Elle avala sa salive avec peine.

B.J. écrasait l'accélérateur. Il ne leur fallut que trois

minutes pour aller de l'hôtel Viking au promontoire. B.J. se gara près de l'ambulance et des voitures de police.

— Comment vous avez su ? demanda Grace.

Il coupa le contact.

— Deux appels. Un de Joss, un autre de Sam. Les stagiaires ont de la chance, cette année.

32

C'était une journée de grand soleil, mais Agatha s'enferma pour pleurer dans sa chambre aux volets clos, au sol jonché de journaux, de magazines, de cartons d'où jaillissaient des vêtements démodés. Trois chats assis sur la moquette abîmée regardaient d'un air dédaigneux leur maîtresse sangloter dans son lit.

Tout était sa faute. Elle n'aurait jamais dû écouter Gordon Cox. Elle n'aurait jamais dû accepter de les laisser pénétrer dans le souterrain. Pourquoi avait-elle cessé de considérer ce tunnel comme un sanctuaire ? Comme une tombe ! La tombe qu'il était. Les restes de Charlotte y reposeraient encore en paix ..

Chaque fibre de son être le lui criait : si les os n'avaient pas été retrouvés, Maud serait toujours en vie.

Maud. Maud qu'elle aimait tant. Et qui ne reviendrait plus.

Agatha s'essuya le visage avec la taie d'oreiller en satin. Une lueur de lucidité brillait dans le chaos de ses pensées. C'était cette maison. Elle aurait dû écouter Charlotte, et la vendre depuis longtemps. Ainsi le nouveau propriétaire se serait débrouillé pour négocier avec ces maudits historiens et autres amateurs de vestiges ! Tous ces gens obsédés par le tunnel aux esclaves. La maison vendue, Agatha et Charlotte seraient allées vivre ailleurs.

Charlotte n'aurait pas péri.

Maud aurait été sauvée.

Ces horreurs ne seraient pas arrivées.

Tout était sa faute.

*

On frappait à la porte. Agatha ne répondit pas.

— C'est Finola, Miss Agatha. Miss Agatha ?

Silence.

La domestique pénétra dans la chambre. Elle tressaillit en voyant le désordre. Agatha ne voulait pas qu'elle fasse le ménage dans cette pièce. Et le spectacle n'était pas beau à regarder, même quand on avait la vue qui baissait. Finola avait connu Shepherd's Point au temps de sa splendeur. Quand les meubles d'acajou étaient bien astiqués. Quand l'argenterie brillait comme des miroirs. Quand les verres en cristal étincelaient. Toute une équipe de gens se déployait pour battre les tapis d'Orient, nettoyer les rideaux, frotter les cuivres et astiquer les carreaux dans la cuisine et la salle de bains. Shepherd's Point était en ce temps-là un superbe domaine. On y donnait fréquemment des soirées et toutes sortes de réjouissances.

Puis tout avait changé. Il y avait bien longtemps !

Quand la dernière mine d'argent avait été fermée. Les gens de maison, désormais, se réduisaient à deux âmes : elle et Terence. Tous deux prenaient de l'âge. Comment auraient-ils pu abattre une besogne qui occupait jadis douze personnes ? Finola se chargeait des courses et de la cuisine. Elle faisait de son mieux pour que la maison soit à peu près tenue. Mais Miss Agatha voulait que rien ne bouge ! Que rien ne change.

Si Finola restait, c'était par loyauté. Dieu sait que ce n'était pas pour l'argent ! Depuis la disparition de Miss Charlotte, elle n'avait jamais été augmentée. Il arrivait même que l'on oublie de lui verser son salaire. Du moins avait-elle une chambre où dormir. Et de quoi se nourrir. Pour dire la vérité, Finola ne se sentait pas de travailler ailleurs. Elle était attachée à Miss Agatha. Elle passait sur ses excentricités. Et elle savait que la besogne de Shepherd's Point correspondait à ses capacités.

— Je vous ai apporté une bonne tasse de thé bien chaud, Miss Agatha.

Dans le lit, le petit visage fragile n'avait pas bougé.

— Buvez-le tout de suite. Ça vous fera du bien.

— Rien ne peut me faire du bien, Finola. Rien. Maud est partie.

Finola ne savait que dire. C'était purement et simplement la vérité.

33

Les camions équipés de paraboles s'alignaient le long de Narragansett Avenue. Aucune télévision locale ne manquait à l'appel. L'affaire allait occuper les médias de la région durant tout le week-end. Une jeune femme retrouvée assassinée alors que l'on avait identifié la veille les restes de sa mère. La haute société de Newport mise en cause. Un crime logé dans le mystère d'une disparition vieille de quatorze ans. Une aubaine !

Grace passa les camions en revue. Jusqu'ici, Key News était la seule chaîne nationale à être représentée.

— Les autres ne sont pas là ? demanda-t-elle.

— On a de la chance, répondit B.J. en éteignant sa caméra. On n'était pas loin. Mais ils ne vont pas tarder… Ça me fait penser : il faudrait contacter les chaînes d'ici, et leur demander si elles ont des vidéos tournées au moment de la disparition de Charlotte Sloane.

— Je vais m'en occuper…

Les événements de la veille lui revinrent en mémoire.

— Je voulais aussi vous dire, B.J., que j'ai rencontré une personne qui a connu Charlotte enfant. Kyle Seaton. Notre sculpteur d'ivoire. Cela dit, je ne sais s'il acceptera de s'exprimer sur le sujet devant une caméra.

— Ah bon ? Pourquoi donc ?

Grace fit une grimace.

— Une impression. Comment dire… Il a l'air d'hésiter. Il est un peu… crispé, disons.

— Snob et collet monté, c'est ça ?

— Si vous voulez.

— On essaiera de l'amadouer en tournant le sujet sur son activité. Il consentira peut-être à coopérer aussi sur l'affaire Sloane.

*

Grace repéra la présence d'une seule et unique personne de couleur dans la foule de visages blancs qui se massaient au bord de la falaise. C'était Zoé Quigley. Elle filmait l'océan avec son caméscope.

Grace était la plus âgée de sa promotion. Qu'éprouvait-on lorsque l'on était la seule stagiaire noire ?

Zoé était venue d'Angleterre pour suivre cette formation. Elle devait avoir le sens de l'initiative. Si ça se trouve, elle était tellement sûre d'elle-même qu'elle n'avait même pas le sentiment d'appartenir à une minorité… Non. Ce n'était sûrement pas le cas. Zoé était parfaitement consciente de la situation.

Zoé se retourna, comme si elle avait senti le regard de Grace posé sur elle. Grace s'approcha.

— Je dois aller voir les correspondants locaux, dit-elle. Leur demander s'ils ont des vieux reportages sur cette affaire. Tu ne viendrais pas avec moi ?

Zoé eut l'air de peser le pour et le contre.

— Merci, finit-elle par dire. C'est sympa. Mais je bosse sur autre chose, là.

Autre chose que l'affaire présente dans tous les esprits ? Grace n'insista pas.

— Je comprends, dit-elle. Alors à plus tard. Peut-être au Viking.

— À plus, Grace.

34

En route pour regagner l'hôtel Viking à pied, Zoé commença à longer les luxueuses propriétés, et aperçut bientôt la synagogue Touro, un bâtiment aux élégantes proportions devant lequel s'amassait une petite foule. C'était la visite guidée du dimanche. Un jeune guide sortit et salua les visiteurs. C'est alors qu'il remarqua la caméra de Zoé.

— S'il vous plaît, dit-il, pas trop d'images.

Zoé glissa le caméscope dans son sac.

— Bonjour, ladies and gentleman, commença le guide. Cette rue tranquille de Newport a vu triompher un principe. Depuis deux cents ans, la petite synagogue que voici peut l'attester : il est permis à chaque homme de rechercher les vérités éternelles à sa façon, sans en être empêché par les lois du gouvernement civil. George Washington a visité cette synagogue à deux reprises. Chaque année, nous célébrons l'anniversaire de la lettre par lui rédigée, qui garantit aux juifs la même liberté religieuse qu'aux autres Américains. Permettez-moi de vous lire un passage de la célèbre lettre adressée par Washington à la congrégation qui a fondé cette synagogue.

Zoé écouta le guide lire avec toute la solennité requise les mots du premier président des États-Unis.

— Tous possèdent la même liberté de conscience, et le statut de citoyen. Le temps est fini où la tolérance était un vœu, et semblait dépendre du bon vouloir d'une certaine classe sociale. Il s'agit désormais de l'exercice d'un droit naturel…

Le jeune homme se tut, le temps de s'assurer que chacun était attentif au propos, et surtout au passage le plus important :

— Fort heureusement, si le gouvernement des États-Unis ne sanctionne pas le fanatisme, il ne soutient pas non plus la persécution.

Le groupe lui emboîta le pas, et tous pénétrèrent dans la synagogue. Le guide enchaîna :

— Vous êtes ici sur le plus ancien lieu de témoignage de la foi juive existant sur le territoire des États-Unis. Comme vous pouvez le constater, le temple abrite une galerie supportée par douze colonnes ioniques figurant les douze tribus d'Israël. Les cinq candélabres de cuivre qui descendent du plafond sont des cadeaux offerts par des membres de la congrégation…

Il pointa le doigt vers l'extrémité est du sanctuaire.

— L'Arche Sainte contenant les rouleaux de la Torah. Nous avons ici la plus ancienne Torah du pays. Au-dessus de l'Arche, vous pouvez voir inscrits les Dix Commandements en hébreu.

Les visiteurs levaient la tête. Le guide poursuivit :

— Cette estrade, au centre, c'est la *bimah*. On y lit la Torah. Ou on la chante. Notez la présence d'une trappe, sous la bimah. Elle ouvre sur un souterrain. Le souterrain de la vieille voie ferrée, avec lequel communique la synagogue. On dit qu'ici se cachaient des esclaves en fuite.

Le groupe s'ébranla de nouveau. Zoé resta en arrière. Elle tira le caméscope de son sac, et en braqua l'objectif sur la trappe.

35

Même si l'agglomération de Newport comptait en été pas moins de 125 000 habitants, elle demeurait à bien des égards un petit village. La nouvelle de la mort de Maud Sloane s'y répandit avant même d'être diffusée par la télévision.

Mickey essaya de ne pas plus penser à la mort de Maud qu'à son mal de dos. Il préférait se concentrer sur son travail. Il avait du pain sur la planche : un mariage à Fort Adams, une majestueuse demeure qui avait servi un temps de maison de vacances au président Eisenhower. La propriété offrait des vues à vous couper le souffle sur le port de Narragansett Bay. Les tentes étaient déjà plantées sur la pelouse depuis la veille, mais on attendait encore les nappes et les serviettes. Et, sans nappe, impossible de sortir des cartons les couverts en argent et la vaisselle en porcelaine pour dresser les tables.

Mickey n'avait pas seulement mal au dos. Il souffrait aussi de l'estomac. Les douleurs revenaient chaque fois qu'il était anxieux, c'est-à-dire la plupart du temps. Il les attribuait au stress. Diriger sa propre affaire n'était pas de tout repos. La dyspepsie, en somme, venait avec la réussite. En tout cas, c'est ce qu'il disait et répétait.

Tout en sachant au fond de son cœur que ça ne venait pas de là, mais d'autre chose.

Ses maux d'estomac avaient commencé alors qu'il venait d'avoir dix-huit ans, le jour même où Charlotte Sloane l'avait surpris la main dans le sac, en train de voler de l'argent dans la caisse du Country Club.

36

— New York me réclame un sujet sur l'affaire Maud Sloane pour le magazine « Sunday Evening Headlines ». Puisque tu l'as interviewée, j'ai pensé que tu pourrais t'en charger. Ce serait une première pour toi. Tu veux produire ?

B.J., son téléphone cellulaire collé à l'oreille, procéda mentalement aux calculs nécessaires avant de répondre à son rédacteur en chef. Évidemment, produire son premier sujet dans « Sunday Evening Headlines » représentait une sacrée opportunité. Mais il avait ce boulot en cours sur l'histoire de la famille Vanderbilt : un reportage déjà programmé pour le lendemain dans « Key to America », et qui réclamait encore du travail. D'un autre côté, il n'était pas judicieux de laisser passer l'occasion de produire un sujet dans un grand magazine…

— Compte sur moi, Dom, dit-il, songeant qu'il n'allait pas se coucher de bonne heure.

— Autre chose, reprit Dominick O'Donnell. Constance n'arrivera pas avant 16 heures. Tâche de garder du temps pour lui écrire son texte.

Merde ! Encore du boulot en plus !

— Il faut aussi que je monte le sujet ? demanda-t-il, craignant une réponse positive.

— J'espère que non. Mais ça dépendra.

B.J. referma son téléphone et partit à la recherche de Grace dans la foule de plus en plus dense. Il l'aperçut qui discutait avec une femme aux cheveux noirs, près d'un camion satellite de la chaîne WPRI. *Seigneur ! Cette Grace est un vrai canon !* Depuis Meryl, aucune femme ne l'avait attiré à ce point. Il est vrai que son histoire avec Meryl s'était si mal terminée qu'il avait eu tendance à se protéger, à hésiter du moins avant de s'engager. L'heure était peut-être venue, finalement, de rompre le jeûne…

Il s'approcha d'elle sans oublier ses préoccupations du moment. Bon, il avait dans sa boîte cette interview de Maud Sloane – une exclusivité, le clou de son sujet. Il avait aussi une vidéo du corps enveloppé dans son linceul, que l'on introduisait dans l'ambulance. Il avait enfin interrogé deux ou trois curieux parmi les gens rassemblés sur la falaise. Ce qui lui manquait, c'étaient des documents en rapport avec l'étrange disparition de Charlotte. Certes, il pourrait toujours se servir des vues tournées à Shepherd's Point dans le tunnel aux esclaves. Les passer pendant le récit, par exemple. Mais il lui fallait absolument des images vieilles de quatorze ans. Il fit une prière silencieuse. Mon Dieu, faites que Grace ait progressé sur ce terrain-là.

— Salut, B.J., dit-elle. Je vous présente Pam Watts. Elle présente le 20 heures de WPRI à Providence.

B.J. tendit la main à la présentatrice, et nota qu'elle avait de jolis yeux sombres et un sourire craquant.

— Pam a couvert la disparition de Charlotte Sloane il y a quatorze ans, poursuivit Grace. Elle a une vidéo de Charlotte au Country Club le fameux soir. Ainsi que des images de l'enquête. Elle pense que sa chaîne pourrait accepter de nous les vendre.

— Alors c'est qu'il existe un dieu des journalistes, soupira B.J.

Il les aurait volontiers embrassées toutes les deux. Enfin, surtout Grace…

37

Zoé se laissa tomber sur son lit. La chaleur de l'été américain l'épuisait. Elle se débarrassa de ses chaussures sans se donner la peine d'en dénouer les lacets. Elle avait une envie dingue de réaliser un super reportage. Et ce n'était pas une vidéo de trente secondes sur une trappe dans une synagogue qui faisait un super reportage.

Oh ! elle savait exactement ce qu'elle voulait. Sauf que ça risquait d'être moins facile que prévu. Son idée était de recréer le voyage d'une esclave dans sa course vers la liberté. Au fil de ses recherches, elle était tombée sur une personne qui correspondait à ses vœux : cette femme prénommée Mariah. Mariah se trouvait avec d'autres esclaves dans la cale d'un navire venu de Virginie, et qui faisait route vers Newport. Avec dix autres malheureux, elle avait réussi à se glisser hors de la cale pour se réfugier dans la salle des machines. Le reste du voyage devait se révéler atroce, cependant tous avaient survécu, en dépit de la chaleur étouffante et de l'air irrespirable. Avec l'aide d'un officier courageux, elle avait pu quitter le navire. Ses compagnons aussi. Tous avaient plongé dans l'océan à hauteur de Shepherd's Point, non loin de l'embouchure du tunnel. De là, Mariah avait pu gagner la synagogue Touro, puis l'église Bethel de Providence, d'où elle avait poursuivi son équipée vers le Canada et la liberté.

Zoé, sur l'écran minuscule de son caméscope, se repassait les images de la trappe. *Ne te laisse pas décourager. Ce n'est pas le moment de baisser les bras. Pense à Mariah. À ce qu'elle a enduré.*

Comparé aux épreuves d'une Mariah, produire un documentaire était un jeu d'enfant. Et obtenir un emploi à Key News aussi.

38

Grace était fascinée. Constance Young, une des présentatrices vedettes de Key News, offrait sa blonde chevelure au souffle d'un vent océanique et bleuté. Elle portait un pantalon blanc et un top bleu marine rayé, style club nautique. Même en plein vent sur cette falaise, elle dégageait une présence incroyable. Était-elle une star née, ou tirait-elle sa force de la position qu'elle avait acquise dans la hiérarchie de la chaîne ? Grace penchait pour la première hypothèse. D'autres présentatrices étaient excellentes, mais rares étaient celles qui possédaient ce style authentique.

B.J. tendit à Constance le texte qu'il avait rédigé pour elle en surlignant les passages où elle serait à l'image. Elle apparaîtrait au milieu du sujet, après la description des événements, à savoir la mort de Maud Sloane. L'interview de Maud servirait de lien entre l'actualité et la disparition de sa mère, quatorze ans plus tôt. Constance lut plusieurs fois le document. Elle fit signe à B.J. qu'elle était prête. Et elle descendit les premières des Quarante Marches.

B.J., resté en haut de l'escalier de pierre, mit sa caméra à l'épaule et cria :

— Maintenant !

Constance remonta les marches vers lui.

— La mort de Maud Sloane est-elle un accident ? Un suicide ? Un assassinat ? La police s'emploie à faire la lumière sur cette affaire. Mais ce n'est pas la première fois que la famille Sloane est associée à un mystère dans cette ville du bord de mer.

— C'est bon, dit B.J. Du premier coup.

— On ne devrait pas en faire une deuxième ? s'inquiéta Constance. J'avais les cheveux dans la figure avec ce vent.

B.J. n'avait pas remarqué. Mais il valait mieux ne pas contredire Constance. Par définition, les désirs de la présentatrice vedette étaient des ordres. Elle redescendit les marches. Elle les remonta. Et de nouveau ce fut parfait.

*

Il lui plaisait d'imaginer ce qu'avait pu signifier, jadis, être le maître d'une pareille demeure. Jamais il ne s'était lassé de venir les admirer, même si son genou lui avait fait des misères, ces derniers temps, l'empêchant d'apprécier ses traditionnelles promenades du dimanche après-midi le long de la falaise. Aujourd'hui, il avait même dû se faire violence pour mettre le nez dehors, et se convaincre qu'il ne servait à rien de rester à la maison à ruminer ses pensées.

Le professeur s'arrêta pour considérer les gens de Key News au travail. Il savait qu'il avait besoin de mettre de l'ordre dans ses idées. Il avait des copies à corriger, un cours important à assurer le lendemain, et surtout ce rendez-vous à 6 h 30 avec ces journalistes, précisément. Il allait devoir offrir une pleine brassée d'anecdotes palpitantes aux fidèles téléspectateurs des tranches matinales. Autrement dit, il lui faudrait se coucher tôt ce soir. Et il n'y avait rien de tel qu'une bonne promenade pour vous aider à dormir.

Mais serait-ce suffisant ?

Il y a quatorze ans, la disparition de Charlotte lui avait valu pas mal d'insomnies. Celle de Maud risquait d'avoir le même effet. Même si Maud l'avait aidé à convaincre Agatha d'ouvrir le tunnel, elle ne voyait pas d'un bon œil la poursuite des travaux. Et après que les restes avaient été identifiés comme appartenant à sa mère, l'idée de voir les touristes visiter le tunnel avait commencé à lui déplaire. Après tout, ce souterrain avait servi de tombe à Charlotte quatorze années durant. La veille, à ce *clambake* chez les Vickers, Gordon avait eu le sentiment que Maud était décidée à s'opposer à la restauration du tunnel.

Voilà qui aurait été un problème, si elle avait vécu...

*

C'est Grace qui l'aperçut le premier.

— B.J., dit-elle à voix basse, il y a le professeur Cox, là-bas. Il était à la table de Maud, hier soir. Vous voulez que j'aille voir s'il a quelque chose à dire ?

B.J. regarda dans la direction indiquée par Grace. Puis il consulta sa montre.

— Ce serait une bonne idée, Grace. Sauf qu'on n'a plus le temps. Il faut rentrer à l'hôtel et monter ce sujet. On pourra toujours interroger le professeur demain si nécessaire.

39

Tommy raccrocha le téléphone, s'absorba un instant dans la contemplation du combiné, et releva la tête quand l'agent Manzorella pénétra dans le bureau des inspecteurs. À voir la tête de Tommy, Manzorella comprit tout de suite ce qui le préoccupait : Joss Vickers. Le gamin était obsédé par elle, et ce n'était un secret pour personne.

— Ne me dis rien. C'est Joss. Elle t'a encore envoyé sur les roses, c'est ça ?

— Je n'arrive pas à piger, éructa Tommy en abattant son poing sur le bureau. Je fais tout ce que je peux pour lui plaire, et elle a toujours une excuse pour ne pas me voir. Elle a toujours mieux à faire !

Manzorella posa une main réconfortante sur l'épaule du jeune homme. Il était désolé. Comment faire comprendre à ce gosse qu'une Joss Vickers ne pouvait pas s'engager avec un flic de Newport ? Sauf exception rarissime, les riches se mariaient entre eux, non ?

— Tu ferais mieux de ne pas perdre ton temps, dit Manzorella. Il y a d'autres poissons dans la mer. Et plein de super nanas à Newport qui ne demanderaient pas mieux que de sortir avec toi.

— C'est Joss que je veux. Je n'arrive pas à oublier l'été qu'on a passé ensemble.

L'apprenti policier releva les yeux. Manzorella détourna les siens.

— Tu sais, c'est arrivé à la plupart d'entre nous, de vivre un amour d'été avec une fille inoubliable. Mais « Ils vécurent heureux et eurent beaucoup d'enfants », c'est une autre paire de manches. Les débutantes, ce n'est pas pour nous. Sortir avec un flic, elles veulent bien. L'épouser, pas question.

Tommy regardait attentivement l'inspecteur.

— Ça t'est arrivé ? dit-il. Tu as déjà eu dans ta vie quelqu'un comme Joss ?

— Ouais. Il y a un bail. J'étais garde du corps à Bailey's Beach. Pour une famille membre du club. C'était une période magique. La musique. Les clairs de lune.

— Alors tu sais ce que je ressens.

— Je comprends ce que tu ressens, fils. Mais la fin de l'été, c'est la fin des amours. Ainsi vont les choses.

Écoute mon conseil. Tourne la page avec Joss Vickers. Ce genre de fille ne te mènera nulle part.

40

Grace sentit que Joss la fusillait des yeux au moment où elle pénétra dans la salle de rédaction avec B.J. et Constance Young. Sam, quant à lui, n'était pas en position d'exprimer sa jalousie : il avait la gueule de bois et la tête qui allait avec. Blême, les yeux rouges, il buvait de l'eau à grandes lampées, à même la bouteille. Zoé, enfin, était invisible.

Laissant B.J. et Constance rejoindre le rédacteur en chef, Grace s'approcha de ses camarades.

— Salut, tout le monde.

Son arrivée leur inspira un enthousiasme modéré ; elle décida néanmoins de poursuivre sur le mode cordial :

— Un bon point, d'avoir appelé ce matin pour Maud Sloane. Comment tu as su ?

— J'ai un copain dans la police, répondit Joss, maussade. Il m'a tuyautée. Mais ça m'a rapporté quoi ? B.J. a fait appel à toi, alors… On te donne plein de boulot, et à nous que dalle. Ça me rend malade.

Sur cette sortie, elle tourna le dos à Grace et s'éloigna. Grace en resta un instant stupéfaite. Elle regarda Sam.

— J'étais sur place, grommela-t-il. J'ai tout vu. Atroce.

Grace fut surprise par cette révélation. Feignant de rester indifférente à la réaction de Joss, elle enchaîna :

— Tu faisais ton jogging ?

— Non. J'étais là, c'est tout.

Grace s'éloigna et rejoignit le groupe formé par B.J., Constance et Dominick.

*

Sam songea que Joss était dure avec Grace, qui pourtant ne lui avait rien fait de mal. Après tout, ce n'était pas sa faute si B.J. avait un faible pour elle ! Lui-même, Sam, aurait bien voulu qu'une productrice jette son dévolu sur lui ! Ça ne l'aurait pas dérangé de lui faire les yeux doux, si cela pouvait l'aider à atteindre son objectif. Comment se distinguer du lot ? Telle était la question. Et il allait bien falloir qu'il trouve quelque chose.

Or il avait quelque chose.

Après avoir prévenu la chaîne de ce qu'il avait vu, il s'était hâté de quitter les lieux du crime avant que la police ne se mette en tête de lui poser des questions. Il était témoin dans cette affaire. Le témoin d'un meurtre.

Il jeta sa bouteille vide dans la corbeille, et en déboucha une autre. Ce statut de témoin pourrait peut-être lui servir, devenir un avantage. Pourquoi ne pas en tirer parti ?

41

D'abord la mère, ensuite la fille. Charlotte, autrefois. Maud, aujourd'hui. Un meurtre après l'autre – le second déjà inscrit dans le premier.

Tout le monde allait chercher à établir un lien entre les deux événements. Autrement dit, il était temps de prendre la plume. En écrivant de la main gauche pour modifier l'écriture. La lettre partirait avec le courrier du lundi. Quelques lignes suffisaient :

« *Je suis toujours en possession du portefeuille oublié dans la cabane de jeu le soir où Charlotte Sloane a trouvé la mort. Si vous montrez la photo à la police, je montre le portefeuille. Qui la police sera-t-elle tentée de croire, à votre avis ? Vous, ou moi ?* »

42

N'était-ce pas Lucy, dans le couloir ?

Grace cligna des yeux. Son cœur s'affolait. Oui ! C'était bien elle. Avec Frank et Jeanne. Manifestement, ils cherchaient la salle de rédaction.

Grace eut envie de se cacher sous la table. Mais non. Il fallait être adulte. Affronter l'épreuve en gardant la tête haute.

— Excusez-moi, B.J. Je reviens.

Lucy repéra sa mère ; aussitôt sa voix claire retentit.

Dans la salle, toutes les têtes se tournèrent vers la fillette. Chacun la regarda courir vers sa maman et l'embrasser. Grace se sentit rougir jusqu'aux cheveux.

— Salut, Frank. Salut, Jeanne.

Elle avait sa fille dans les bras. Elle prit soudainement conscience de l'allure qu'elle devait avoir : non maquillée, vêtue d'un T-shirt fatigué. Frank, lui, semblait plus en forme que jamais. Il était mince. Il avait retroussé sur ses avant-bras bronzés les manches de sa chemise de golf. Physiquement parlant, c'était un magnifique spécimen – Grace devait l'admettre, même s'il lui faisait à la minute présente l'effet d'un repoussoir. Au fond, elle n'était pas fâchée que sa fille ait hérité du nez bien droit et du large sourire de son papa.

— Comment va ma petite Lucy ? glissa-t-elle à l'oreille de sa fille.

La femme de Frank était rayonnante. Elle portait un pantalon parfaitement repassé, et un superbe chandail en coton vert tendre noué sur ses épaules. Sa grande chevelure blond platine était retenue par un large bandeau noir assorti au bracelet de sa montre et à ses sandales de cuir italiennes. Grace ne put s'empêcher de remarquer les orteils bien soignés de Jeanne et son solitaire en diamant. On sentait la femme riche, équilibrée, dorlotée par la vie – le contraire de Grace.

— Nous voulions te proposer de dîner avec nous, dit Frank.

Lucy était aux anges.

Bien vu, Frank. Je vois que tu continues d'essayer de passer pour monsieur Parfait devant ta fille. Tu vas essayer de m'arracher le cœur, et en attendant tu te la joues gracieux, généreux, prêt à m'inviter à dîner…

— Ce serait avec plaisir, dit-elle. C'est vraiment très gentil. Mais je ne sais pas quand j'aurai fini mon travail… Je ne voudrais pas vous faire attendre.

— On peut attendre, affirma Frank. C'est sans problème.

Il dégouline de suffisance, songea Grace, écœurée.

— Dis oui, maman ! C'est vrai : on peut attendre.

Grace était coincée dans un cas comme dans l'autre. Elle ne demandait pas mieux que de profiter un moment de sa fille ; d'ailleurs elle détestait la décevoir. Mais aller au restaurant avec Frank et sa femme ! Afficher toute la soirée un sourire poli. Bavarder comme si de rien n'était. Elle n'avait pas envie de partager la table de Frank, elle bouillait de l'étrangler ! Et elle savait qu'en se dérobant elle ne faisait qu'apporter de l'eau à son moulin ; il irait chanter devant le juge que les sacrifices consentis par Grace pour sa carrière l'éloignaient toujours plus de Lucy…

— Très bien, finit-elle par dire. J'essaierai de me libérer vers 19 heures.

— Formidable. À la réception, ils m'ont parlé d'un italien génial, pas très loin. Le Sardella. 19 h 30, alors ?

— Il faut sûrement réserver, dit Grace en espérant que le restaurant serait déjà complet.

— Je vais demander à l'hôtel de s'en occuper, dit Frank.

Il conclut par un clin d'œil, en faisant le geste de glisser un pourboire au concierge.

Ignoble jusqu'au bout, se dit Grace intérieurement.

43

B.J. était satisfait. Il avait réussi à monter son sujet et à l'expédier à New York par satellite une demi-heure avant le début du magazine « Sunday Evening Headlines ». Il réfléchissait à l'effet de ce travail sur son image au sein de la hiérarchie, quand Sam s'approcha.

— Il faut que je vous parle.

— Je suis à toi dans deux minutes.

B.J. décrocha le téléphone et appela New York pour s'assurer que le sujet avait bien été réceptionné. Puis il se tourna vers Sam.

— Qu'est-ce qu'il y a ?

— Je pense avoir quelque chose pour l'émission de demain.

Le producteur l'enveloppa d'un regard interrogatif.

— J'étais sur la falaise, reprit Sam. J'ai vu ce qui est arrivé à Maud Sloane.

— C'est vrai ? dit B.J. en lui prenant le bras. Et qu'est-ce que tu as vu, exactement ?

Sam parut gêné.

— Je ne sais pas si je peux le dire maintenant.

— Comment ça ?

— Ce que j'ai pensé, c'est que je pourrais le raconter en direct à l'antenne.

C'était une suggestion. Elle eut pour effet d'éveiller un soupçon dans l'esprit de B.J. Qu'est-ce qu'il cherchait, ce gosse ? On ne le savait pas. D'un autre côté, c'était un témoin. Il apportait une interview exclusive…

— Tu sais quoi ? dit B.J. Je crois que le mieux, c'est d'aller en discuter avec Nazareth.

Sam ne put retenir un sourire de satisfaction. C'était exactement ce qu'il voulait.

*

— Tu as parlé à la police ? demanda Linus.

— Non.

Le producteur exécutif enregistra cette réponse sans quitter son expression imperturbable.

— Alors raconte-moi, reprit-il. Qu'est-ce que tu as vu ?

— Avec tout le respect que je vous dois, monsieur, j'insiste… J'aimerais faire mon récit en direct, demain, au cours de l'émission.

Linus devait reconnaître que ce gamin savait gérer une situation. C'était courageux. Et bien calculé. Linus décida qu'il voterait pour lui quand l'heure viendrait de pourvoir le poste d'assistant. Et comme sa voix à lui était la seule qui comptait vraiment…

Bien sûr, il aurait préféré savoir ce que Sam avait l'intention de raconter à l'antenne, mais était-ce une raison pour ne pas conclure le marché ? Après tout, qui peut jamais être sûr de ce qu'un témoin dira face à la caméra ? Linus était dans le métier depuis trente ans, et il lui était arrivé plus d'une fois d'être surpris par ce qu'il entendait. Certes, on pouvait toujours réaliser une pré-interview dans les conditions du direct. Ça donnait une idée. Mais ça ne garantissait en aucune manière que le gamin ne déciderait pas de dire finalement tout autre chose. C'est d'ailleurs ce qui faisait l'intérêt du direct, et le rendait si excitant.

Si Sam avait assisté au meurtre de Maud Sloane, son témoignage devait passer sur Key News et nulle part ailleurs. Or ce Sam lorgnait le poste d'assistant à la production. Pourquoi irait-il leur faire un coup tordu ? Ce n'était pas son intérêt.

La décision de Linus était prise. Il décrocha son téléphone et appela New York.

— Vous changez l'annonce pour l'émission de demain, dit-il. Et vite. Notez : « En exclusivité pour Key News : le meurtre d'une héritière de la haute société de Newport. Le témoignage de l'homme qui a assisté à l'assassinat. »

La nouvelle répandit une vague d'excitation au bout du fil.

— Et pour les images ? lança le producteur à l'autre bout du fil.

— La vidéo de Constance ! aboya Linus. Et le cadavre dans son sac monté par l'escalier… Attends une minute.

Il se tourna vers B.J.

— Prends ta caméra, tourne quelques images de Sam et expédie-les à New York. Tout de suite.

44

Il zappa de nouveau sur Key News après avoir exploré les chaînes locales. Il vit Constance Young exposer les grandes lignes de l'affaire. On passa des images du corps de Maud dans son sac en plastique

– dur spectacle. Plus dur encore de voir paraître furtivement sur la vieille vidéo le visage de l'assassin. Ce visage qui n'avait guère changé. Et qu'il pouvait contempler chaque matin dans sa glace…

Des vues du Country Club, maintenant. Les hommes portaient le smoking et les femmes, des robes d'été qui formaient une ondoyante féerie de bleu, de rouge, de blanc et de jaune. Charlotte, c'était différent. Elle avait revêtu ce lamé d'or sans bretelles. Les policiers de Newport menaient leur enquête dans le riche voisinage d'Oliver et de Shepherd's Point. Les cabines téléphoniques de la ville s'ornaient de portraits de la disparue.

Quelle époque terrible ce fut… Les années qui avaient suivi la disparition avaient été dures elles aussi, marquées par la crainte permanente que la vérité ne vienne à être découverte.

La science médico-légale avait accompli pas mal de progrès en quatorze ans. Si jamais cette photo remontait à la surface, on n'aurait guère de mal à comprendre le fin mot de l'histoire.

Le moment n'était-il pas venu de quitter la ville ? D'aller se planquer quelque part ?

Peut-être, mais où ? Il avait son histoire ici. Sa vie s'était faite à Newport. Tout recommencer ailleurs ! Repartir de zéro ! Non. Pas question. D'autant que si l'affaire venait à être démêlée, il n'existerait plus aucun endroit sur terre où il puisse se cacher…

Mieux valait agir comme si tout était normal. Comme s'il n'existait aucune menace. En espérant que l'enquête retomberait comme un soufflé – c'est ce qui s'était passé quatorze ans plus tôt. L'histoire du crime n'était-elle pas coutumière d'affaires non résolues ?

Il se sentit un peu mieux. Il se pencha pour saisir la télécommande. Il allait éteindre la télévision quand une voix profonde retentit :

— En exclusivité pour Key News : le meurtre d'une héritière de la haute société de Newport. Une interview de l'homme qui a assisté à l'assassinat.

L'écran montra brièvement le visage d'un jeune homme.

Ce gamin ivre mort ! Il a tout vu !

45

Rien d'étonnant : ils avaient bel et bien une table réservée à 19 h 30 chez Sardella. On les précéda tous les quatre jusqu'à une salle charmante.

— Comment trouvez-vous l'hôtel ? demanda Grace en s'asseyant. Il est bien, non ?

— Si tu voyais notre chambre, maman ! s'écria Lucy, enthousiaste. On a une suite. Il y a même un jacuzzi dans la salle de bains !

— C'est génial, ma chérie.

Grace se forçait à sourire. Sa chambre à elle était convenable, mais dotée d'une salle de bains minuscule avec une douche où l'on avait à peine assez de place pour se retourner. Mais quelle importance ? Elle n'y était presque jamais, de toute façon. Et elle se fichait pas mal d'avoir un jacuzzi. Ce qui la contrariait, c'était cette compétition entre elle et Frank : son ex-mari marquait des points même quand il choisissait une chambre d'hôtel.

La serveuse leur déroula la liste des spécialités susceptibles d'être dégustées ce soir.

— Qu'est-ce qui te ferait plaisir, Grace ? demanda Frank.

— Ces aubergines au parmesan m'ont l'air très bien.

— Lucy ?

— Moi, je veux goûter les pâtes à la sauce vodka.

Frank fronça les sourcils.

— L'alcool brûle quand on le chauffe, Frank. Dans l'assiette, il n'y en a plus.

— C'est vrai, papa ! À la maison, des fois, maman nous en fait, à papy et à moi.

Frank avait une expression pincée. Grace se demanda si ce détail aussi serait utilisé contre elle au tribunal. Mais elle jugea cette pensée ridicule, et la chassa de son esprit. Elle n'allait tout de même pas devenir paranoïaque, et guetter avec angoisse la moindre réaction de Frank.

— Et vous, qu'est-ce que vous allez prendre ? reprit-elle en s'adressant à Jeanne.

La blonde afficha le plus doux des sourires.

— Je laisse Frank choisir pour moi, dit-elle.

Si c'est ça, leur relation, songea Grace, *j'aime autant être à ma place qu'à la sienne.*

46

Le domaine des Breakers ressemblait à une forteresse. On y était accueilli par un mur de deux mètres hérissé de grilles en fer forgé. Le camion à parabole passa entre les piliers majestueux qui marquaient le seuil de la propriété. Scott Huffman, qui conduisait, ne se fit pas de souci pour la parabole : le portail faisait presque dix mètres de haut. Il était surmonté d'un linteau massif, sculpté, orné de symboles figurant le blason des Vanderbilt : glands et feuilles de chêne.

L'ancien pavillon du gardien, tout de suite à gauche en arrivant, restait ouvert afin que les chauffeurs puissent se soulager en cas de besoin, pendant que les visiteurs faisaient le tour de la propriété. Étant donné les équipements dont le camion télé était doté, impossible de le laisser sans surveillance. Et les gens de Key News ne seraient pas sur place avant l'aube.

Autrement dit, la nuit risquait d'être longue. Scott s'y était préparé. Il avait emprunté à l'hôtel un oreiller et une couverture. Parcourant sa check-list, il s'assura de n'avoir rien oublié pour le reportage du lendemain…

— Merde, grommela-t-il avec mauvaise humeur.

Il manquait un câble.

47

Sam n'avait aucune envie de revenir en arrière. Il était convaincu d'avoir pris la bonne décision. Suivi la bonne stratégie. Il était même tout excité quand il se disait que ce scoop allait rapporter gros à Key News – et à lui-même. Linus Nazareth, alors qu'il se préparait à quitter la salle de rédaction pour aller dîner, s'était même arrêté pour lui donner une tape sur l'épaule. *Il m'apprécie,* songea Sam avec satisfaction. Il se voyait déjà dans le fauteuil de producteur assistant.

Mais il savait aussi qu'il ferait aussi bien, maintenant, d'aller se coucher. Il tenait à être frais et dispos pour son premier direct à la télé. Il était décidé à passer une bonne nuit quand l'un des téléphones sonna.

— C'est Scott Huffman, à l'appareil. Je suis aux Breakers. Je viens de m'apercevoir qu'on va manquer de câble jaune. Il faudrait m'envoyer tout de suite quelqu'un avec une bobine.

— Ça se trouve où, ces bobines ? demanda Sam.

Pourquoi ne pas saisir l'occasion de marquer quelques points supplémentaires ?

— Dans les cartons empilés contre le mur.

— Je m'en charge.

Il se dirigea vers les cartons. Il trouva les bobines facilement. Il s'adressa au bureau des reportages pour avoir une voiture.

Et il se mit en route.

Direction les Breakers.

48

À l'hôtel, le fauteuil en bois se balançait doucement dans l'ombre du porche. Il ne restait plus beaucoup de temps. Mais les jeunes gens aimaient sortir et faire la fête quand ils séjournaient dans une ville comme Newport. Autrement dit, ce n'était pas idiot d'attendre tranquillement le retour de ce gamin à la langue trop bien pendue.

Et s'il n'était pas sorti ? Comment l'éliminer, s'il n'était pas allé s'amuser ?

Le temps n'était plus à échafauder des plans. Vient un moment où il faut agir vite. Comme la veille avec Maud. Comme avec Charlotte quatorze ans plus tôt.

Vient un moment où l'instinct doit parler.

49

Grace n'avait pas envie de s'attarder après le café. Déjà qu'elle avait trouvé ce dîner interminable !

— On s'était dit qu'on descendrait faire un tour sur les quais. Voir les boutiques et les bateaux.

Frank reposait dans sa soucoupe la tasse de son espresso.

— Ça doit être amusant, admit Grace d'un ton poli.

— Tu viens avec nous, maman ?

Grace sourit à l'enfant et lui caressa la tête.

— C'est gentil, chérie. Mais je dois rentrer. Je me lève tôt.

Intérieurement, elle remerciait le ciel d'avoir une raison de ne pas partager plus longtemps la compagnie de Frank et de sa femme. Elle l'avait vu plusieurs fois prendre la main de Jeanne au cours du dîner. Cela suffisait, maintenant. Grace ne pouvait s'empêcher de se poser des questions. Était-il toujours aussi amoureux, ou jouait-il cette comédie parce que Grace était présente, pour offrir délibérément l'image du couple baignant en plein bonheur – bref, de la famille parfaite dont Lucy avait besoin ?

*

L'hôtel n'était pas loin. Grace accueillit avec plaisir la perspective de rentrer tranquillement à pied en respirant un air doux et en s'éclaircissant les idées. Elle devait cesser de se tourmenter pour le jugement à venir concernant la garde de Lucy. De toute façon, tant qu'elle était à Newport, elle ne pouvait pas agir, ou très peu. Dès qu'elle serait de retour chez elle, elle irait voir son avocat. Pour le moment, elle tenait à se concentrer sur son stage. C'était l'enjeu du moment. Le seul sur lequel elle eût prise.

Cependant tout n'était-il pas dérisoire quand on songeait au triste destin de Maud ? Elle se sentait coupable d'accorder tant d'attention à ses soucis personnels. Comme ils semblaient insignifiants, en comparaison !

Deux jours auparavant, le nom de Maud Sloane lui était encore parfaitement inconnu. Ensuite étaient venues ces confidences chez les Vickers. À présent, Grace était secouée par sa mort brutale. Maud avait essayé de donner une signification à ses rêves. Elle avait fouillé sa mémoire, en quête d'un indice qui eût expliqué la disparition de sa mère. Une idée lui était-elle venue entre leur conversation et l'instant de sa mort ? Et n'était-ce pas cette idée, précisément, qui avait eu pour elle une conséquence fatale ?

Grace s'approchait du porche de l'hôtel. Marchant

à pas lent, elle se demanda si elle ne devait pas aller raconter à la police sa conversation avec Maud. C'est alors qu'elle se trouva nez à nez avec Sam qui sortait de l'hôtel.

— Tu sors faire un tour ? lui demanda-t-elle en clignant des yeux dans la lumière de l'entrée.

— Je dois apporter ça au camion technique.

Il lui montrait une bobine de câble jaune.

50

L'attente avait fini par payer.

Le gamin était là. En train de discuter avec Grace Callahan.

Ils se séparèrent. Grace pénétra dans l'hôtel. Sam remit un ticket au voiturier.

Quitter ce rocking-chair. Passer doucement derrière le gosse qui attend à l'entrée du porche sans se douter de rien. Gagner la voiture stationnée en face. S'asseoir au volant. Surveiller le gamin dans le rétroviseur…

Sam monta en voiture à son tour. Il fila directement sur Bellevue Avenue en direction des belles demeures.

Faire un demi-tour. Le prendre en chasse.

Où peut-il bien aller, ce foutu bavard ?

Les voitures passèrent la bibliothèque Redwood. Puis les courts de tennis. Puis le centre commercial. Peu importe où il va ! Il faudra faire avec, de toute façon.

Sam ralentit pour lire les panneaux de signalisation. Il tourna à gauche sur Narragansett. Puis à droite vers

Ochre Point. Il se gara dans un parking, en face de l'allée menant aux Breakers.

La voiture qui l'avait pris en filature continua sa route, puis s'arrêta une centaine de mètres plus loin pour faire un demi-tour complet. Elle s'approcha à son tour des Breakers, tous phares éteints. Elle ralentit.

Il avait un pied-de-biche dans le coffre.

*

Sam remit la bobine de câble au technicien.

— C'était bien ce câble-là ?

— Exactement. Merci, mon gars.

Sam faisait demi-tour pour s'en aller quand Scott reprit :

— J'aurais dû demander aussi… Mais j'ai oublié. J'ai un mal de tête carabiné. Tu n'aurais pas des fois de l'aspirine ?

— Non. Désolé.

Sam secouait la tête.

— Vous voulez que j'aille vous en chercher ?

Le technicien avait une longue nuit devant lui. S'offrir une petite pause ne serait pas un luxe. Ce gosse avait l'air fiable. Et il n'y avait rien de spécial à faire. Il fallait juste surveiller le camion.

— En fait, j'aurais besoin aussi de deux ou trois trucs… Écoute, ça t'embêterait de m'attendre un moment ici, en jetant un œil sur le camion ?

Sam hésita un peu. Il avait envie de rentrer à l'hôtel et de dormir.

— Ça devrait pouvoir se faire, dit-il cependant. Vous ne serez pas trop long ?

— Non.
— Alors je veux bien.
Sam ajouta :
— J'aurais besoin de pisser un coup.
— Tu as les buissons, mon gars. Ou le pavillon. C'est ouvert. Entre et fais comme chez toi. Je ne serai pas long. Promis.

51

Le policier de garde se présenta à l'hôtel Viking, gagna directement la salle de rédaction, puis le bureau des reportages. C'est Beth Terry qui était de permanence. Le policier voulait parler au producteur exécutif.

— Puis-je vous demander à quel sujet ? dit Beth.

— Au sujet d'une interview que vous avez programmée. Un prétendu témoin du meurtre de Maud Sloane. Nous aurions besoin d'en savoir un peu plus.

— Je comprends… M. Nazareth est sorti pour dîner. Je peux essayer de le joindre sur son portable.

Mieux valait ne pas s'aliéner la police. La chaîne pouvait avoir besoin de faire appel aux forces de l'ordre durant la semaine qu'ils allaient passer à Newport. Beth composa le numéro. Le policier attendait.

— Linus, c'est Beth à l'appareil. Pardon d'interrompre ton dîner…

Elle mentait. En fait elle était ravie. Linus dînait avec Lauren Adams, qui présidait aux destinées de la rubrique « Style de vie ». Sûr qu'il était même en train de lui faire les yeux doux.

— C'est à quel sujet ?

— La police de Newport. J'ai un officier devant moi. Il souhaite te parler de l'interview du témoin.

— Ils ne savent pas qui est la personne interviewée, si ?

Beth leva les yeux vers le policier.

— Je l'ignore, dit Beth en souriant au policier.

— Sam est dans les parages ? reprit Linus en prenant la main de sa compagne.

Il lui adressa un clin d'œil.

— Il vient de sortir, répondit Beth.

— Bien. Je n'ai pas l'intention de me laisser brutaliser par des poulets à la con. J'ai tenu tête aux fédéraux. Ce n'est sûrement pas la police de Newport qui va me faire peur. Ils pourront parler à Sam tant qu'ils voudront *après* l'émission. Point.

52

Il souleva la lunette des toilettes et fit ce qu'il avait à faire. Comme il tirait la chasse, il eut l'impression d'avoir entendu un bruit derrière la porte. Il sortit de la salle de bains. Personne.

Il gagna l'entrée et regarda le camion technique garé devant le pavillon. Pourvu que le chauffeur fasse vite. Sam avait besoin de réfléchir à ce qu'il avait l'intention de dire à l'antenne. Le mieux serait de s'exprimer sur le ton de la conversation. Il dirait ce qu'il avait vu et entendu, tout simplement, sans faire allusion au fait qu'il s'était écroulé ivre mort au pied d'un arbre.

Une lutte violente. Un cri déchirant. *Pauvre Maud Sloane.*

Sam laissa échapper un profond soupir. Il ferma les yeux. De nouveau il visualisait la scène. En fait, il n'avait pas vu le visage de l'agresseur. Mais il pouvait en fournir une description. La carrure de l'assassin. Ce qu'il portait comme vêtements. Ces indications n'étaient pas rien, même si Linus Nazareth espérait beaucoup plus. Mais Sam n'avait pas voulu griller ses cartouches. Il préférait laisser Linus penser qu'il avait quelque chose d'important à raconter. Quelque chose qui justifiait de passer sur une chaîne nationale. Sam avait été le témoin de ce crime, non ? C'était ça, le scoop…

Il perçut un mouvement derrière lui.

Il se retourna.

Et il vit le fameux visage.

L'instant d'après, le lourd pied-de-biche s'abattait sur son crâne.

53

Elle avait revêtu un short blanc et le T-shirt Key News. Ainsi on la verrait dans l'obscurité. Ses longues tresses noires lui battant la nuque, elle courait le long de Bellevue Avenue. C'était le même chemin qu'elle avait emprunté cet après-midi, après avoir quitté les

Quarante Marches en proie à l'agitation médiatique, pour suivre sa propre idée et aller tourner des images à la synagogue Touro. Elle passa devant les grandes maisons largement éclairées par les anciens réverbères à gaz désormais électrifiés.

C'était merveilleux de pouvoir observer un tel déploiement de richesses. Des fortunes édifiées sur le dos d'un dur labeur. Le travail des Noirs et celui des Blancs. Sauf que les Blancs, pour la plupart, étaient des immigrants qui avaient choisi de venir chercher en Amérique une vie meilleure. Les Noirs, en revanche, on les avait capturés comme des animaux. Ils avaient été enchaînés. Arrachés à leurs terres. Une fois en Amérique, leur couleur de peau avait donné le ton d'un terrible destin. Rhode Island était certes le premier État à avoir adopté des lois destinées à briser l'esclavage. Quant à la Guerre civile, elle avait bel et bien libéré les esclaves – techniquement parlant, du moins. Cependant, à l'époque où l'on avait construit ces élégantes et riches demeures, les gens de couleur étaient encore des citoyens de seconde zone.

Zoé traversa à petites foulées le carrefour de Narragansett. Elle n'avait aucune envie de gagner les Quarante Marches, l'endroit où Maud Sloane avait trouvé la mort. Continuant sa route, elle passa quatre rues encore, jusqu'au panneau indiquant Victoria Avenue. Elle prit à gauche sur une impulsion, désireuse d'explorer une voie dont le nom lui rappelait l'Angleterre.

Ses semelles de caoutchouc frappaient l'asphalte de cette voie paisible. Il n'y avait pas grand-chose à explorer ! Les éclairages publics étaient moins luxueux que sur Bellevue. À mi-parcours, elle eut envie de rebrousser chemin. C'est alors qu'un bruit lui parvint. Le bruit d'un coffre de voiture que l'on referme.

Des phares s'allumèrent. Zoé fut aveuglée. Le véhicule s'éloigna du trottoir et fonça droit sur elle. Zoé bondit sur le côté. Elle atterrit dans l'herbe. Elle se redressa aussitôt pour essayer d'apercevoir le conducteur. Mais la voiture était passée trop vite. Zoé n'avait pas eu le temps de le voir. Elle parvint seulement à mémoriser les trois premières lettres de la plaque d'immatriculation éclairée : S.E.A.

Le pilote de cette voiture avait eu plus de chance que Zoé, il avait réussi à déchiffrer, dans la lumière de ses phares, le logo imprimé sur le T-shirt de la jeune fille.

54

Le sac de papier brun contenait un tube d'aspirine et trois canettes de bière glacée. Ça devrait suffire pour la nuit, songea Scott en ouvrant la portière de son camion.

Il fut surpris de ne pas trouver le gamin à l'intérieur. La surprise se mua en colère quand il explora le pavillon. Personne !

— Le petit con…

Le gosse avait fichu le camp, laissant le véhicule sans surveillance ! Quel petit trou-du-cul irresponsable !

Il retourna au camion.

Heureusement, tout paraissait en ordre.

Lundi 19 juillet

55

Aux Breakers, on avait dressé une grande tente blanche pour accueillir les équipes de Key News et leurs invités, mais cette installation n'était pas nécessaire. Le temps serait radieux pendant toute la durée de l'émission. Constance Young et Harry Granger allaient pouvoir présenter « Key to America » en plein air.

Constance et Harry arrivèrent de bonne heure, comme ils en avaient l'habitude à New York. Ils voulaient avoir le temps de lire les journaux et de préparer leurs interviews jusqu'à la dernière minute. Ils rejoignirent les équipes déjà en place aux quatre coins de la propriété. Tout à l'heure, la musique du générique retentirait. Constance et Harry s'adresseraient à l'Amérique pour lui souhaiter bienvenue à Newport ; et les téléspectateurs ne pourraient se douter que les deux heures d'émission auxquelles ils allaient assister avaient exigé en amont des centaines d'heures de travail.

Grace était gagnée par l'excitation des équipes. Voilà en quoi consistait la préparation d'une émission en direct. Les qualités exigées étaient évidentes : professionnalisme et souci du détail. Chacun savait qu'un événement imprévu était toujours possible, et qu'il était nécessaire d'être prêt à improviser à tout moment devant des millions de spectateurs.

C'était principalement pour cette raison que des gens comme Harry et Constance touchaient de tels salaires. Si quelque chose arrivait, les animateurs devaient être capables d'improviser et d'affronter n'importe quelle situation sans perdre leur calme, leur élégance et leur vivacité d'esprit – plus facile à dire qu'à faire. Quand le présentateur était bon, le public ne se rendait même pas compte qu'il s'était passé quelque chose d'inhabituel.

*

À trois quarts d'heure du début de l'émission, le témoin le plus important n'était toujours pas en vue. Personne ne savait où était passé Sam. Quand on composait le numéro de sa chambre, personne ne décrochait.

Le producteur exécutif arpentait la pelouse en hurlant :

— Quelqu'un peut me dire où il est passé, bordel de Dieu ? Comment ça, qui ? Ce foutu gamin ! Sam Watkins !

Grace songea qu'elle tenait là une occasion de se rendre utile. Elle marcha à la rencontre de Linus.

— Il a quitté l'hôtel hier soir, dit-elle. Il devait apporter des câbles au camion satellite. Il m'a dit qu'il revenait se coucher aussitôt après cette course.

— Alors tâchez de trouver le technicien en question, voulez-vous !

La figure de Linus virait au rouge.

— Voyez s'il sait quelque chose.

Grace suivit sur la pelouse le fil d'Ariane des câbles électriques. Elle gagna ainsi l'allée de gravier. Puis le pavillon où stationnait le camion satellite.

Le technicien ne brossa pas de Sam un portrait flatteur.

— Mouais… Il m'a bien apporté ma bobine de câble. Après, je ne l'ai plus revu. Ça ne m'étonne pas qu'il ne soit pas là. Il n'est pas fiable. Il m'avait promis de garder le camion. Le temps d'une course que j'avais à faire. Quand je suis revenu, il avait disparu. Il avait laissé le camion sans surveillance !

*

Linus faisait toujours les cent pas. Il aboya :

— Pour l'amour du ciel, allez me le chercher à l'hôtel !

Il jetait autour de lui des regards furibards.

— Je vais le tuer !

Mais le compte à rebours continuait d'égrener ses secondes, et chacun était accaparé par sa propre besogne. Une fois encore, les yeux de Linus s'arrêtèrent sur Grace.

— C'est votre copain, non ? s'écria-t-il. Alors trouvez-le-moi.

*

Pas de réponse.

Grace, de nouveau, frappa à la porte et appela, au risque de réveiller tout l'hôtel. Sam ne pouvait pas être si profondément endormi qu'il n'entendait pas un tel vacarme !

Elle cherchait des yeux le téléphone de service pour demander à la réception d'envoyer quelqu'un avec un passe, quand le chariot d'une femme de chambre apparut au bout du couloir. Et ce chariot était poussé par Izzie O'Malley.

— Izzie… Bonjour. Vous me reconnaissez, n'est-ce pas ? Chambre 201…

Sans attendre la réaction d'Izzie, elle enchaîna :

— J'ai un problème urgent. Il faut absolument que je sache si l'un de mes collègues est dans sa chambre. Il doit rejoindre le plateau dans quelques minutes. C'est pour un direct. Vous ne voudriez pas m'ouvrir ?

La femme de chambre marqua une hésitation, puis elle tira de sa blouse un passe-partout magnétique. C'était interdit mais Grace lui avait rendu service ; c'était son tour de lui donner un coup de main. Izzie inséra la carte dans la serrure. Le voyant vert s'alluma. Les deux femmes pénétrèrent dans la chambre silencieuse.

Le lit n'était pas défait.

56

Aux Breakers, quelqu'un aperçut la voiture de Sam garée en face, sur le parking réservé aux touristes. On se perdit en conjectures. Sam n'avait peut-être rien à dire, en définitive. Si ça se trouve, il n'avait rien vu du tout. Il avait juste voulu faire le malin. Et maintenant il se planquait, sachant qu'il avait toutes les chances de se faire incendier.

Quand Grace arriva, Linus était hors de lui.

— Je me fous de savoir quel est son problème, à ce petit merdeux ! On laisse tomber l'interview. Tant pis pour lui.

Il se donna un coup de poing dans la paume et mugit :

— Il a voulu me faire passer pour un con ! Il va s'en souvenir !

Il conclut en s'adressant à tous :

— En attendant, on a promis une exclusivité, et, croyez-moi, on a intérêt à tenir parole. Alors remuez-vous les méninges. Tous. Trouvez-moi quelque chose. Et vite.

*

Grace se serrait dans ses propres bras. Au bout d'un moment, elle osa :

— Excusez-moi, monsieur Nazareth.

Le producteur exécutif tourna brusquement vers elle une figure gonflée de rage. Une veine tremblant sur son front, il beugla :

— Quoi ?

Elle respira profondément, puis lâcha ce qu'elle avait à dire d'une seule traite, en priant pour que Linus ne se mette pas à hurler qu'il n'avait jamais rien entendu d'aussi ridicule.

— Le professeur Cox. Notre consultant. Il connaissait Maud Sloane. Ainsi que sa mère. En fait, il était à la table de Maud lors du *clambake*. D'accord, il n'a pas été témoin de sa mort, mais il était avec elle ce soir-là.

Grace put presque voir les rouages se mettre en branle dans le cerveau du producteur exécutif.

— Un témoin visuel, finit-il par marmonner. C'est ce qu'on a annoncé. Vous trouvez que ça correspond ?

Grace se mordit les lèvres.

— D'un autre côté, poursuivait Linus, c'est tout ce qu'on a. Personne ne sera foutu de rien trouver de mieux. C'est bon. On le fait.

Encouragée par la réaction du producteur, Grace osa demander :

— Vous ne voulez pas attendre la réponse du professeur Cox ?

Un ricanement sournois se dessina sur le visage de Linus.

— Il sera d'accord, dit-il. Il émarge sur notre liste de vacataires salariés de la semaine.

57

Le générique s'ouvrit sur des vues prises depuis l'hélicoptère : les superbes maisons alignées le long de la falaise.

Constance Young salua le public d'un ton résolu.

— Bonjour ! Nous sommes le lundi 19 juillet, et

voici votre émission « Key to America » en direct de Newport.

L'indicatif était lancé. Le réalisateur pressa le bouton de la caméra principale. Constance et Harry apparurent à l'écran. Ils étaient sur la pelouse des Breakers, avec au second plan l'océan somptueux, scintillant de lumières matinales.

— Nos émissions seront diffusées toute la semaine depuis cette splendide cité du bord de mer, une ville remarquable et célèbre dont nous allons vous faire partager la beauté et l'histoire…

Constance semblait ne pas se soucier de la brise marine qui malmenait sa coiffure au point de lui ramener des mèches sur le visage.

— Nous commençons par les Breakers, un cottage, comme on dit ici, mais un cottage de soixante-dix pièces ! La maison fut construite par Cornelius Vanderbilt. C'était une résidence d'été pour sa famille…

Des vues montrèrent la demeure néo-Renaissance dont la façade regardait l'océan : les quatre étages, les murs de pierre, les colonnes sculptées, les balcons, les multiples cheminées jaillissant du toit. Constance poursuivit :

— Mais d'abord, un point sur l'actualité. Harry, c'est à vous.

58

À cette heure matinale, la plupart des résidents de l'hôtel n'avaient pas encore quitté leur chambre. Izzie jugea qu'elle pouvait prendre son temps.

Elle alluma le téléviseur et régla le son au minimum. Elle commença à défaire la couverture du lit double. Elle y jeta un drap propre. Elle laissa échapper un gémissement quand elle se baissa pour l'ajuster sous le matelas. Son bras lui faisait vraiment mal, aujourd'hui. Elle avait besoin de souffler deux minutes.

Combien de temps allait-elle pouvoir tenir ? Hier, c'est à peine si elle avait réussi à se traîner jusqu'à la messe. Et le reste de la journée, elle l'avait passé à dormir. Elle n'avait même pas trouvé le courage d'allumer la télé ou de feuilleter un journal.

Elle alla s'asseoir et regarda à la télévision les vues de la falaise tournées depuis l'hélicoptère. Combien de fois avait-elle fait cette promenade avec Paddy ? Ils marchaient main dans la main. C'était un de leurs plaisirs favoris. Surtout les derniers mois, à la fin de la maladie de Paddy. Ils vivaient leur balade comme un passe-temps apaisant, purifiant et gratuit – détail d'importance pour un budget sempiternellement serré.

Changeant de place, elle s'assit au bord du lit. Ainsi elle verrait mieux. Mais quand les vues aériennes cessèrent pour laisser place aux nouvelles, elle fit l'effort de se relever. Elle n'avait pas envie d'entendre parler des combats en Irak ou des attentats suicide en Israël. Elle était désolée pour tous ces malheureux, mais elle avait son propre fardeau de problèmes. Elle ne tenait pas à se laisser déprimer. Son médecin ne cessait de lui répéter qu'elle devait avoir des pensées positives. D'après lui, les pensées positives aidaient le système immunitaire à tenir le coup.

Alors qu'elle ouvrait le rideau de la baignoire, elle capta un bout de discussion venue du téléviseur.

— Voici l'escalier appelé les Quarante Marches. Et l'endroit où l'on a découvert le corps de Maud Sloane dimanche matin…

Izzie se tourna de nouveau vers l'écran. Elle mit la main sur sa poitrine. Là où elle avait perdu un sein. Où les battements de son cœur venaient de s'accélérer. Les marches de pierre, les vagues explosant en bas sur les rochers : les images tournées depuis la falaise tremblaient un peu. Izzie regardait avec attention. Et c'est la charmante Constance Young qui soudain apparut à l'écran.

— Le professeur Gordon Cox, disait-elle, notre consultant local pour cette semaine, fait partie des dernières personnes à avoir vu Maud Sloane vivante samedi soir. Merci d'être avec nous, professeur…

L'enseignant hocha la tête. Une expression solennelle s'affichait sur ses traits. Solennelle ou mécontente ? Izzie n'aurait su le dire.

59

Le professeur était mal à l'aise. Il n'aimait pas les questions qui lui étaient posées. Il n'avait pas apprécié d'être ainsi convoqué à la dernière minute parce qu'un Linus Nazareth avait promis aux téléspectateurs des révélations sensationnelles.

Ce n'était pas pour ce genre de prestations qu'il avait signé ! Telles étaient ses pensées alors qu'il s'entretenait devant la caméra avec Constance Young au sommet des Quarante Marches. Son domaine de compétence couvrait l'histoire de Newport. Telle était sa spécialité. Tel était son métier ! Et voilà qu'on lui demandait de revenir sur la disparition de Charlotte Sloane, de décrire les quelques minutes passées samedi en compagnie de Maud !

Il s'éclaircit la gorge.

— Écoutez, Maud m'a paru aller fort bien, si l'on considère ce qu'elle venait d'apprendre. À savoir que les restes découverts dans le tunnel avaient été identifiés comme étant ceux de sa mère. Le vieux souterrain aux esclaves de Shepherd's Point…

Mais Constance poursuivait son idée :

— D'après certains témoignages, Maud avait pas mal bu, samedi soir.

— Comme tout le monde. C'était un *clambake*. Je n'ai rien remarqué d'anormal chez elle.

— Si vous deviez vous prononcer sur cet événement, professeur, diriez-vous que Maud est tombée ou qu'elle a été poussée ?

— Je me garderais bien de spéculer sur l'une ou l'autre de ces hypothèses ! Tout ce que je puis vous dire, c'est que Maud Sloane était une jeune femme très bien. Et que sa mort est une grande tragédie.

À la fin de la séquence, quand il décrocha son micro du revers de sa veste, Gordon fulminait intérieurement. Mais une idée lui frappa opportunément l'esprit et apaisa sa fureur. Il se pouvait que Shepherd's Point devienne plus vite que prévu la propriété de l'Association pour la sauvegarde des lieux de mémoire.

En effet, Agatha Wagstaff n'avait plus d'héritier désormais.

60

Mickey avait l'habitude de prendre son jour de congé le lundi, et ce répit était particulièrement le bienvenu au terme d'un week-end chargé. Après la soirée chez les Vickers et le mariage des Eisenhower, il aurait aimé dormir jusqu'à midi. Mais il avait mis son réveil à 7 heures. Il avait sa comptabilité à tenir.

Certes, son entreprise tournait à merveille, et il aurait eu les moyens de s'offrir les services d'un comptable, mais il n'avait confiance en personne dès lors qu'il était question de finances. Il savait trop combien il est facile d'entourlouper quelqu'un.

Il se tourna dans son lit. Il n'était pas peu fier d'en être arrivé là. Le gamin issu des classes moyennes de Newport avait su grimper les barreaux de l'échelle sociale et faire mieux que ses parents. Il revoyait sa mère se tordre les mains de désespoir en découvrant les mauvaises notes ramenées par son fils. Mickey se souvenait d'avoir ignoré ces plaintes et ces gémissements. De toute façon, il n'avait pas envie d'entrer à l'université. Pour lui, c'étaient quatre années de perdues. Ce qu'il voulait, c'était se tailler une place dans le monde et faire de l'argent.

Mais ce vœu s'était révélé plus difficile à accomplir que prévu. Disons que le monde ne l'avait pas accueilli à bras ouverts. Gagner un dollar après l'autre n'était pas une partie de plaisir, et Dieu sait qu'il s'en était aperçu. Mais Mickey était doté d'un tempérament têtu. Et il avait sa fierté. Il n'aurait jamais admis de devoir donner raison à ses parents. Au contraire, il avait tenu à leur montrer, et aux autres aussi, que Mickey Hager était quelqu'un avec qui l'on devait compter.

Il y était parvenu. Sa maison était plus grande que celle de ses parents. Ses voitures étaient plus récentes. Mieux garnis, ses comptes en banque. En saison, les *clambakes* rapportaient de l'argent à pleines poignées. Et son activité de traiteur marchait du tonnerre. Cette commande qu'il avait reçue pour vendredi, par exemple, l'emplissait de satisfaction. Le fameux Bal bleu. La traditionnelle soirée de bienfaisance aux Ormes. Tout Newport serait présent. Et chacun verrait ce qu'il savait faire. Dès samedi, il en était sûr, son activité de traiteur serait promise à un avenir infini.

Il tendit la main pour attraper la télécommande sur la table de nuit. Il la pointa vers l'écran plasma du téléviseur incrusté dans le mur de sa chambre. Maud Sloane apparut à l'image.

— … Si la police avait retrouvé son corps plus tôt, il y aurait eu des indices. Ces indices les auraient mis sur la piste du véritable assassin. Laissez-moi vous dire une chose. Ce n'est pas mon père qui l'a assassinée. J'en suis absolument certaine.

Mickey écouta les journalistes spéculer à l'antenne

sur les liens éventuels entre la mort de la mère et celle de la fille. Après toutes ces années, on se souciait encore de savoir qui avait tué Charlotte Sloane. Mais quelle importance, en définitive ? Pour Mickey, la disparition de Charlotte avait été pain bénit. En effet, Charlotte venait de le surprendre la main dans la caisse du Country Club. Elle n'avait même pas eu le temps de donner l'alerte. Mickey avait pu garder la somme piquée à cette bande de snobs. C'est cet argent qu'il avait investi dans sa propre entreprise. Cet argent qui avait fait des petits…

61

Grace regardait sur un moniteur Caridad Vega présenter la météo depuis les studios de Key News à New York. Pendant ce temps, on s'occupait de retoucher le maquillage et la coiffure de Constance, tandis que Harry s'offrait le luxe d'une petite partie de croquet avec les techniciens – une balle en mousse, et des pieds de micro en guise de maillets. La première heure venait de se dérouler sans l'ombre d'un problème. Linus lança depuis la régie :

— On a eu assez de sang dans la première partie ! Ça suffit. Maintenant, un peu de bonheur.

Les participants ôtèrent leurs lunettes de soleil et allèrent se mettre en place. L'assistant réalisateur donna le top départ. Harry ouvrit la deuxième partie en annonçant le sujet proposé après les pages de pub :

— Une visite des Breakers. Vous allez découvrir ce qu'étaient la richesse et la gloire de ces grandes familles de Newport au temps de l'Âge d'or.

*

Suivis de la caméra, Constance et le professeur Cox progressaient d'un pas de promenade sous les hautes arcades et les plafonds peints. On voyait apparaître sans cesse, gravé dans le sol de marbre italien, le blason des Vanderbilt – glands et feuilles de chêne. L'émission s'était transportée dans la grande salle de la demeure, baptisée Great Hall, et que dominait un imposant lustre de bronze. Au fond, la pièce était fermée par une baie vitrée donnant sur une loggia au toit de mosaïque, qui elle-même s'ouvrait sur l'océan.

Le reportage en direct offrit ensuite au public des vues du salon de musique, du petit séjour, du billard, de la salle à manger et enfin de la salle de banquet, la pièce la plus considérable et la plus richement ornée, décorée de douze colonnes d'albâtre rouge et rose. Les plafonds voûtés de cette salle s'ornaient de motifs peints et sculptés figurant une représentation d'Aurore, déesse de l'Aube. Les lustres en baccarat, composés de milliers de perles de cristal, éclairaient une table en bois exotique de style XVIe siècle.

— Un système de rallonges permet d'accueillir jusqu'à trente-quatre convives, expliqua le professeur.

— Seigneur ! s'exclama Constance qui regardait partout comme si elle n'en croyait pas ses yeux. Il devait falloir beaucoup de personnel !

— Montons voir les chambres, dit Gordon Cox.

— Volontiers.

On gagnait le second étage grâce à un escalier monumental surveillé par des statues de bronze, et que protégeaient des balustrades en fer forgé. Les degrés de marbre se couvraient d'un tapis rouge que foulèrent Constance, le professeur et l'équipe de tournage.

— Comment faisaient-ils pour chauffer des pièces aussi grandes ? demanda Constance. Ça devait leur coûter une fortune.

Le professeur souriait. Il semblait tout disposé à faire étalage de ses connaissances en la matière.

— Eh bien, dit-il, les Vanderbilt séjournaient à Newport durant la belle saison. C'est un premier élément de réponse. Mais il y avait aussi une énorme chaudière. Et le sous-sol de la maison du gardien pouvait accueillir un stock de plusieurs tonnes de charbon. Cave et chaudière étaient reliées par un tunnel.

62

Jamais le crâne de Sam n'avait enduré une pareille douleur. C'est au prix d'un effort épuisant que le jeune homme réussit à ouvrir les yeux. Mais il n'en demeurait pas moins dans le noir. Était-il devenu aveugle ?

Son corps reposait sur un sol froid et humide. Il régnait autour de lui une odeur de moisi. Sam était la proie de sensations chaotiques auxquelles son cerveau essayait de mettre un semblant d'ordre – en vain. Où était-il ? Que lui était-il arrivé ?

Aucune réponse ne se présenta à ses pensées.

Il perdit de nouveau connaissance.

63

Elsa éteignit la télévision. Elle serra son peignoir de soie contre son corps. Elle n'aurait pas dû regarder ce magazine. Maintenant, elle se sentait encore plus mal.

Elle n'aurait pas dû non plus se dispenser de sa sortie matinale. Cela lui aurait fait du bien de marcher le long de la mer, d'observer ses oiseaux merveilleux. L'air océanique, l'exercice et l'admiration pour la gent ailée avaient toujours eu sur elle un effet bénéfique.

Mais il ne pouvait être question de sortir, alors qu'Oliver s'était enfin décidé à la rejoindre dans son lit.

Il était toujours là. En haut. Il dormait. Après avoir passé la nuit à gémir, à répéter des tas de bêtises, à soupirer après la mort de sa fille. Ce n'est pas ainsi qu'Elsa s'était imaginé la vie avec lui. Mais elle était résolue à prendre Oliver tel qu'il était. Il attendait d'elle du réconfort ? Elle le lui donnerait. Elle voulait bien apaiser ses angoisses. C'était toujours mieux que de ne pas l'avoir auprès d'elle.

Dans la cuisine, elle coupa en deux une orange qu'elle pressa. Elle versa le nectar dans un verre. Pendant que les flocons d'avoine réchauffaient sur le feu, elle lava les fruits rouges et cassa des noix. Un solide petit déjeuner bien nutritif : voilà qui remettrait d'aplomb son pauvre amant blessé.

Car telle était sa mission, désormais. Aider Oliver à surmonter cet affreux chagrin. Le convaincre que la vie valait toujours d'être vécue.

Avec elle.

*

Le plateau du petit déjeuner en appui contre la hanche, Elsa poussa la porte de la chambre en s'efforçant de ne pas faire de bruit. Mais, à sa grande surprise, il n'y avait à l'intérieur personne à réveiller. Le lit était vide. Elle considéra les draps chiffonnés.

De l'eau coulait dans la salle de bains. Elsa frappa doucement.

— Oliver chéri… Je t'ai préparé un petit déjeuner.

Il apparut. Ses yeux étaient injectés de sang. Il avait la chevelure en broussaille. Prince malheureux, torturé, persécuté par ses démons furieux.

— Je ne pourrai rien avaler.

— Il le faut, chéri. Tu as de rudes journées qui t'attendent. Tu dois garder des forces.

— Des forces ? Je n'en ai plus. Pas plus que je n'ai de raison de continuer.

Elsa frissonna intérieurement. Comme c'était blessant de l'entendre prononcer de tels mots ! Mais le temps guérirait cette blessure. C'était une question de patience. Elle reprit doucement :

— Il y a des parents qui ont perdu un enfant, Oliver, et qui ont surmonté l'épreuve.

Oliver répliqua avec mépris :

— C'est d'autant plus facile à dire qu'on n'a pas d'enfant.

64

Tout bien considéré, Linus n'était pas déçu par cette première émission. Sam leur avait fait faux bond, mais ils s'en étaient sortis honorablement. Les autres stagiaires avaient assuré. L'une avait même su réagir rapidement. Et convaincre le professeur Cox de bien vouloir dire un mot au sujet de Maud. Tout ce que demandait Linus, c'était que l'audience continue de grimper.

Cela dit, il fulminait quand il pensait à Sam. Ce petit con. Il pouvait faire une croix sur sa carrière à Key News, celui-là. Dire que, la veille encore, Linus était prêt à lui offrir le poste d'assistant à la production !

Les rayons du soleil se faisaient plus ardents. Il dévissa le bouchon de sa bouteille, et but une grande lampée d'eau minérale. D'un revers de manche, il essuya la sueur qui perlait sur son front. Il promena un regard sur la pelouse.

Elle était là. En train de rassembler des notes. Grace Callahan.

Elle était plus âgée que les autres stagiaires. Plus mature. Et c'était une bonne chose. Cette fille avait les pieds sur terre. Du sang-froid, aussi. Il décida de lui donner plus de travail, et de voir si elle faisait l'affaire pour ce poste tant convoité.

65

Si c'était ça, leur témoin oculaire ! Ils n'ont que dalle, songea Tommy. *Ils nous ont promis un témoin oculaire, et on ne l'a jamais vu.*

L'agent James et l'inspecteur Manzorella étaient restés sur le plateau, hors caméra, pendant toute l'émission. Et le seul invité à avoir été interrogé sur la mort de Maud Sloane était le professeur Cox ! Ils venaient de passer deux heures aux Breakers pour rien. À part que Tommy avait pu entrapercevoir Joss de temps en temps.

Les deux policiers quittèrent la propriété.

— Ils ne vont pas en rester là, dit Tommy. Pas après le tapage qu'ils ont fait autour de leur vrai témoin !

— C'est comme ça qu'ils travaillent, Tommy. Ils font croire aux gens qu'ils ont du sensationnel. Ils font de l'audience avec ce genre d'annonces.

L'inspecteur se tourna vers Tommy et lui donna une tape à l'épaule.

— Ne t'en fais pas, fils. Notre bonhomme, on le chopera. D'une façon ou d'une autre.

66

Rusty dormit jusqu'à midi d'un sommeil profond, réparateur. Rien ne l'obligeait à se lever tôt. Personne n'avait rendez-vous ce matin pour un tatouage. Il avait résolu de ne descendre au rez-de-chaussée ouvrir sa boutique qu'en fin d'après-midi. Il travaillerait jusqu'à minuit. Ainsi il récupérerait les clients tardifs : ils se décidaient plus facilement après quelques verres.

Il ouvrit le rideau et cligna des yeux quand la lumière se répandit dans son petit séjour. La journée promettait d'être chaude.

Son estomac grognait. Rusty s'était couché sans rien manger. Il enfila un short et se glissa dans ses mocassins. Il ne se donna même pas la peine de chercher une chemise propre. Il n'avait d'autre projet que de sortir le temps d'acheter un journal et un café. La douche et les vêtements propres, ce serait pour après.

Rusty entra dans le delicatessen, attrapant au passage le *Newport Daily* dans son présentoir. Et il prit la file d'attente. Le journal titrait sur la mort de Maud Sloane. Meurtre, suicide, accident ? La police hésitait. Rusty retint son souffle en découvrant dans les pages intérieures une photo de Charlotte datant de la soirée où elle avait été vue vivante pour la dernière fois.

Oui, elle était magnifique, ce soir-là. Même si elle n'allait pas bien. Pauvre jeune femme désespérée. Victime d'un mariage malheureux. En quête d'un chevalier servant capable de la sauver. La voiture de l'amiral était soudainement devenue carrosse…

— Qu'est-ce que je te sers, Rusty ?

— Un café, Joey. Avec deux sucres. Et une part de gâteau. Il t'en reste aux graines de pavot ?

Rusty, par-dessus son journal, sourit au visage familier de Joey derrière son comptoir. Mais Joey ne lui renvoya pas son sourire. Il fixait des yeux la chemise de Rusty.

Rusty baissa les yeux. Sa chemise de coton blanc était maculée de sang séché. Il haussa les épaules.

— Les risques du métier, dit-il.

67

Grace et B.J. déjeunèrent d'un cheeseburger. Puis ils traversèrent Thames Street pour gagner le quai Bowen et la boutique de Kyle Seaton. La visite figurait dans l'agenda de la chaîne. À l'entrée de la boutique, une enseigne indiquait que le sculpteur sur ivoire exerçait son métier en ce même lieu depuis vingt-cinq ans.

À l'intérieur, des armoires de verre exposaient un grand assortiment de pièces sculptées et gravées. Il y en avait de toutes les formes et pour toutes sortes d'activités, du pommeau de canne ou de parapluie, en passant par le coupe-papier, les manches de couverts, les boutons de manchette, les bracelets et les boucles d'oreilles. La plupart des objets reposaient sur des coussins de velours. Grace prit sur le comptoir un lourd presse-papier, songeant qu'il ferait un joli cadeau pour son père. Elle le retourna pour regarder le prix. Et elle le reposa en émettant un sifflement.

— Il est en dent de baleine, dit le sculpteur qui s'approchait. Et, comme vous ne l'ignorez pas, les baleines sont protégées depuis le décret de 1975. De sorte qu'il est impossible, désormais, de trouver la matière première nécessaire pour fabriquer ce genre de choses. D'où sa valeur.

— C'est beau, reconnut Grace… Toutes ces pièces sont fabriquées avec des dents de baleine ?

— Dents de baleine et défenses d'éléphant, pour la plupart. J'ai aussi des objets en défense de morse. Fabriqués par des Esquimaux. Au XIXe siècle, les chasseurs de baleine américains rapportaient de l'Arctique des tonnes d'ivoire de morse. C'est ce que vous pouvez voir dans ces vitrines.

Il indiquait un meuble en particulier.

— Je peux filmer ça ? demanda B.J. Ça ne pose pas de problème ?

— Filmez. Là, vous avez aussi des objets en défense de sanglier…

Kyle montrait une vitrine au fond de la boutique.

— J'ai même deux ou trois pièces en défense d'hippopotame. Des pièces gravées. L'ivoire d'hippopotame est le plus dur. Et le plus rare. Les sculpteurs ne l'employaient pas souvent, à cause de sa résistance au burin, justement. Seuls les artisans les plus résolus osaient s'y attaquer.

— C'est génial, dit B.J.

Il avait l'œil collé au viseur de sa caméra.

— Ça nous fait pas mal de matière pour l'émission de demain. Mais vous aurez aussi un passage en direct avec Constance et Harry.

— Combien de temps m'accordez-vous pour cette prestation ? s'enquit l'artisan en regardant B.J. pardessus ses lunettes. J'ai oublié de vous poser la question quand nous nous sommes parlé au téléphone.

— Deux minutes, répondit B.J.

Kyle eut une expression de mépris.

— Alors c'est hors de question, dit-il. Vous comprendrez que l'on ne peut pratiquement rien faire dans un laps de temps aussi ridicule. La gravure sur ivoire est un art qui exige un savoir considérable. Il faudrait des heures pour en parler…

— Je pourrais essayer de tirer jusqu'à trois minutes, proposa B.J. Ça irait, trois minutes ?

— Sûrement pas…

— J'ai une idée, intervint Grace.

Les deux hommes tournèrent vers elle des mines interrogatives.

— J'ai lu, enchaîna-t-elle, qu'il existait un important marché de faux ivoires.

Elle ajouta après une courte pause :

— Des objets en plastique qui imitent l'ivoire.

Kyle se renfrogna.

— Je connais très bien ces produits, dit-il. C'est de la pure camelote. Ça n'a aucune valeur.

— Que l'on aime ou pas, il faut reconnaître que c'est ce que les gens achètent le plus. Ils les trouvent pour dix ou vingt dollars dans les boutiques de souvenirs.

— Où voulez-vous en venir ? s'impatienta Kyle en regardant Grace avec dédain.

— Vous pourriez expliquer aux gens comment distinguer l'ivoire authentique du faux ivoire. Ce serait très intéressant pour les téléspectateurs. Chacun rêve de tomber un jour sur un objet de valeur dans une brocante, ou en vidant un grenier. Montrez-leur comment s'y prendre pour savoir s'ils ont affaire à du vrai ou à du plastique bien imité.

B.J. hochait la tête avec enthousiasme.

— J'adore, dit-il. On fait ça.

Kyle Seaton avait pâli sous son hâle.

*

B.J. ne voulait pas partir sans avoir soulevé la question.

— Vous avez confié à Grace, je crois, que vous étiez présent lors de cette fameuse réception, le soir où Charlotte Sloane a disparu.

— C'est vrai, répondit Kyle presque sur le ton du défi. J'y étais.

— Vous étiez aussi au *clambake*, l'autre soir, enchaîna B.J. Quand Maud Sloane a été tuée.

— Et alors ? répliqua sèchement le sculpteur d'ivoire.

— Alors rien, reprit B.J. Juste une remarque comme ça. Vous avez une idée de ce qui est arrivé à ces femmes ? Ou à l'une d'elles…

— Non. Je n'en ai pas la moindre. Je me demande seulement ce que je dois faire de la sculpture que Maud avait commandée pour l'anniversaire de son père.

68

L'inspecteur Manzorella jeta sur son bureau la chemise contenant les résultats du labo.

Charlotte Sloane était probablement morte d'un violent coup à la tête, porté par un objet contondant, comme en témoignait la fracture de sa boîte crânienne. Le tisonnier retrouvé enterré non loin de son corps présentait des taches de sang microscopiques. Il s'agissait bien du sien mais on déplorait l'absence d'empreintes.

Rien d'étonnant, d'ailleurs. Sur une surface non poreuse telle que le fer, les empreintes ne tiennent pas plus de quatre jours. Alors quatorze ans ! Sur une surface absorbante, comme le papier par exemple, c'était tout autre chose : elles pouvaient encore être identifiées plusieurs dizaines d'années après les faits.

69

Grace et B.J. trouvèrent au Viking une salle de rédaction quasi déserte.

— Je parie qu'ils sont tous à la plage, grommela B.J. En train de se dorer la pilule ! Et moi qui dois encore écrire le texte de l'émission, trouver Constance ou Harry pour le leur faire lire, monter mon sujet…

— Il faut vivre dangereusement, plaisanta Grace.

Le producteur sourit.

— Vous aussi, vous devriez sortir vous détendre, Grace. Après tout, vous n'êtes pas payée.

Elle haussa les épaules.

— Il y a longtemps que les parties de bronzette n'ont plus d'attrait pour moi, dit-elle. Et les autres stagiaires ne recherchent pas franchement ma compagnie, au cas où vous ne l'auriez pas remarqué.

— À propos des stagiaires… Je me demande si Sam a eu le cran de sortir de son trou.

Il parcourut la salle des yeux.

Pas de signe de Sam. Ni de Joss. Zoé n'était pas là non plus.

B.J. ouvrit son ordinateur portable et entreprit d'écrire son papier sur les sculptures en ivoire. Grace s'éloigna vers le bureau des reportages. C'était encore et toujours Beth Terry qui était à la barre – elle s'occupait en picorant des chocolats dans une boîte.

— Alors, Beth, des nouvelles de Sam ?

— Aucune.

— Vous ne pensez pas qu'il faudrait prévenir la police ?

— Si. Je le crois. Mais Linus estime qu'il vaut mieux attendre. Et c'est lui le patron.

70

Joss Vickers n'était pas à la plage. C'est avec un sentiment de fierté qu'elle quitta le quartier général de la police de Newport. Pénétrant de nouveau dans l'épaisse chaleur de cette fin d'après-midi, elle estima avoir eu raison de renoncer à la baignade pour se concentrer sur son objectif prioritaire.

Elle savait maintenant quels étaient les indices en possession de la police – des éléments dont les enquêteurs ne souhaitaient pas divulguer l'existence au public. Un mouchoir en soie et une boucle d'oreille. Deux objets en bon état retrouvés avec les ossements de Charlotte Sloane. À l'abri depuis quatorze ans dans la robe de la victime. Tommy venait de les lui montrer. Elle en avait fait des croquis sur une feuille. Du coup, elle avait été obligée de promettre à Tommy de le voir ce soir. C'était un sacrifice, mais le jeu en valait la chandelle.

Tommy avait bien voulu aller chercher les indices dans le local des pièces à conviction. Il les avait montrés à Joss dans la salle de repos des agents. Pendant qu'elle les examinait et les dessinait, il avait monté la garde à la porte, sans trop s'inquiéter toutefois, car il y avait peu de risque qu'un policier ait envie d'un café un jour de si grande chaleur.

Joss remonta dans la Mercedes verte. Elle mit le contact. Elle alluma la climatisation. Elle fouilla son sac à la recherche d'une barrette qu'elle clipa dans ses longs cheveux après les avoir roulés sur sa nuque. L'air frais commença à circuler dans l'habitacle. Elle contempla son dessin. Un disque doré de la taille d'un quart de dollar, serti de diamants, et figurant un cadran solaire. Un proverbe était gravé en caractères minuscules sur le flanc du disque : « Le Temps s'enfuit, l'Amour demeure. » Le mouchoir en soie était couleur citron – une nuance que Joss était certaine de ne pas oublier.

Oui, elle en savait désormais aussi long que la police. Elle avait lu le journal intime de Charlotte. Elle avait vu le mouchoir et le bijou. Elle n'avait pas encore pris de décision sur l'usage qu'elle ferait de ces informations, mais elle se sentait d'ores et déjà plus forte. Dans le pire des cas, elle pourrait toujours balancer ces éléments à Linus – ils ne manqueraient pas de l'impressionner. Mais ce serait pour plus tard. Et seulement si elle n'était pas parvenue à résoudre l'affaire elle-même.

Car Joss caressait l'espoir d'identifier le ou les assassins de Charlotte et Maud Sloane. Alors elle pourrait écrire elle-même un sujet, et le négocier avec la chaîne de son choix. En donnant la priorité à Key News.

Sur le point de démarrer en direction de Broadway, Joss avait le sourire. Journaliste d'investigation ! Elle se voyait déjà dans ce rôle… Mais son sourire s'effaça bien vite. Elle venait d'apercevoir Grace Callahan sur le trottoir. Elle n'appuya pas sur l'avertisseur. Elle ne fit pas un signe à sa condisciple. Grace se dirigeait vers l'entrée du quartier général de la police. Joss se contenta d'appeler Tommy sur son portable.

Pour qu'il ait Grace à l'œil.

Et qu'il promette à Joss de tout lui raconter après.

71

L'inspecteur Al Manzorella ajusta sa cravate à rayures, et s'effaça pour laisser Grace pénétrer dans une pièce étroite où tenaient à peine une table et quatre chaises. L'un des murs était entièrement couvert par un miroir.

— Je vous en prie, asseyez-vous, dit-il en indiquant une chaise de l'autre côté de la table. Que puis-je faire pour vous ?

— C'est au sujet de Charlotte et Maud Sloane. Il y a une chose dont je pense qu'elle peut avoir son importance dans votre enquête.

Elle croisa les mains sur la table.

— De quoi s'agit-il ? reprit l'inspecteur en s'asseyant à son tour.

— J'ai eu une conversation avec Maud Sloane le soir de sa mort.

— Vous étiez amies ?

Ses yeux scrutaient le visage de Grace qui répondit :

— Non… Enfin, si. J'imagine que nous le serions devenues…

Cherchant ses mots, elle se dit que l'inspecteur allait finir par la prendre pour une cinglée.

— Permettez-moi de commencer par le début.

Elle prit une profonde inspiration.

— J'ai rencontré Maud pour la première fois samedi, le jour où les ossements du tunnel ont été identifiés comme appartenant à sa mère. Je suis à Newport avec la chaîne Key News. En tant que stagiaire dans l'émission « Key to America ». Nous sommes allés à Shepherd's Point pour essayer de tourner un sujet sur Charlotte Sloane. C'est là que j'ai rencontré Maud.

— Qui ça, *nous ?*

Il griffonnait dans son calepin.

— J'étais avec un producteur de Key News. B.J. d'Elia…

Pourvu qu'ils ne décident pas d'aller interroger B.J. ! Elle ne l'avait même pas prévenu de sa décision de venir voir la police. Pas plus qu'elle ne lui avait raconté en détail sa discussion avec Maud. Il est vrai que cet entretien avait été placé sous le sceau du secret. Sauf que tout avait changé, maintenant. À présent, ce que Grace avait appris la poussait à venir parler aux autorités. C'était un devoir civique. Et puis sa promesse était tombée avec la mort de Maud… En agissant ainsi, Grace pouvait peut-être aider à la recherche de la vérité.

— Continuez, s'impatienta l'inspecteur.

— Bref, on a discuté… Le courant est passé. On avait un point commun : on avait toutes les deux perdu notre mère.

— Je suis désolé.

— Merci.

Maman m'approuverait d'être ici. De parler à la police. Je fais ce qu'il faut…

— Maud nous avait accordé une brève interview. Elle croyait dur comme fer à l'innocence de son père.

L'inspecteur gardait un visage impavide. Depuis des années, Oliver Sloane faisait figure de suspect numéro un dans cette affaire, même si la police n'était jamais parvenue à réunir des preuves contre lui. Le soir des faits, Charlotte était allée à Shepherd's Point au lieu de rentrer au domicile conjugal. Aux yeux des enquêteurs, si elle avait agi ainsi, c'était pour fuir son mari.

Mais, depuis la mort de Maud, beaucoup étaient revenus sur cette hypothèse. La culpabilité d'Oliver semblait moins évidente. En effet, on pouvait supposer l'existence d'un lien entre la mort de Charlotte et celle de Maud ; et dans ce cas, il était difficile d'imaginer un homme assassinant sa propre fille.

Cela dit, Oliver ne pouvait pas non plus être innocenté aussi facilement. En tout cas, Al tenait à ce que l'on continue de garder un œil sur lui. Certes, Oliver n'était pas présent à la soirée, mais il aurait très facilement pu approcher Maud aux Quarante Marches.

— En fait, reprit Grace, si je suis venue vous voir, c'est pour vous parler de cette conversation que j'ai eue avec Maud…

Elle se tut. Ses mains se mêlaient nerveusement l'une à l'autre.

— Elle avait pas mal bu, reprit-elle. Elle s'est ouverte à moi.

— Qu'est-ce qu'elle vous a dit ?

— Elle a dit qu'au fond d'elle-même elle savait qui était l'assassin de sa mère.

L'inspecteur observa Grace avec attention.

— Comment ça, « au fond d'elle-même » ?

— Elle m'a dit qu'elle faisait des rêves dans lesquels elle se revoyait petite fille, le soir où sa mère a disparu.

— Et puis ?

— Les rêves devenaient de plus en plus nets.

Grace dit au policier tout ce qu'elle avait retenu de cette conversation avec Maud. La fillette qui s'éveillait et voyait sa mère penchée sur son journal intime. La boucle d'oreille glissée dans la poche de la robe. Charlotte remettant sa petite fille au lit. Maud qui se relevait aussitôt et surprenait un entretien téléphonique. La fillette qui suivait sa mère jusqu'à la porte du jardin. La rencontre avec une certaine personne invisible, au début, à cause des phares…

— Maud avait l'impression que la mémoire était en train de lui revenir, conclut Grace. Elle pensait être sur le point de pouvoir mettre un nom sur la personne qui conduisait la voiture. Si ça se trouve, Maud avait découvert ce nom. Et c'est peut-être pour ça qu'on l'a tuée. Vous ne pensez pas ?

Elle s'appuya contre le dossier de sa chaise. Elle était vidée.

De l'autre côté du miroir, l'agent Tommy James les surveillait. Il avait entendu toute l'histoire.

72

Kyle décida de fermer plus tôt. Il pouvait se le permettre, en tant que propriétaire. Il appréciait, du reste, cette liberté d'agir comme bon lui semblait. Et depuis que Claris l'avait quitté, il était plus libre que jamais.

Être à nouveau célibataire ! Il ne regrettait pas sa femme. Au temps de leur vie commune, elle ne cessait de lui mettre la pression. Elle exigeait des choses qu'il ne pouvait ni ne voulait lui donner. Elle se plaignait du manque de répondant de son époux, au lit comme dans la conversation – dans tous les domaines, en fait. Elle lui demandait sempiternellement ce qu'il avait en tête. Façon d'insinuer qu'il lui faisait des cachotteries. Bref, elle l'importunait jour et nuit.

Ayant tourné le verrou de sa porte, il enveloppa l'intérieur de sa boutique d'un regard satisfait. Les affaires marchaient bien. L'argent rentrait encore plus facilement depuis qu'il avait son site web, et que sa surface de vente s'étendait au monde entier. Il n'avait plus besoin de chercher les clients : c'étaient les clients qui venaient à lui. Et c'était une sacrée bonne chose ! En effet, Claris le saignait aux quatre veines avec sa pension alimentaire. Mais Kyle avait aussi de l'argent de côté dont Claris, grâce à Dieu, ignorait l'existence.

Oui, la vie s'était montrée assez agréable, ces dernières années. Et voilà que tout changeait. On avait retrouvé les ossements de Charlotte. Et Maud était morte. Résultat, les gens de Newport cédaient à la panique. Et l'affaire attirait les médias. La visite de ces deux journalistes, par exemple. Kyle en était contrarié. Cette Grace Callahan et son idée géniale ! Apprendre aux téléspectateurs à reconnaître les contrefaçons… Autant se tirer soi-même une balle dans le pied ! Qu'allait-il faire ? En repoussant cette idée, il eût risqué d'éveiller des soupçons. Non, il allait être obligé d'assumer. De faire demain ce qu'ils lui demandaient. En priant pour que tout se passe au mieux.

Kyle s'inquiétait aussi de voir la police s'agiter. Les flics risquaient de venir frapper à sa porte.

Il était urgent de séparer le bon grain de l'ivraie. Passant de vitrine en vitrine, il retira les sculptures en plastique parfaitement imitées, et arrangea la disposition des pièces authentiques pour boucher les trous.

Oui, il était temps de faire le ménage.

73

Grace avait des élancements dans le crâne quand elle regagna l'hôtel après son entretien avec l'inspecteur. Elle monta directement dans sa chambre sans passer par la salle de rédaction. Elle avait besoin de prendre une douche et de s'allonger.

Dès qu'elle eut ouvert la porte, elle laissa échapper un soupir en voyant clignoter le voyant rouge du téléphone sur la table de nuit. Elle n'avait envie de parler à personne. Pas même à Lucy. Encore moins à quelqu'un qui appelait pour lui refiler du travail. Elle avait besoin d'une pause et de rien d'autre.

Elle quitta sa jupe en jean et son T-shirt humide de transpiration. Si seulement elle avait apporté une autre jupe ! Mais non. Après avoir dormi un peu, elle ferait peut-être un saut dans les boutiques d'America's Cup Avenue, histoire de voir ce qu'on y trouvait. Elle avait très clairement besoin d'un pantalon en toile.

Elle pénétra dans la petite salle de bains. Elle avait de l'aspirine dans sa trousse de toilette. Elle avala plusieurs cachets en les faisant descendre avec de grands verres d'eau du robinet. Elle tira le rideau de la douche. Elle régla le mitigeur. Elle laissa le jet d'eau tiède lui envelopper la tête. Au bout de dix minutes, elle commença à se sentir soulagée.

Elle enroula son corps dans une serviette de bain. D'une autre, plus petite, elle se servit comme d'un turban. Elle revint dans la chambre et écarta le couvre-lit. Elle se glissa dans la fraîcheur des draps blancs avec un soupir de gratitude.

Mais le voyant rouge du téléphone clignotait toujours. Elle décrocha. Elle composa le code. Elle sourit. C'était un message de B.J. – un B.J. légèrement nerveux, semblait-il.

— Salut, Grace. C'est moi. Bartolomeo Joseph. J'ai fini de monter le sujet sur le sculpteur d'ivoire. Et j'ai décidé que nous avions bossé un peu trop dur, aujourd'hui. On a besoin de se détendre. Alors je me demandais si vous n'auriez pas envie d'un dîner agréable. Si vous êtes libre, évidemment. On pourrait aller manger des sushis au Candy Store. Après, on irait écouter de la musique. Danser, peut-être. Je sais que j'adorerais. J'espère que vous aussi. Rappelez-moi sur le portable.

Carrément un rendez-vous galant ! Grace n'était pas trop poisson cru. Mais à l'idée de passer une soirée seule avec B.J., elle en oublia son mal de tête.

*

Pendant des générations, le Candy Store avait été le fief des marins de Newport. Le bar s'étendait sur toute la longueur d'une salle à manger d'où l'on découvrait le port et Narragansett Bay. L'endroit était dominé par la maquette géante d'un voilier suspendue au mur.

Le maître d'hôtel leur proposa une table au fond de la salle. Les autres étaient presque toutes occupées.

— On sera bien, dit-elle en dépliant sa serviette sur ses genoux.

— Je me suis laissé dire que c'était un des meilleurs restaus de Newport. Espérons qu'il sera à la hauteur de sa réputation.

Le temps qu'on leur apporte le vin, Grace hésita à lui parler de sa visite à la police. Cet aveu risquait évidemment de ruiner la soirée, mais il la soulagerait aussi. De toute façon, elle avait mentionné le nom de B.J. lors de l'entrevue avec l'inspecteur. Et puis elle voulait lui faire part de ses soucis. Peut-être suffisait-il d'y aller prudemment ; B.J. ne devait pas s'imaginer qu'elle essayait de faire pression sur lui…

— À vous, Grace, dit B.J. en levant son verre. C'est agréable de travailler avec vous.

Grace essaya de déchiffrer le sens de ce message. Elle sourit. Les verres se touchèrent. Ce n'était peut-être pas un rendez-vous galant, après tout. Peut-être juste un dîner entre collègues. Elle espérait que non. Elle se sentait de plus en plus attirée par lui. Et ce n'était pas seulement physique, même si B.J. était fort séduisant avec ses pommettes hautes et sa mâchoire bien dessinée. C'était aussi un homme raffiné et talentueux. Qui avait les pieds sur terre. Et qui évitait de se prendre trop au sérieux. Le contraire de Frank, en somme.

— On jette un coup d'œil au menu ?

— D'accord, dit-elle. Mais il faut que vous m'aidiez. Je n'y connais rien en sushis…

Seigneur ! Voilà qu'elle se conduisait comme Jeanne avec Frank ! Elle se serait giflée.

— Dans ce cas, suggéra B.J., prenons un peu de tout.

Le serveur s'approchait.

— Nous prendrons les tuanas poêlés à la sauce ponzu, la salade de crabe, le poulpe, les crevettes. Pour commencer. Avec deux assiettes de sahimis et sushis.

Grace décida de se lancer après avoir vidé la moitié de son deuxième verre de vin.

— Je suis allée trouver la police, B.J.

— Pour leur dire que Sam avait disparu ?

— Non. Ça, ce n'était pas à moi de le faire. Je le ferai, cela dit, si Sam ne reparaît pas…

Elle poursuivit :

— Non, je voulais leur parler d'un détail susceptible de les aider dans leur enquête sur la mort de Maud Sloane.

— Je ne comprends pas. De quoi s'agit-il ?

Il écouta attentivement le récit de la conversation entre Grace et Maud le soir du *clambake*.

— Eh bien, dit-il quand elle eut terminé. Si Linus

savait que vous avez raconté tout ça à la police au lieu de lui en garder l'exclusivité ! Sûr qu'il exploserait. C'est exactement le genre de choses qu'il veut pour son émission. Il tuerait père et mère pour ça.

— Je n'ai aucune intention de lui en parler, B.J. Ni envie de passer dans « Key to America » pour révéler en direct les confidences de Maud. C'était un entretien privé. Je ne veux pas essayer d'en tirer profit. J'ai pensé que la police devait savoir, c'est tout.

B.J. souriait. Il semblait satisfait. Il posa la main sur celle de Grace.

— Vous êtes une fille bien, Grace Callahan. Je ne suis pas sûr que cette initiative vous permettra de marquer des points dans votre carrière, mais je vous admire de l'avoir prise.

Grace avait éprouvé une bouffée d'excitation au contact de la main de B.J. Elle en resta stupéfaite. Comme cette sensation était agréable et vivante ! Les dernières années auprès de Frank avaient été dépourvues de passion. Depuis combien de temps un homme ne l'avait-il pas touchée ? Depuis combien de temps devait-elle se contenter des étreintes affectueuses de son père… ? Grace ne voulait pas casser l'ambiance, mais avant que les choses n'aillent plus loin, elle tenait à prévenir B.J. qu'elle avait prononcé son nom devant l'inspecteur. Ce n'était pas bien méchant, mais on ne peut jamais prévoir les réactions des gens quand la police entre en jeu. Par exemple, elle aurait été terrifiée d'avoir à faire ce genre d'aveu à un homme tel que Frank. Frank craignait comme la peste les problèmes et les complications.

— L'inspecteur a voulu savoir qui était avec moi

quand j'ai rencontré Maud à Shepherd's Point, reprit-elle doucement. J'ai répondu que vous étiez là.

— C'est sans problème. Qu'ils viennent me voir, si nécessaire. Je n'ai rien à cacher.

Il pressa plus fort la main de Grace.

*

Quand ils quittèrent le restaurant, un orchestre de percussions se produisait sur le quai. La nuit était chaude. Ces rythmes créaient une atmosphère tropicale. Grace avait envie de s'abandonner au plaisir de cette soirée avec un homme. Quand B.J. lui proposa de prendre un verre, elle répondit d'accord.

— Vous croyez qu'ils font des piñacoladas ? dit-elle.

— Je les prépare à merveille, murmura B.J. en se penchant vers elle. Je m'en occuperai moi-même, si le barman ne connaît pas.

Tandis qu'il allait au bar chercher leurs consommations, Grace s'avança jusqu'à la barrière, au bord de la terrasse dominant l'océan. L'ambiance était à la fête. Les gens s'amusaient, dansaient et riaient sous les étoiles. Beaucoup se promenaient le long des quais, en s'arrêtant devant les vitrines. Partout où se posaient les yeux de Grace, elle ne voyait que bien-être et aspiration au plaisir. Elle se sentit heureuse d'être là. Ce soir, elle était comme tous ces couples soucieux uniquement de jouir d'une belle soirée de vacances estivale.

Un homme et une femme descendirent d'un voilier et mirent pied à terre. Grace distinguait le nom du bateau inscrit à la poupe : Le *Seawolf* – le « loup des mers ».

Comme le couple s'approchait, elle reconnut Gordon Cox. Il était accompagné d'une jolie blonde qui avait facilement trente ans de moins que lui. Ils approchaient toujours. Quand le professeur aperçut Grace, il se hâta de lâcher la main de sa compagne. Grace feignit de n'avoir rien vu.

Elle lui adressa un signe.

— Bonjour, professeur ! Heureuse de vous revoir…

— Bonjour, répondit Gordon.

Grace, pratiquement sûre qu'il ne se rappelait pas son nom, se dépêcha de le tirer d'affaire :

— Je suis Grace Callahan, dit-elle en s'adressant à la jeune femme.

— Judy Hazel. Enchantée.

— Judy est une de mes étudiantes, dit Gordon avec un peu trop d'empressement.

— Je vois, dit Grace. Je tenais à vous dire, professeur, que vous aviez fait un boulot remarquable, ce matin.

— Merci, Grace. Mais je dois vous avouer que je n'ai guère apprécié d'être mis à contribution comme ça. Spéculer sur ce qui est arrivé à Maud rien que pour faire plaisir à votre satané producteur – merci bien !

Grace s'abstint de l'informer que l'idée venait d'elle. Elle dit pour changer de conversation :

— Que va-t-il advenir du tunnel, à votre avis ?

— Franchement, je n'en sais rien, répondit-il en secouant la tête. Maud était la seule héritière d'Agatha. Autrement dit, il se peut qu'Agatha finisse par léguer Shepherd's Point à l'Association pour la sauvegarde des lieux de mémoire. Dans l'immédiat, elle refuse d'autoriser la poursuite des travaux. Mais je n'ai toujours pas renoncé à la convaincre.

*

Le temps que B.J. soit de retour avec leurs consommations – piñacolada pour elle et bloody mary pour lui –, le professeur et son élève avaient poursuivi leur chemin. Tout en dégustant sa boisson aux saveurs d'ananas, Grace sentit se dissiper la magie de la soirée. La disparition de Maud laissait des gens dans la peine. Grace avait été l'une des dernières personnes à lui avoir parlé. Est-ce qu'elle ne devait pas aller présenter ses condoléances à son père et à sa tante ? Leur dire combien Maud affirmait les aimer ?

*

Grace et B.J. traversèrent Thames Street main dans la main, puis remontèrent vers le Viking par Touro Street. Comme ils approchaient de l'hôtel, Grace sentit s'accélérer les battements de son cœur. Comment la soirée allait-elle finir ?

Ils arrivaient sous le porche quand le beeper de B.J. retentit. Il détacha l'appareil de sa ceinture et cligna les yeux pour lire le message.

— Merde, dit-il, cédant à un accès de mauvaise humeur.

— Quoi ?

— Linus veut visionner le sujet sur le sculpteur d'ivoire.

— Maintenant ? s'exclama Grace, déçue.

— Oui. Maintenant.

Mardi 20 juillet

74

Grace regarda sur un moniteur la deuxième émission en direct de Newport. Dans le décor d'un bastion de pierre, Constance et Harry offraient aux téléspectateurs une vue merveilleuse de Narragansett Bay. C'est Harry qui ouvrait la séquence :

— Nous sommes au fort Adams, la plus importante forteresse côtière des États-Unis. Un chef-d'œuvre d'architecture et de technologie. De 1824 à 1950, le fort a abrité des générations de recrues. Pièce maîtresse d'un parc national, il est désormais ouvert au public.

Constance prit le relais :

— Ce parc de trente-cinq hectares est un des plus vastes de Newport. Chaque été, les meilleurs musiciens de jazz du monde s'y produisent à l'occasion du célèbre festival. Nous aurons quelques-uns de ces artistes avec nous aujourd'hui. Nous allons vous offrir aussi un aperçu de la vie des soldats, et nous vous ferons visiter l'un des tunnels creusés sous le fort. Harry et moi prendrons ensuite une leçon de voile. Enfin, nous vous proposerons un sujet sur la sculpture de l'ivoire. Tout cela, et bien d'autres choses, c'est avec nous et c'est dans « Key to America » !

75

Le mélange de vin et de rhum avait laissé Grace quelque peu embrumée. La lumière aveuglante lui brûlait les yeux. Elle avait attaqué sa journée machinalement, et cette visite aux Ormes prévue tout à l'heure avec le professeur Cox ne lui disait rien du tout. Elle aurait préféré rentrer à l'hôtel piquer un somme ou passer un moment avec sa fille. Mais le devoir avant tout !

Si elle obtenait ce poste, elle ne pourrait plus se permettre de tels écarts en semaine. Mais ce ne serait pas un problème, dans la mesure où sa vie sociale se réduisait à peu de chose. On risquait aussi de lui imposer des horaires de nuit. Dans ce cas, si B.J. continuait de travailler en journée, ils n'auraient guère le temps de se voir… *Du calme, ma fille ! Tu te vois déjà filant le grand amour avec B.J., ou quoi ? Vous avez passé une soirée ensemble, c'est tout. On ne peut même pas encore parler de liaison.*

*

Elle se concentra sur le sujet qu'ils avaient mis au point, elle et B.J. Ce même sujet qui avait si brutalement interrompu leur soirée. Elle regarda les moniteurs installés dans la cour d'honneur. Elle reconnut les articles venus de la boutique de Kyle Seaton. Comme prévu, le sculpteur avait apporté plusieurs pièces en os de baleine, ainsi que des objets en matière synthétique, pour la séquence en direct programmée après le reportage. Kyle patientait aux côtés de Constance. Il était prêt à commencer. Il avait les yeux fixés sur le moniteur, lui aussi. Il essuya d'un revers la sueur qui lui mouillait le front. Il rajusta le col ouvert de sa chemise Oxford. Il épousseta les revers de son blazer marine. Grace eut un sourire ironique. Lors de leur première rencontre, il affectait de tout prendre de haut, et même d'avoir le plus grand mépris pour les gens de la télévision. Maintenant qu'il était lui-même sur le point de passer à l'écran, il tenait à faire bonne impression. Comme tout le monde, il allait s'efforcer de donner la meilleure image possible de lui-même.

Le visage de Constance s'anima d'un sourire. Elle se détourna du moniteur pour regarder la caméra.

— Avec nous aujourd'hui, dit-elle, un homme natif de Newport : Kyle Seaton. Kyle est l'un des plus importants marchands de sculptures en ivoire des États-Unis. Merci d'être avec nous…

— C'est moi qui vous remercie, affirma Kyle.

Grace nota que sa lèvre supérieure tremblait légèrement.

Constance prit une dent de baleine sur laquelle était gravé un trois-mâts toutes voiles déployées, et la présenta au caméraman qui zooma sur l'objet.

— Comment pouvons-nous déterminer si une pièce est authentique ou non ? demanda-t-elle. J'ai vu plein d'articles de ce genre dans les boutiques de la ville. Les prix inscrits sur les étiquettes sont si bas que l'on sait qu'il s'agit de reproductions. Mais comment faire si je tombe sur une sculpture en ivoire dans une vente aux enchères ou chez un antiquaire ? Comment être sûre de ne pas repartir avec un faux ?

— Écoutez, Constance, il y a aujourd'hui beaucoup de faux sur le marché. On en rencontre très fréquemment. Nombre de personnes qui possèdent un objet en ivoire s'imaginent qu'il suffit de piquer leur statuette avec une aiguille brûlante pour savoir si c'est une vraie ou une imitation. Si la matière ne fond pas, pensent-ils, c'est que c'est de l'ivoire. Hélas ! Le test de l'aiguille chaude, bien souvent, ne permet pas de savoir s'il s'agit d'ivoire, d'os ou de plastique mélangé à de l'engrais osseux. L'engrais osseux est un ingrédient très utilisé dans la fabrication des faux. Il donne à l'objet une apparence authentique.

— Si le test de l'aiguille ne marche pas, que faire ?

— La lime est un outil plus efficace que l'aiguille, dit Kyle.

Il présenta une petite boîte ronde de couleur crème. Il prit ensuite une lime à ongles en carton, et s'en servit pour effleurer le couvercle de la boîte.

— Vous n'avez même pas besoin d'utiliser une lime en métal, Constance. Une simple lime en carton suffit. Vous la passez discrètement sur l'objet, comme ça... Regardez... De toutes petites particules se déposent sur la lime...

Constance se pencha pour mieux voir.

— En effet.

— Sentez, reprit Kyle. Respirez-en l'odeur.

Constance s'exécuta.

— Ça sent le plastique, dit-elle.

— Exactement. Faites la même expérience sur de l'os, et vous constaterez que la poudre sentira l'os brûlé. Vous obtiendrez une odeur comparable à celle que vous respirez quand le dentiste vous fraise une dent. Ça veut dire que la pièce est en matière organique. Dans ce cas, pas de doute. Vous pouvez réaliser ce test vous-même, évidemment. Mais, pour conclure, je dois vous dire, Constance, que la meilleure façon d'avoir chez vous des ivoires authentiques, c'est encore de les acheter chez un bon vendeur.

La séquence était terminée. Kyle poussa un soupir de soulagement. Il n'était pas fâché d'en avoir fini. En même temps, il était contrarié. Cette idiote de Grace Callahan pouvait être fière ! À cause d'elle, il s'était mis lui-même en situation de s'attirer les pires ennuis !

76

Oliver passa de nouveau une nuit sans fin. Incapable de dormir, il restait sur son lit, les yeux fixés au plafond. La maison était calme – trop calme. Ce silence le torturait.

Maud était partie.

Il savait qu'il allait devoir vivre avec cette réalité. Comment faire ? Il fallait procéder par étapes. D'abord l'enterrement… Mais, quand Oliver appelait la police, les inspecteurs ne se donnaient même pas la peine de le traiter avec sollicitude. On lui répondait d'un ton rogue que le corps lui serait rendu, après l'autopsie, dès que possible… Sans doute les policiers se sentaient-ils mal à l'aise de n'avoir pas été capables de retrouver Charlotte plus tôt. Ou alors ils le considéraient toujours, lui, Oliver, comme le suspect numéro un dans la disparition de sa femme ; et probablement aussi dans celle de Maud.

À vrai dire, Oliver se fichait de ce que pensait la police. Comme de ce que pensaient les autres. Il avait survécu à la disparition de sa femme, mais il n'était pas assuré de survivre à celle de sa fille.

Il entendit l'horloge du rez-de-chaussée carillonner dans l'entrée. Depuis combien de temps était-il étendu sur ce lit ? Il n'en savait plus rien. Mais ce silence devenait insupportable. Il avait besoin de bruit. Il tendit la main vers la télécommande et alluma le téléviseur.

À l'écran, Kyle Seaton expliquait comment établir la différence entre une véritable sculpture en ivoire et une fausse. Oliver l'écouta sans enthousiasme, trouvant même la scène irréelle. Dans une vie antérieure, Oliver avait beaucoup fréquenté la boutique de Kyle. Lequel avait toujours fait preuve d'une grande patience. D'une grande amitié aussi. Kyle avait permis à Oliver de nourrir sa collection d'ivoires. Mais il l'avait tout bonnement laissé tomber, comme les autres, après la disparition de Charlotte.

Oliver avait bien essayé de maintenir le contact. Il était passé à la boutique, quelques mois après l'événement, pour remercier Kyle d'avoir aidé Charlotte à lui choisir un cadeau de Noël. Mais Kyle s'était montré froid et distant. Oliver avait compris. Il n'avait plus remis les pieds chez lui.

Il éteignit la télévision. Il n'avait pas envie de se laisser envahir à nouveau par les chagrins du passé. Durant toutes ces années, on l'avait snobé. Injurié, même, quelquefois. Tandis qu'il s'efforçait de garder la tête haute. Pour Maud. Parce qu'il n'avait pas le choix. Parce que la vie devait continuer. Parce que sa fille en avait besoin. Parce qu'elle se reposait sur lui.

Par la suite, c'était elle qui était devenue le seul soutien affectif d'Oliver. Maud était le portrait craché de sa mère, et le seul être qu'Oliver eût vraiment chéri après la mort de sa femme.

Bien sûr, il était aimé d'Elsa, laquelle faisait son possible pour remplir le vide laissé par la disparition de Charlotte. Mais Oliver savait que ça ne pourrait jamais vraiment marcher entre eux. Au fond de lui-même, il s'en voulait d'avoir traité Charlotte durement. Il pensait qu'il ne méritait pas d'avoir une deuxième femme, une deuxième chance, une existence apparemment normale. Durant toutes ces années, il avait eu une bonne excuse pour ne pas s'engager avec Elsa : le corps de Charlotte n'ayant pas été retrouvé, il demeurait un homme marié. Mais il s'agissait d'une mauvaise raison et il le savait très bien…

Après la disparition de Charlotte, seule Maud avait compté pour lui. Le père et la fille. Cette relation suffisait à son équilibre.

Pourquoi n'avait-il plus sa fille auprès de lui ? Cette idée le torturait. Il écarta les draps et se dressa sur le lit. Il posa les pieds par terre. Quand il se leva, il sentit que ses jambes tremblaient un peu. La tête lui tournait. Il se cramponna au montant du lit. Au bout d'une minute, il se sentit mieux. Il descendit l'escalier et gagna la chambre de Maud.

Son parfum était toujours là. On respirait aussi l'odeur de son shampooing. Oliver en fut choqué. Il alla s'asseoir sur le lit de sa fille. Il souleva l'oreiller et y enfouit son visage. Il pleura.

Combien de temps ? Il n'aurait su le dire.

C'est le carillon de la vieille horloge qui, de nouveau, l'arracha à sa torpeur. Il fallait qu'il cesse de pleurer. Il devait rappeler la police. Avant tout autre chose, il devait donner une tombe à sa fille. Tant que Maud n'aurait pas de sépulture, il ne pourrait s'occuper d'éclaircir ce qui lui était arrivé.

Il se leva. Il alla pousser la porte de la salle de bains. Il se pencha sur le lavabo et se mouilla le visage. Il eut le réflexe de tendre la main vers le porte-serviette. Mais il ne pouvait se servir d'une serviette qui avait été utilisée par sa fille quelques jours plus tôt. Cela risquait de lui arracher un nouveau flot de larmes. Il ouvrit l'armoire et prit une serviette propre sur l'étagère.

Un livre relié de cuir tomba sur le sol. Oliver le ramassa. Il le regarda sans l'ouvrir. C'était le journal de Maud. Il ne pouvait le lire maintenant. Impossible de s'infliger une pareille douleur. Devait-il le remettre à la police ? Si Maud avait été assassinée, les inspecteurs trouveraient peut-être dans ces pages un indice qui les mettrait sur la piste du meurtrier.

Ils disaient que l'on ressentait une forme d'apaisement, à l'idée que le coupable était enfin sous les verrous. Oliver en doutait, à vrai dire. Il aurait fallu pour cela que sa fille lui revienne – or elle ne reviendrait plus.

Elle ne rentrerait plus à la maison. Alors il s'en fichait, de savoir qui l'avait tuée.

77

Durant le dernier quart d'heure de l'émission, la caméra suivit Gordon Cox qui entraînait Constance et les téléspectateurs sous les murailles du fort. Tout en marchant, le professeur expliquait :

— Au fil des années, les architectes ont essayé de prévoir tous les types d'attaques possibles. C'est ainsi que, à force d'aménagements, le fort Adams est devenu un bastion très difficile à prendre. Les assaillants auraient d'abord dû escalader les talus. Essuyer ensuite le feu des canons et des mousquets postés sur les fossés extérieurs. Mais, pour les militaires, c'était encore insuffisant. Ils entendaient aussi parer toute attaque souterraine…

— Des galeries que les agresseurs auraient pu creuser sous le fort, vous voulez dire ?

Gordon approuva.

— Oui. Ceux qui ont construit cette forteresse ne voulaient surtout pas que ce genre de choses puisse arriver. Alors ils ont creusé eux-mêmes des tunnels de surveillance, comme celui dans lequel nous entrons maintenant. D'ici, il aurait été possible d'entendre l'ennemi creuser. En pareil cas, ils auraient foré en direction du bruit. Et ils auraient détruit la galerie des ennemis.

— C'est fascinant, affirma Constance. Savez-vous, professeur, que je suis frappée par le nombre de galeries souterraines qui existent à Newport ? Ces tunnels, ici, au fort Adams. Celui qui servait à transporter le charbon pour chauffer les Breakers, dont vous nous avez parlé dans la précédente émission. Et, bien entendu, la galerie du chemin de fer de Shepherd's Point, où les restes de Charlotte Wagstaff ont reposé si longtemps. Y a-t-il d'autres tunnels à Newport, professeur ?

— Oui, Constance. Je puis même vous en montrer un.

— Merci, professeur Cox… Je rappelle à nos téléspectateurs que le professeur enseigne l'histoire à l'université Salve Regina…

Elle regardait maintenant droit sur l'objectif de la caméra.

— Le professeur Cox sera encore avec nous demain, quand l'émission sera diffusée du port.

*

Impatient d'être débarrassé de ses micros, Gordon sortit de l'ombre en boitillant et vint se placer en pleine lumière.

— Vous vous êtes fait mal ? lui demanda poliment Constance.

— Non. Mais j'ai un vieux problème au genou. De cartilages.

Constance frissonna.

— Ça doit être douloureux, dit-elle.

— Ça l'est. Je sais que, un de ces jours, il faudra me faire opérer. Mais je ne suis pas pressé de passer sur le billard.

— Je vous comprends.

Zoé regardait Constance et le professeur Gordon discuter ensemble. Elle attendait l'occasion. Quand les animateurs prirent congé de Cox en lui serrant la main, elle décida que le moment était venu.

— Professeur Cox ?

— Oui ? répondit-il, sévère.

— Je suis Zoé Quigley. Stagiaire…

— Ah, oui. Que puis-je pour vous, Zoé ?

— Je travaille sur un projet. Un documentaire, en fait. Sur une esclave qui a retrouvé la liberté en passant par la galerie du chemin de fer.

— Ça semble intéressant.

— Vous le connaissez, le tunnel du chemin de fer ?

Gordon se sentit presque offensé par la question.

— Je le connais très bien, dit-il. L'océan était une des principales issues pour les esclaves qui souhaitaient fuir vers la liberté. Ce que les gens ne comprennent pas, en général, c'est que les esclaves qui choisissaient de s'échapper le faisaient de leur propre initiative, sans l'aide des sociétés abolitionnistes. Des milliers de marins et de dockers de couleur ont créé leurs propres réseaux. Des réseaux d'entraide pour aider les autres esclaves à conquérir leur liberté.

Zoé était soulagée. Le professeur avait parfaitement compris à quoi elle faisait allusion. Elle se sentait encouragée aussi. Peut-être réserverait-il un accueil favorable à sa requête…

— Pour être juste, reprit-elle, j'ai lu aussi que certains marins et capitaines à la peau blanche avaient aussi quelquefois aidé des esclaves à s'enfuir.

Gordon opinait. Cette stagiaire lui plaisait. Il appréciait beaucoup son délicieux accent anglais.

— C'est vrai, reconnut-il. La mer était le moyen de transport le plus utilisé, depuis la Guerre civile. Un esclave qui ne trouvait pas d'embarquement sur un navire était obligé de faire à pied un voyage qui pouvait durer plusieurs mois. Sur terre, le risque était plus grand d'être rattrapé, et réexpédié auprès d'un maître ivre de vengeance.

Une image traversa les pensées de Zoé : une femme noire se frayant avec difficulté un chemin dans les marécages, poursuivie par les aboiements furieux des chiens lancés à ses trousses. Mieux valait se cacher dans la cale d'un navire, dans la salle des machines. L'expérience était suffocante, mais le voyage plus court – et la liberté plus proche. Mariah avait bien fait de choisir cette solution.

— J'ai lu votre article sur le tunnel aux esclaves de Shepherd's Point, professeur Cox. Je connais aussi vos projets concernant la sauvegarde de ce lieu de mémoire, et son ouverture au public.

Gordon souriait de plaisir à ces flatteries.

— Oui, confirma-t-il, c'est notre objectif.

Il semblait si satisfait que Zoé se décida à dévoiler ses batteries.

— Je suis sûre que vous le comprendrez, dit-elle : le tunnel est un des éléments clés de ma documentation. J'aimerais le filmer, professeur Cox. Et je me disais que vous accepteriez peut-être de m'aider.

— Vous voulez que je vous conduise au tunnel ? dit Gordon d'un ton peu aimable. J'ai peur que la chose ne soit impossible. Agatha Wagstaff a interdit à quiconque d'y pénétrer.

Mais Zoé ne lâchait pas prise aussi facilement.

— Vous pourriez peut-être insister auprès de Miss Wagstaff. Lui demander de consentir à une exception. Dans un esprit d'éducation civique…

Le professeur la coupa résolument :

— Je regrette, Zoé. Je ne peux pas vous aider. Maintenant, si vous voulez bien m'excuser, j'ai du travail qui m'attend.

Il ne peut pas ou il ne veut pas ? Zoé, furieuse, regarda le professeur s'éloigner en boitant. Et sa colère ne s'apaisa pas quand elle le vit adresser un signe à Grace Callahan.

78

Durant le voyage en voiture entre le fort Adams et les Ormes, c'est Grace qui fit les frais de la conversation avec un professeur Cox peu loquace. Jugeait-il qu'elle lui était inférieure ? Pour ce qui la concernait, elle avait une mission à accomplir, et elle ferait son travail en dépit des obstacles et de la fatigue ressentie.

Ils pénétrèrent dans la cuisine où régnait une agréable fraîcheur. Grace commença à prendre des notes, et à réunir les éléments indispensables à la préparation de l'émission du lendemain sur la vie des domestiques chargés d'entretenir ces maisons immenses du temps de l'Âge d'or.

— Quarante-trois employés travaillaient ici, dit le professeur comme on récite sa leçon. Vingt-sept dans la maison, et le reste dehors. Il y avait un jardinier en chef, deux hommes pour entretenir les pelouses, deux pour les allées, un chauffeur, trois laquais, un cocher, deux valets de pied…

Il se tut, le temps d'explorer plus profondément sa mémoire.

— Voilà que j'en oublie… Écoutez, si vous tenez vraiment à avoir la liste complète, interrogez quelqu'un d'autre.

Ils traversèrent la terrasse. Ils passèrent devant un grand meuble destiné à ranger l'argenterie. Ils pénétrèrent dans une vaste buanderie.

— C'est ici que l'on faisait la lessive pour la famille Berwind, reprit le professeur. Pour leurs invités aussi. Et, bien entendu, pour les employés de maison. Tout était lavé et séché ici : le linge, les uniformes…

Gordon pointait le doigt vers le sol.

— Les femmes récuraient le parterre à quatre pattes. Elles en avaient les genoux complètement esquintés. Une expression locale est d'ailleurs restée dans le langage courant : « Avoir les genoux comme aux Ormes. » Ça disait bien ce que ça voulait dire, non ?

— Intéressant, dit Grace en notant l'expression dans son calepin.

— Nous allons descendre dans la chaufferie.

Un escalier métallique les conduisit au sous-sol, dans une salle caverneuse presque entièrement occupée par un fourneau volumineux, habillé de cuivre. Grace repéra une ouverture au fond de la pièce.

— Le tunnel qui permettait de faire venir le charbon, indiqua Gordon Cox. M. Berwind et M. Vanderbilt ne voulaient pas que le combustible soit livré au vu et au su des gens qui résidaient chez eux. C'est pourquoi le charbon était déversé dans le tunnel par un soupirail donnant à l'extérieur de la propriété. La cave pouvait en accueillir quarante tonnes. On le transportait jusqu'ici par fournées de cinq tonnes. Dans des wagonnets. Sur des rails étroits.

Grace s'approcha de l'ouverture. On y respirait une odeur de moisi. Le souterrain était éclairé par des lampes électriques ; ses murs de brique rouge suintaient l'humidité.

— Les Ormes sont une des dernières demeures construites au temps de l'Âge d'or, précisa le professeur. L'installation électrique est d'origine. Elle était excellente.

Mais c'est le tunnel proprement dit qui intéressait Grace.

— En continuant, dit-elle, on atteint le soupirail ?

— Oui. Mais il n'y a pas grand-chose à voir. À part des portes métalliques fermées. Ils ont dû barricader cette ouverture à cause des vandales.

Gordon fit demi-tour et s'éloigna de son pas claudicant.

— Venez, dit-il en grimaçant car son genou le lançait. Nous avons encore à voir la glacière, le cellier, la cave, un office, la cuisine et l'office du majordome… Ah ! j'oubliais. Il y a aussi la porcelaine exposée dans la mezzanine…

— Je vous suis, professeur.

Mais c'était le tunnel qui l'attirait.

79

De retour à l'hôtel, Grace tomba sur sa fille à la réception.

— Lucy, mon trésor ! Qu'est-ce que tu fais ici toute seule ?

— Papa et Jeanne sont dans la salle à manger. Ils finissent de déjeuner. Je voulais aller voir la boutique-cadeaux. Pour ramener un objet à papy.

— Et tu as trouvé quelque chose ?

— Oui !

La fillette brandissait un petit sac dont elle tira un article bien enveloppé dans son emballage coloré.

— Un coupe-papier, maman. Papy est toujours en train de s'occuper de ses factures et de son courrier. Ça lui sera utile.

Tout en parlant, elle avait défait l'emballage. Elle présenta l'objet à sa mère.

— Ivoire sculpté, dit-elle fièrement. Tu connais, non ? Une dent de baleine gravée de dessins. Avant, il y avait des baleiniers à Newport.

— Tu as très bien choisi, Lucy. Papy va adorer, j'en suis sûre.

Elle ne se sentait pas la force de dire à sa fille qu'il s'agissait d'un article en plastique. Un jour, peut-être, elle lui parlerait du test de la lime à ongles, mais ce n'était ni l'heure ni le lieu.

— Tu te plais, ici, chérie ?

— C'est super. Hier, on a visité deux manoirs. C'est génial de voir comment vivaient les riches. On a déjeuné au club de tennis. Soupe de poisson ! Je croyais que je n'aimerais pas, mais papa m'a dit d'essayer, et je suis bien contente d'y avoir goûté. Maintenant, j'adore.

Le lumineux enthousiasme de Lucy faisait plaisir à voir. Mais elle se rembrunit en regardant sa mère, comme si elle craignait soudain de se montrer déloyale envers elle. Elle se hâta d'ajouter :

— C'est tout ce qu'on a fait.

— Lucy, reprit Grace d'un ton rassurant, crois-moi, je t'en prie, je suis très contente que tu passes du bon temps. Je veux que tu sois heureuse quand tu es avec ton père.

— Je sais, maman. Mais toi, tu passes une bonne semaine ?

Elle aurait répondu oui même si cela n'avait pas été le cas. Fort heureusement, elle ne fut pas obligée de feindre.

— Oui, répondit-elle. C'est vraiment intéressant. En fait, je rentre d'une visite, moi aussi. Le manoir des Ormes.

Elle lui offrit un bref résumé de ce qu'elle y avait vu. Lucy recouvra son enthousiasme.

— Ça a l'air impressionnant, maman. J'aimerais bien le voir, ce tunnel.

— Demande à papa s'il veut t'y emmener.

Elle donna à sa fille un baiser sur le front.

— Eh bien, chérie… Je dois aller déjeuner, maintenant. Si tu retournais auprès de papa et Jeanne ?

Mais Grace ne réussit pas à s'échapper : Frank et Jeanne traversaient la réception et venaient à leur rencontre. Une fois encore, Grace se sentit mal fagotée quand elle vit la tenue immaculée de Jeanne. Elle n'en afficha pas moins un sourire aimable. Elle les interrogea sur leurs projets pour la journée. C'est Frank qui répondit :

— Visite du port et de Narragansett Bay à bord d'une goélette. Après, nous avons rendez-vous avec un agent immobilier.

— Papa et Jeanne vont peut-être acheter une résidence d'été à Newport, intervint Lucy.

De nouveau elle était toute joyeuse.

— Vraiment ? dit Grace.

Elle continua de cacher sa contrariété derrière une expression affable.

Tu ne m'as pas envoyé le chèque de la pension alimentaire, et tu envisages de te payer une résidence secondaire à Newport !

— Ouais, se vanta Frank. Tu sais, mes affaires marchent du tonnerre en ce moment. Et j'aime bien, ici. J'y venais déjà à dix-neuf ans avec mes palmes et mon tuba. Je faisais de la plongée à Shepherd's Point.

Grace procéda à un rapide calcul mental. Elle avait trente-deux ans. Frank avait un an de plus. Il se trouvait à Newport l'été de ses dix-neuf ans – l'année où Charlotte Sloane avait disparu.

80

Personne n'avait vu Sam Watkins depuis dimanche soir. Il n'avait pas appelé non plus et n'avait pas regagné sa chambre. Seule Grace y avait pénétré la veille. Ainsi que la sécurité de l'hôtel, à la demande de Beth Terry. Le lit était intact. Ses affaires n'avaient pas bougé.

Beth, maintenant, avait décidé de prévenir la police – et peu importe si Linus était d'accord ou non.

81

Un buffet était dressé dans le salon Bellevue, et Grace nota avec plaisir que l'on avait su éviter pour une fois les sempiternels sandwiches accompagnés de chips. Des plats de pâtes fumaient sur les tables. Il y avait aussi des fruits de mer et de grandes salades de concombre, d'olives et de tomates. Du pain italien était coupé en tranches sur des plateaux de bois. Un carton discret annonçait que le buffet avait été préparé par le traiteur Seasons Catering.

Grace se retrouva dans la file d'attente derrière Beth Terry.

— Ça a l'air génial, dit-elle. Et ça sent bon.

Beth se servit une copieuse assiette de pâtes aux fruits de mer.

— Comme j'en avais marre de toujours commander la même chose, dit-elle, je me suis renseignée sur le nom du type qui avait officié chez les Vickers. Et il est apparu qu'il ne faisait pas que les *clambakes*.

Elle prit aussi de la salade et du pain.

*

Son assiette tenue à deux mains, Grace fouilla des yeux la salle de rédaction, en quête d'un condisciple avec qui partager cette pause. Plus important encore, elle cherchait B.J. Lequel n'était manifestement pas là. Elle se dirigea vers Zoé, seule à une table. Cette dernière leva les yeux et lui dit, comme lisant dans ses pensées :

— Il est parti filmer une cave viticole. Pour l'émission de demain.

— De qui tu parles ? demanda Grace.

— De B.J. Ce n'est pas lui que tu cherches ?

C'était donc si évident !

— Il est parti avec Joss, ajouta Zoé.

Elle piqua une tomate avec sa fourchette en plastique, et l'enfourna dans sa bouche.

*

Grace n'avait aucune raison de se sentir blessée. Ou offensée. C'était ridicule. Après tout, elle n'était pas là, ce matin ; B.J. n'avait donc pu lui offrir de l'accompagner. Et il avait parfaitement le droit, voire le devoir, de proposer du boulot aux autres stagiaires. Néanmoins... Grace était déçue. Il n'avait pas cherché à la joindre. Pire : il était allé chercher Joss !

Grace acheva son déjeuner sans plaisir. Elle jeta assiette et couverts dans le réceptacle près de la porte. Ruminer cette affaire ne servait à rien. Une halte au bureau des reportages lui permit d'apprendre qu'elle avait quartier libre. Elle renonça à sa sieste et, puisque personne ne lui proposait du travail, décida de se rendre à Shepherd's Point. Agatha Wagstaff accepterait peut-être de la recevoir… Grace sentait qu'elle devait essayer de lui parler de la conversation qu'elle avait eue avec Maud. Lorsqu'il arrive quelque chose à un être aimé, vous avez besoin de savoir ce qui s'est passé dans les minutes qui ont précédé le drame – c'est naturel.

Elle demanda à la réception qu'on lui appelle un taxi.

82

Le taxi de Grace croisa une voiture de police au volant de laquelle se trouvait l'agent Tommy James – un Tommy tout excité à la perspective de rendre à Joss une petite visite sur son lieu de travail. Sur le siège du passager, l'inspecteur Manzorella rouspétait :

— Manquait plus que ça. La mort de la petite Sloane. Et maintenant un étudiant qui disparaît ! Si jamais les journaux s'en mêlent, le maire ne manquera pas de nous tomber dessus à bras raccourcis. Le crime ne fait pas bon ménage avec le tourisme, tu sais.

*

Dans la salle de rédaction, on desservait le buffet sous le regard attentif de Mickey. Celui-ci tenait à s'assurer que sa première prestation pour la télévision était une réussite, du tout début à la toute fin. Key News était un client prestigieux. Certes, la chaîne ne serait peut-être pas de retour à Newport avant un bail, mais

Mickey voulait les mentionner en tant que « clients satisfaits », tant sur son site web que dans les publicités qu'il passait régulièrement dans les journaux. Mickey allait s'approcher de Beth Terry, la femme corpulente qui lui avait commandé le buffet, quand il remarqua, à l'entrée, la présence de deux policiers. Il fut aussitôt pris d'une forte envie de filer.

Du calme.

C'était seulement Tommy James. Et Al Manzorella.

Tu les connais depuis des lustres ! Ce n'est pas toi qu'ils cherchent. Ils ne pensaient même pas te trouver là.

Mais Mickey n'avait pas la conscience tranquille ; et quand vous n'avez pas la conscience tranquille, vous avez toujours peur que l'on vienne percer votre secret.

*

L'inspecteur et l'agent traversèrent la salle de rédaction.

— Nous cherchons Beth Terry…

— C'est moi.

Al et Tommy se présentèrent.

— Merci de nous avoir appelés. Nous souhaiterions nous entretenir avec toute personne susceptible de savoir quelque chose au sujet de Sam Watkins. Ce qu'il a fait le fameux soir. À qui il a parlé…

Beth jeta autour d'elle des regards anxieux. S'étant assurée que Linus ne rôdait pas dans les parages, elle reprit :

— Eh bien, le plus important à mes yeux, c'est que Sam était programmé pour un direct le lendemain matin. On avait montré son visage dans une annonce, sans dire son nom, en le présentant comme un témoin oculaire du meurtre de Maud Sloane.

Alors c'était lui ! songea Tommy James avec colère. Il se rappelait parfaitement que l'on avait refusé de lui donner l'information quand il était passé ici même le dimanche soir. *S'ils avaient accepté de me dire ce qui se préparait, on ne se retrouverait pas maintenant avec un tel problème sur les bras !*

— Il nous faudrait une copie de cette bande-annonce, dit l'inspecteur en notant quelque chose dans son carnet. On en tirera une photo qui nous aidera dans nos recherches.

— Sans problème, dit Beth. Nous avons même le matériel nécessaire pour vous fournir directement la photo.

— Qui devrions-nous interroger, à votre avis ?

— Scott Huffman. C'est le chauffeur du camion satellite. Que je sache, c'est la dernière personne à avoir vu Sam. Vous le trouverez quai Bowen. Ils sont en train de tout installer pour l'émission de demain…

Qui d'autre ? se demanda Beth en se mordant la lèvre inférieure.

— Vous devriez peut-être interroger aussi les autres stagiaires, dit-elle en explorant la salle des yeux. Voyons… Joss Vickers est partie en reportage. Zoé Quigley, j'ignore où elle est passée. Et vous venez juste de rater Grace Callahan… Elle a dit qu'elle était tombée sur Sam en rentrant à l'hôtel. Juste au moment où il partait pour les Breakers…

L'inspecteur Manzorella savait parfaitement qui était Grace Callahan puisqu'elle était venue au poste, la veille, lui parler du rêve que faisait Maud Sloane. Elle était décidément très impliquée dans toutes ces affaires. Plus impliquée, en tout cas, qu'elle n'aurait dû l'être.

83

— Laissez-moi plutôt ici, dit Grace au chauffeur.

Ils étaient à l'entrée de Shepherd's Point. Quand elle paya sa course, elle se rendit compte qu'elle n'avait aucun moyen de rentrer à l'hôtel après sa visite.

— Vous reviendrez me chercher, dit-elle, si je vous appelle ?

— Bien sûr. Ça prendra un petit moment, mais je viendrai.

— Merci. Merci beaucoup.

Terence n'était pas là. Tant mieux. Grace n'avait pas envie d'être obligée de lui faire la conversation avant de pouvoir traverser le jardin. Le portail était entrebâillé. On ne craignait donc pas les mauvaises visites, à Shepherd's Point ? En pénétrant dans le domaine, Grace se souvint qu'elle avait rencontré Maud ici même quelques jours plus tôt.

Tandis qu'elle remontait l'allée, les chats qui se prélassaient sur la pelouse la regardèrent avec une suprême indifférence. Des vagues de vent chaud faisaient frissonner les arbustes et les herbes hautes. Grace sentit une goutte de transpiration lui rouler sur les reins.

Elle apprécia de pouvoir se réfugier dans l'ombre du perron. Ayant monté les marches, elle prit une profonde inspiration. Elle frappa à la porte dont la peinture s'écaillait. Elle attendit quelques minutes, et vit paraître une femme âgée au regard peu amène.

— Bonjour, je suis Grace Callahan. Êtes-vous Miss Wagstaff ?

— Je suis sa femme de chambre.

— Ah, très bien. J'aimerais être reçue par Miss Wagstaff.

— À quel sujet ? répliqua la domestique en jetant à Grace un regard soupçonneux.

— Je souhaite lui présenter mes condoléances.

— Eh bien, merci beaucoup. Je transmettrai. Miss Agatha ne reçoit pas.

Grace n'avait aucune intention de forcer la porte d'une femme frappée par le deuil.

— Fort bien. Dans ce cas, dites à Miss Wagstaff que je suis profondément désolée. Aurez-vous l'amabilité de l'informer aussi que j'étais avec sa nièce le soir de sa disparition ? Maud m'a beaucoup parlé. Elle m'a dit combien elle aimait sa tante. J'espère que Miss Wagstaff y trouvera quelque réconfort.

La femme de chambre hocha la tête. Elle commença à refermer la porte. Grace se tourna pour s'en aller. Elle descendait la dernière marche du perron quand une voix aristocratique s'éleva derrière elle.

— Laissez entrer cette jeune femme, Finola !

*

L'odeur de pipi de chat était nauséabonde. Grace suivit Agatha dans la pièce sombre en retenant sa respiration. Comment faisaient-elles pour supporter une telle puanteur ? Grace craignit de vomir si elle devait rester ici.

— Veuillez m'excuser, Miss Wagstaff, mais je suis allergique aux chats…

C'était un mensonge, mais tant pis.

— Ne pourrions-nous pas aller plutôt dehors ?

En d'autres circonstances, Agatha l'aurait envoyée sur les roses. Mais pas aujourd'hui.

— Finola ! s'exclama-t-elle. Apportez le parasol !

*

Les deux femmes descendirent les marches de pierre qui reliaient la véranda au jardin terrasse.

— Le coin favori de Maud, murmura Agatha. Enfant, elle aimait venir jouer ici. Elle s'asseyait sur ce banc, là… Elle y passait des heures à s'amuser avec ses poupées. Et j'étais si heureuse de l'avoir auprès de moi… Elle m'était d'un tel réconfort…

Grace enveloppa la vieille femme d'un regard chargé de compassion. Le parasol aux couleurs fanées avait beau leur offrir un peu d'ombre, la lumière éclairait cruellement le visage à la peau quasi transparente, creusé de rides profondes. En dépit du chagrin, Miss Wagstaff avait mis du rouge sur ses lèvres ; et Grace l'admirait pour cela.

Quand elles eurent pris place côte à côte sur le banc, Grace s'ouvrit de la conversation qu'elle avait eue avec Maud, mais en omettant de dire ce qu'elle savait concernant le rêve. Cela n'eût servi qu'à remémorer à Agatha le meurtre de sa sœur, et à la bouleverser encore plus.

— Maud m'a dit que vous l'aviez couverte d'affection. Et qu'elle vous aimait énormément.

Agatha lui prit le bras.

— Vous n'imaginez pas le bien que vous me faites en disant cela. J'ai fait de mon mieux pour veiller sur Maud. Surtout après la disparition de sa maman. J'en étais venue à avoir du mépris pour Oliver. On racontait que c'était lui qui avait tué ma sœur, n'est-ce pas ? Mais je dois lui reconnaître qu'il n'a jamais empêché Maud de me voir. Et je lui en sais gré.

Elle lâcha le bras de Grace, et se leva.

— Laissez-moi vous montrer quelque chose, dit-elle.

Elle s'avança sur ses jambes grêles, d'un pas mal assuré, et se fraya un passage entre les ronces qui envahissaient le jardin. Elle écarta un buisson récalcitrant.

— Venez voir, Grace.

Elle repoussa les mauvaises herbes, et révéla un cercle d'acier. Grace se pencha. C'était un cadran solaire.

— Regardez l'inscription : « Le Temps s'enfuit, l'Amour demeure. » C'est la maxime que je voudrais essayer de garder en mémoire, Grace. L'Amour demeure.

— C'est un beau sentiment, reconnut Grace à voix basse.

— Je le sais. La maman de Maud aimait ce sentiment. Comme notre mère l'avait aimé avant nous. Mon père avait fait fabriquer des boucles d'oreille pour notre mère. De minuscules reproductions de son cadran solaire. Je les ai données à Charlotte. Après l'affreux événement, j'ai prié Oliver de me les rendre ; il m'a répondu que Charlotte les avait sur elle le soir de sa disparition.

Grace se souvint de la boucle d'oreille unique portée

par Charlotte dans le rêve de Maud. Ainsi, ce cadran solaire était le modèle qui avait servi à la fabrication du bijou.

Où donc était passée la seconde boucle d'oreille ?

84

Mickey n'était pas fâché d'avoir quitté l'hôtel Viking et de s'être éloigné des policiers, mais il n'était pas autrement pressé de rencontrer Elsa Gravell, avec qui il avait rendez-vous pour régler les derniers détails de la réception du Bal bleu. Il laissa retomber contre la porte le heurtoir en forme de mouette. Quelle obsession bizarre, cet attrait pour les oiseaux ! Une chose était de cultiver un passe-temps, une autre de se laisser fasciner à ce point.

Elsa vint ouvrir. Elle portait une robe vert pâle ornée à l'épaule d'une épingle figurant un canari.

— Monsieur Hager. Entrez, je vous en prie.

Il la suivit dans le salon. Comme lors de sa première visite, il vit le mal qu'Elsa s'était donné pour décliner dans son décor le thème des oiseaux. Les housses des sofas et des fauteuils club étaient imprimées de perroquets et de cacatoès aux couleurs éclatantes. Les tables et le manteau de la cheminée accueillaient d'anciennes cages de cuivre où s'abritaient, sur des perchoirs, de minuscules oiseaux de verre. Les lampes s'ornaient toutes d'un motif d'oiseau ; ou c'était le pied ouvragé qui en figurait un. La table basse était chargée de livres consacrés aux oiseaux. Aux murs, dans des cadres, on découvrait des dessins d'Audubon représentant des chouettes, des mouettes, des faucons et des piverts. Mickey jugeait cette décoration réussie, mais un peu effrayante. Il s'installa dans un des fauteuils.

— J'ai le décompte définitif des inscriptions, dit Elsa. Il y aura du monde. Tenez.

Mickey prit la feuille qu'elle lui tendait.

— Ça correspond à nos prévisions, lui répondit-il.

— J'imagine que vous aimeriez toucher votre premier versement.

— Oui, madame.

Elle gagna le secrétaire, prit un chéquier dans un tiroir et inscrivit une somme. Elle remit le chèque à Mickey.

— Vous toucherez le solde jeudi matin. Si tout s'est bien passé, naturellement.

— Oh ! tout se passera bien, madame Gravell. Je vous le garantis.

Ils quittèrent le salon. Mickey était sûr qu'elle ne se souvenait pas de lui adolescent, quand il était serveur au Country Club. Il y avait si longtemps ! Et les gens riches ne lui adressaient même pas la parole, alors... Sauf Charlotte Sloane. Mais il aurait préféré que Charlotte ne fasse pas attention à lui, justement. Ou qu'elle s'intéresse à lui pour d'autres raisons.

Mickey avait puisé dans la caisse pendant plus d'un an. Oliver Sloane, qui était le trésorier du Country Club, ne s'en était jamais aperçu. Il est vrai qu'il buvait pas mal. Chaque fois que Mickey regardait dans sa direction, Oliver avait un verre à la main. Oliver n'était que trop heureux de l'avoir à sa disposition, lui Mickey, pour aller déposer l'argent à la banque. L'opération était fort simple : Mickey prenait un bordereau vierge qu'il remplissait d'un montant inférieur à la somme qu'il était censé déposer. Le vrai bordereau rempli par Oliver finissait dans la corbeille à papier. La différence était pour Mickey ! Oliver ne vérifiait jamais les relevés bancaires.

Le jeu aurait pu durer indéfiniment. Mais Charlotte, apparemment, avait compris qu'Oliver se montrait négligent sur ce point. Elle se plongea dans les livres de comptes, et s'aperçut bien vite qu'il manquait de l'argent dans la caisse.

Grâce à Dieu, Charlotte avait tenu à protéger d'abord et avant tout la réputation de son mari. Elle avait commencé par combler le déficit avec son propre argent. Puis elle avait demandé à Mickey de partir, menaçant de le dénoncer s'il refusait de démissionner.

À bien des égards, Newport était une paisible bourgade où chacun connaissait tout le monde et était informé de tout. Mickey n'avait pas l'intention de quitter la ville. Ni d'y vivre en paria.

À présent, Mickey régnait sur les réceptions estivales de la haute société de Newport. Lui qui n'avait été qu'un domestique – un domestique ambitieux, il est vrai.

85

Zoé était déçue. Elle s'était embarquée pour une heure de voyage à bord d'un ferry qui l'avait emmenée à Providence. Son projet était de tourner quelques vues de la célèbre Bethel Church, la plus vieille église noire de Rhode Island. L'édifice avait la réputation d'être un monument dédié à la liberté. Pendant des années, il avait servi de destination aux esclaves sudistes qui fuyaient par le chemin de fer souterrain. Mariah s'était arrêtée dans cette église alors qu'elle partait chercher refuge au Canada.

Or l'église n'était plus là. Zoé trouva seulement une plaque marquant le site où se dressait autrefois Bethel Church, et que traversait désormais une promenade voisine du campus de Brown University.

Il ne restait plus à Zoé qu'à filmer la plaque. Elle tourna une minute – pas franchement excitant, comme vidéo. Être venue jusqu'ici pour un résultat aussi maigre, même si elle serait sans doute contente d'avoir ces images à sa disposition quand elle monterait son film !

Mais elle n'avait pas renoncé à une autre vidéo, plus importante : le tunnel de Shepherd's Point. Le professeur Cox refusait de l'aider ? très bien. Elle avait un autre plan. B.J. et Grace avaient tourné des images du tunnel lors de leur visite à Shepherd's Point. Et la cassette se trouvait sur une étagère dans la salle de rédaction à l'hôtel. Ce soir, elle descendrait discrètement en faire une copie. Ainsi elle aurait ses images du tunnel aux esclaves, sans déranger personne.

Rebroussant chemin, elle gagna l'arrêt de bus. Quelques minutes plus tard, elle s'embarquait sur le ferry à destination de Newport.

*

Quand elle vit se profiler à nouveau la côte et Newport, Zoé songea combien la ville avait dû être belle autrefois, quand elle accueillait le principal marché aux esclaves des colonies d'Amérique. L'esclavage ne sévissait pas seulement dans le Sud, alors.

Zoé offrit son visage aux caresses de la brise d'été. Le ferry se préparait à accoster à hauteur de Perrotti Park. Elle prit son sac à dos sur le banc, et attendit le signal invitant les passagers à descendre à terre. Au pied de la passerelle, un homme distribuait des prospectus aux arrivants. Son visage n'était pas inconnu à Zoé, mais elle ne le remit pas tout de suite. C'est seulement quand elle eut le prospectus entre les mains que la mémoire lui revint.

C'était ce tatoueur qui avait amusé la galerie au *clambake. Les temps doivent être durs*, songea-t-elle. Deux tatouages pour le prix d'un seul : c'est la proposition qui figurait sur le prospectus.

86

Scott Huffman, le chauffeur du camion satellite, n'avait pas grand-chose à raconter à la police. Il avait confié à Sam Watkins la garde du précieux véhicule le temps d'aller faire une course. À son retour, ledit Sam n'était plus là !

— Il m'a dit qu'il avait envie de pisser. Je lui ai conseillé les toilettes du pavillon. C'est la dernière fois qu'on s'est parlé.

Tommy James fut visité par une intuition : le tunnel. Ils avaient intérêt, selon lui, à y jeter un coup d'œil s'ils ne voulaient pas se ridiculiser une fois de plus. Tout le monde savait qu'il y avait un souterrain aux Breakers. À Shepherd's Point, quatorze ans plus tôt, les enquêteurs avaient négligé les galeries. Résultat, ils n'avaient pas retrouvé le corps de Charlotte Sloane qui gisait sous leurs pieds ! Le fiasco complet. Pour Tommy, le premier endroit à visiter, c'était le tunnel, puisque Sam avait disparu ici même, aux Breakers, dans la propriété des Vanderbilt.

87

Grace tomba sur B.J. à la réception.

— Je te cherchais, dit-il. Où étais-tu passée ?

— Des trucs à faire.

Elle préférait ne pas lui parler de sa visite à Shepherd's Point. Ni lui dire qu'elle venait de voir Agatha. Après tout, c'est avec Joss qu'il était allé visiter cette cave viticole, non ?

— Je t'ai cherchée, reprit-il. Ce matin, après l'émission. Pour savoir si tu voulais m'accompagner.

Tu n'as pas dû chercher bien longtemps.

— Il n'y a pas de problème, dit-elle.

C'était un mensonge.

— Tant mieux, reprit-il. On va en groupe prendre un verre, manger quelque chose. Ça te dit ?

Pourquoi pas ? Grace n'avait rien de spécial à faire.

Elle n'allait tout de même pas monter s'enfermer dans sa chambre et bouder en regardant un film.

— Bien sûr, dit-elle. C'est une excellente idée.

*

À l'entrée du restaurant Salas, on les prévint qu'ils ne pourraient avoir une table avant une heure. Joss affirma que ça valait le coup d'attendre.

— Ils servent des homards fabuleux, dit-elle. Leurs spaghettis à l'orientale sont ce qui se fait de mieux. Allons au bar. Ils nous préviendront quand une place se libérera.

Grace était frappée par l'ambiance de camaraderie qui régnait dans leur bande. Constance et Harry, les présentateurs vedette, acceptaient sans façon de sortir avec des stagiaires. Beth Terry et Dominick O'Donnell étaient également de la partie.

La bière glacée descendait vite. B.J. leva sa bouteille pour porter un toast.

— À Sam, dit-il. En espérant le revoir bientôt.

— Et surtout en bonne forme, enchaîna Beth.

Ils en étaient à leur troisième tournée quand la serveuse vint les prévenir qu'une table de huit s'était libérée. Grace observa que Constance et Harry n'avaient pas touché à leur dernière bière. Les autres emportèrent leur bouteille. Tandis que le groupe s'engageait dans l'escalier pour gagner la salle à l'étage, Grace fit le détour par les toilettes. Zoé la suivit. Elles se lavèrent les mains ensemble devant la rangée de lavabos.

— J'étais sortie cet après-midi, quand la police est venue. Tu étais là, Grace ?

— Non. J'étais absente aussi.

Elle s'essuya les mains avec une serviette en papier tirée du distributeur mural.

— En fait, reprit Zoé, je crois que je vais appeler les flics demain. J'ai peut-être quelque chose pour eux.

— Ah bon ? Quoi donc ?

— Quand je suis allée courir, dimanche soir, je me suis retrouvée du côté des Breakers. J'ai vu une voiture démarrer rapidement au coin de la propriété. Le chauffeur a failli m'écraser. Si ça se trouve, ça n'a aucun rapport. Mais je crois que je dois leur en parler.

— C'était quel genre de voiture ? dit Grace.

Zoé haussa les épaules.

— Il faisait nuit. Et je ne connais pas les modèles des voitures américaines. Je n'ai même pas vu de quelle couleur elle était. J'ai juste aperçu un bout de la plaque. Les trois premières lettres : S.E.A.

— Zoé, il faut aller le dire à la police.

*

On engloutissait des tranches de pain à l'ail et des homards. À un moment de la soirée, tandis que fusaient les rires, quelqu'un mit sur le tapis le sujet du tatouage.

— J'ai un minuscule papillon, dit Joss.

— Où ? voulut savoir B.J.

— Je ne le dis pas, gloussa Joss d'un air enjôleur.

Elle afficha un petit sourire provocateur. *Elle ferait n'importe quoi pour gagner*, songea Grace.

— Moi, intervint Beth, je n'ai pas assez de cran pour m'en faire graver un. C'est… C'est tellement…

Elle finit par trouver le mot qu'elle cherchait :

— Tellement définitif !

— Pourquoi tu ne fais pas comme Grace ? suggéra Joss. Un tatouage au henné.

Elle essaie de me faire passer pour une poule mouillée, ou quoi ? se dit Grace. Zoé intervint :

— Si tu te décides, il y a une promo chez un tatoueur de Broadway. Deux pour le prix d'un seul.

— Vraiment ? s'étonna Joss. Je me demandais justement si je n'allais pas m'en faire faire un autre.

Comme si le prix avait la moindre importance pour toi !

— Ça intéresse quelqu'un ? dit Joss en regardant Grace d'un air de défi.

Et pourquoi pas, après tout ?

Ainsi, elle aurait pour toujours un souvenir de sa mère. Un souvenir aussi de son premier voyage avec Key News. Le premier d'une longue série, peut-être. En effet, Grace était plus que jamais résolue à décrocher le poste. Ne serait-ce que pour battre Joss à plate couture. Avec trois bières dans l'estomac, elle se sentait une âme de vainqueur.

— Moi, dit-elle. Ça m'intéresse.

Le gant était relevé. Elle ajouta :

— Allons-y après le restau.

88

Constance et Harry demandèrent la permission de prendre congé : ils devaient impérativement être frais et dispos pour attaquer de bonne heure. Beth et Dom, eux, accusaient la fatigue. Zoé avait quelque chose à faire à l'hôtel. Quand vint le moment de se rendre chez le tatoueur, seuls Grace, Joss et B.J. répondaient encore présent.

Sur Broadway, Grace observa l'enseigne en néon rose qui illuminait la vitrine. Maintenant, elle hésitait. L'artiste l'avait prévenue : l'opération serait douloureuse. Le sommet du pied était une zone sensible. Mais elle avait survécu à l'accouchement, non ? Ça pouvait difficilement être plus dur. Grace redressa les épaules et franchit la première le seuil de la boutique.

Rusty était plongé dans la lecture de *Playboy*. Il leva les yeux vers le trio, puis concentra son intérêt sur les femmes.

— Les filles du *clambake* ! finit-il par s'exclamer. C'est bien ça ?

Grace approuva. Joss, sans se donner la peine de répondre, traversa la pièce pour aller examiner les modèles de tatouages exposés au mur.

— Trois tatouages, alors ? reprit Rusty, plein d'espoir.

— Seulement les dames, répondit B.J.

— Et qu'est-ce que ce sera ?

— Je ne sais pas encore, dit Joss qui étudiait toujours les modèles. Je pensais à quelque chose d'un peu différent. Je ne vois rien qui me branche.

Rusty passa derrière son comptoir et ouvrit un classeur.

— J'ai d'autres dessins, dit-il. Des œuvres personnelles. Jetez-y un coup d'œil. Peut-être que quelque chose vous plaira.

Joss feuilleta les planches dans leurs protections en cellophane. Grace était derrière elle, et regardait aussi.

— J'aimerais un iris, dit-elle, comme celui que tu m'as fait au henné l'autre soir.

Joss continuait de tourner les pages. Elle s'arrêta sur un dessin qui semblait lui plaire. C'était un cercle de chiffres figurant une horloge et frappé d'une maxime : « Le Temps s'enfuit, l'Amour demeure. » Comment ce dessin pouvait-il apparaître dans les œuvres « personnelles » de Rusty ? Voilà qui était étrange. Joss tenta d'élucider le mystère :

— D'où ça t'est venu, l'idée de celui-là ?

Le cadran solaire de Shepherd's Point, pensa Grace.

Joss savait parfaitement que le motif était celui des boucles d'oreilles que Charlotte Sloane portait le soir de sa disparition – ce bijou unique que Tommy lui avait montré et dont elle avait fait un croquis.

Rusty hésitait à répondre.

— Je ne me rappelle plus. Ça a dû me venir comme ça.

Le beeper de B.J. sonnait. Il lut le message, puis siffla doucement entre ses dents.

— Qu'est-ce que c'est ? demanda Grace.

— Ils ont retrouvé Sam. Allons-y.

89

La chaîne locale WPRI développa l'information dans son édition de 23 heures. On avait retrouvé Sam

Watkins dans le tunnel des Breakers. Aucune image n'était disponible, la rédaction n'ayant pas encore eu le temps d'envoyer une équipe sur les lieux. Le public dut se contenter d'une photo incrustée au-dessus de l'épaule du présentateur.

— La police de Newport a retrouvé ce soir un stagiaire de la chaîne Key News dont on était sans nouvelles depuis dimanche. Le jeune homme gisait inconscient dans une galerie creusée sous le domaine des Breakers. Âgé de vingt et un ans, Sam Watkins est originaire de Hollis, Oklahoma. Étudiant à Northwestern University, il effectuait un stage pratique au sein de la chaîne dont l'émission quotidienne « Key to America » est diffusée cette semaine depuis Newport. Le garçon a été admis à l'hôpital dans un état critique. Rappelons que c'est également dans un tunnel qu'ont été retrouvés la semaine dernière les restes de Charlotte Sloane. Nous ajoutons que Maud Sloane, la fille de Charlotte, est morte samedi après une chute dans l'escalier des Quarante Marches. La police tente d'établir le lien susceptible d'unir ces différentes affaires.

90

Ce stagiaire ne devait survivre à aucun prix ! Mais qui aurait pu penser qu'il survivrait à un tel coup de pied-de-biche sur le crâne ? En plus, le gosse avait été abandonné à son sort, sous la terre, deux jours entiers. Deux jours sans nourriture et sans eau. Sans soins pour sa blessure…

D'un autre côté, Sam était jeune.

Son agresseur s'en voulut de s'être conduit stupidement. Il éteignit la télévision et lâcha à haute voix :

— J'aurais dû m'assurer qu'il était bien mort !

Normalement, un pareil coup sur le crâne aurait dû le tuer. Comme il avait tué Charlotte. Un pied-de-biche tiré du coffre ou un tisonnier trouvé dans la cabane de jeu : à peu de chose près, c'était la même arme. La même puissance mortelle.

Ils disent que le gamin est inconscient. Demain, je ferai un saut jusqu'à l'hôpital, et je veillerai à ce qu'il ne reprenne pas connaissance. D'une façon ou d'une autre, il doit être réduit au silence. Mais la nature s'en chargera peut-être ; Sam, avec un peu de chance, mourra tout seul…

Dans l'immédiat, il y avait un autre problème à régler. Puisque ce Sam avait été retrouvé aux Breakers, tous ceux qui rôdaient aux alentours du domaine dimanche soir risquaient de se mettre à parler. Cette jeune Black qui faisait du jogging, par exemple. Elle avait vu la voiture s'éloigner de la maison. Heureusement qu'elle portait un T-shirt à son nom ! QUIGLEY… Une petite Black du nom de Quigley travaillant pour Key News, il ne devait pas y en avoir des dizaines…

Mercredi 21 juillet

Mercredi 21 juillet

91

— Bonsoir, je souhaite laisser un message à Zoé Quigley.

— Vous voulez la réveiller, répondit le veilleur de nuit du Viking, ou vous préférez que je vous passe sa boîte vocale ?

— En fait, je pensais que vous pourriez peut-être prendre le message vous-même, et le lui délivrer à 3 h 30 du matin. Elle ne s'attend pas à devoir se lever d'aussi bonne heure. Et pourtant il le faut. C'est très important. Elle doit avoir ce message à l'heure dite…

Et je préfère que ma voix ne soit pas enregistrée par une boîte vocale, pensa l'assassin.

— D'accord, répondit le veilleur. Allez-y.

— Génial. Voulez-vous je vous prie dire à Zoé qu'elle doit absolument se rendre sur le quai pour l'émission ? Le rendez-vous sur place est à 4 heures du mat'.

— Je transmettrai.

— Merci beaucoup.

92

Le téléphone grésillait dans l'obscurité de la chambre. Zoé chercha le combiné à tâtons. Elle écouta le gardien lui communiquer le message.

Ils se décident enfin à me donner quelque chose à faire, et il faut que ça tombe justement ce matin.

Elle avait prévu de se lever tôt pour aller copier cette vidéo dans la salle de rédaction. Hier soir, l'opération n'avait pas été possible à cause de toute cette agitation autour de Sam Watkins. De retour du restau, elle avait regardé les infos avec les autres. Ensuite, elle était montée directement se coucher.

Elle avait dormi d'un sommeil agité. Les spaghettis à l'orientale ne lui avaient pas réussi. Elle songea d'abord à appeler la salle de rédaction pour leur dire qu'elle était malade, mais elle repoussa cette idée.

Elle prit une douche rapide. Elle sortit des vêtements propres de sa valise et s'habilla. Elle glissa dans sa poche son portefeuille et la carte magnétique de sa chambre. Et elle sortit.

Il faisait noir sur Bellevue Avenue. Zoé prit la direction de Church Street. Elle tourna à droite et descendit directement vers le port.

*

La voiture s'éloigna lentement du trottoir, puis tourna à droite, elle aussi, dans Church Street déserte. La ville dormait encore.

La fille était là. Elle marchait le long du trottoir, protégée par les voitures en stationnement. Mais bientôt elle serait obligée de traverser. Au carrefour, précisément. C'est alors qu'elle serait vulnérable.

La voiture ralentit presque jusqu'à l'arrêt. Au moment où Zoé descendit du trottoir et mit un pied sur la chaussée, le conducteur écrasa l'accélérateur. Zoé eut le temps de reconnaître les premières lettres figurant sur la plaque minéralogique. L'instant d'après, elle était heurtée de plein fouet et jetée à terre. Le conducteur s'arrêta, enclencha la marche arrière et roula sur le corps inconscient. Pour ne pas manquer son coup, cette fois-ci, il remit la marche avant et lui passa dessus une seconde fois. Puis il s'enfuit.

93

Izzie avait l'habitude de retirer vite la bouilloire du feu dès que celle-ci commençait à siffler. Il n'y avait pourtant aucune raison de se précipiter désormais. Paddy n'était plus là. La bouilloire ne risquait plus de réveiller personne.

Elle s'obligea à glisser une tranche de pain au raisin dans le toaster. Elle n'avait pas faim. Elle n'avait plus jamais faim maintenant. Elle n'avait plus de goût à rien. Elle qui avait eu une passion pour les douceurs et le chocolat ! Naguère, elle se plaignait d'être trop grosse ; à présent ses vêtements lui pendaient sur le corps. Mais elle n'avait aucune envie de dépenser de l'argent ainsi. Elle n'allait jamais nulle part, de toute façon. À part à son travail et à l'église. Pour l'hôtel, elle avait sa blouse de femme de chambre ; quant à Dieu, Il se moquait bien de savoir comment elle s'habillait le reste du temps. Ah ! ce n'était plus comme autrefois, quand elle voulait plaire à Paddy. Quand ils allaient danser à l'Hibernian. Quand ils économisaient pour se payer des homards au restaurant.

Le bon vieux temps s'était enfui. Paddy fumait ses deux paquets par jour, et le cancer avait fini par l'emporter ; comme il emporterait Izzie à son tour.

La tranche de pain sauta du toaster. Izzie y tartina un peu de beurre. Elle mangea sans enthousiasme, en buvant son thé à petites gorgées. Elle se préparait à affronter sa matinée. Encore une journée à faire des lits, à nettoyer la saleté des autres. Une journée de plus à tenir.

Elle jeta un regard indifférent aux lettres non ouvertes qui s'entassaient sur la table. Pourquoi Dieu leur avait-Il refusé le bonheur d'avoir des enfants ? Les enfants, au moins, vous donnent une raison de vous battre. Et c'est ce qui manquait à Izzie : une raison de continuer.

94

Ce petit fumier n'est pas venu lundi, et c'est aussi bien comme ça ! songea Linus en se rasant. L'état de santé de son stagiaire ne le préoccupait guère. Ce qui l'intéressait, c'était la possibilité de tenir un sujet sensationnel.

Il avait demandé que l'on envoie une caméra à l'hôpital de Newport, et chargé Lauren Adams de préparer une séquence en direct sur l'affaire Sam Watkins. La mission de Lauren consistait à établir un lien entre les ennuis de Sam et la disparition de Charlotte et Maud Sloane. Linus pensait pouvoir faire ainsi d'une pierre deux coups. Et même plusieurs coups. Dont l'un, et non des moindres, consisterait à flatter l'ego de Lauren. Elle le tannait depuis le début de la semaine pour obtenir un passage à l'antenne.

Il sortit de la salle de bains et baissa les yeux vers le lit vide aux draps défaits. Lauren avait dormi là cette nuit. S'il voulait continuer à prendre du bon temps avec elle, il devait s'arranger pour qu'elle y trouve son compte elle aussi. Une séquence en direct devrait lui faire plaisir. Elle était programmée en très bonne place dans l'émission. Et Linus veillerait à lui assurer les services de B.J. d'Elia, qui était un excellent producteur.

Linus acheva de s'habiller. Il quitta l'hôtel et monta dans sa voiture. Voyant que le chauffeur ne tournait pas à droite dans Church Street, il s'exclama :

— Qu'est-ce que vous faites ? Emmenez-moi directement sur les quais !

— La rue est bloquée, monsieur. Un accident.

95

— Voulez-vous aller vous renseigner auprès des infirmières sur l'état de Sam ? lança Lauren à l'adresse de Grace.

C'était un ordre plus qu'une demande.

— Tout de suite, répondit Grace.

Elle avait déjà posé la question un quart d'heure auparavant, et la réponse avait toutes les chances d'être la même. Grace était gênée de devoir harceler des infirmières surchargées de travail et déjà exaspérées par ses demandes à répétition.

Laissant Lauren et B.J. discuter près du camion satellite, Grace traversa le parking et franchit le seuil de l'hôpital au moment où une ambulance gagnait à vive allure l'entrée des urgences.

— Un décès à l'arrivée, dit un urgentiste en ouvrant la double porte arrière du véhicule. Morte pendant le voyage.

Grace les regarda sortir le brancard du camion. On avait déjà recouvert le visage de la défunte. Une main dépassait sous la couverture. Une main à la peau noire, aux longs doigts effilés. Une main de jeune femme.

— Identifiée ? demanda l'infirmière sortie pour accueillir l'ambulance.

— Ouais, répondit le médecin assistant. Il y avait un portefeuille avec une carte à son nom. Zoé Quigley.

96

Le professeur Cox boitait sur les pavés, anxieux d'être en retard. En tout cas selon les critères de ce négrier de Linus Nazareth. Linus exigeait que l'historien soit sur le plateau une heure avant le début de l'émission, sous prétexte que les journalistes responsables du sujet pouvaient avoir des questions de dernière minute à lui poser.

Aux yeux du professeur, venir d'aussi bonne heure, c'était du temps perdu. Mais il était bien payé. La télé, en une semaine, lui rapporterait assez pour payer ses vacances de Noël. Et Linus avait évoqué la possibilité de faire de nouveau appel à ses services quand la chaîne se déplacerait à Williamsburg. Cox n'avait pas envie de laisser passer cette occasion d'être engagé à nouveau comme consultant.

Il jura en trébuchant dans les câbles répandus partout sur le quai Bowen. Il cherchait à repérer Linus parmi les personnes qui s'affairaient autour du plateau. On aurait dit un équipage à l'œuvre sur le pont d'un navire. Du reste, c'était bien un voyage en mer qui attendait aujourd'hui les participants à l'émission. Et Gordon n'était pas pressé d'embarquer. Dans sa hâte, il avait oublié de prendre ses lunettes noires. Sur l'eau, le soleil serait aveuglant, même à cette heure matinale.

*

Un vendeur ambulant s'était déplacé pour proposer au staff du café et des douceurs. Gordon s'approcha de lui. Il n'avait pas le temps d'avaler un petit déjeuner, mais un café serait vraiment le bienvenu.

Il avait été précédé par Beth Terry qui dépliait l'emballage d'un muffin aux pépites de chocolat.

— Bonjour, professeur.

— Bonjour.

— Je suppose que vous êtes au courant pour notre stagiaire.

— Quoi donc ?

— Ils ont retrouvé Sam dans le tunnel des Breakers. Vivant, grâce à Dieu. Mais dans un sale état. Il est toujours à l'hôpital. Il n'a pas repris connaissance.

Gordon cligna des yeux et approcha le gobelet de ses lèvres. Ce gosse ne lui inspirait aucune sympathie. S'il ne s'était pas vanté d'avoir assisté au meurtre, personne ne l'aurait obligé, lui, Cox, à venir commenter la mort de Maud en direct devant des millions de téléspectateurs.

*

C'est Dominick O'Donnell qui reçut l'appel de B.J. depuis l'hôpital. L'instant d'après, la nouvelle se répandait dans tout le staff.

— Zoé Quigley est morte.

Linus interrogea son collaborateur du regard.

— Zoé, répéta Dominick. Zoé Quigley. La stagiaire anglaise.

Linus évoluait dans un univers où seul comptait son propre intérêt, et où il ne semblait pas nécessaire de retenir le nom des subalternes.

— La petite Black ?

Dominick approuva, non sans tressaillir intérieurement.

— Qu'est-ce qui lui est arrivé ?

— Accident de la circulation, semble-t-il. Ce matin. Alors qu'elle était en route pour rejoindre le plateau.

— Merde, grogna Linus. J'espère que ça ne va pas nous attirer des poursuites.

Alors qu'il s'éloignait, une idée lui frappa l'esprit. Ce décès pouvait augmenter la tension dramatique de l'émission. Après tout, même le nuage le plus sombre pouvait receler quelque bienfait.

97

Sur le parking de l'hôpital, Grace se surprit à trembler en écoutant l'intervention de Lauren.

— Bonjour, Constance, bonjour, Harry. Oui, l'atmosphère est triste et tendue ici puisque nous déplorons le décès d'une de nos stagiaires, au moment même où le jeune Sam Watkins lutte contre la mort dans ce même hôpital de Newport que vous apercevez derrière moi. Zoé Quigley avait vingt ans. Elle était originaire de Richmond, en Grande-Bretagne. Elle est morte tout à l'heure dans l'ambulance, victime d'un chauffard qui l'a renversée avant de prendre la fuite. Nous avons peu de détails sur les circonstances de l'accident. Il semble que Zoé se dirigeait à pied vers les quais, avant le lever du jour, pour rejoindre le plateau de l'émission. Un véhicule l'a heurtée à deux rues de l'hôtel où réside le staff durant cette semaine…

Grace, soudainement, se tourmentait pour sa petite fille. *Pourvu que Lucy dorme encore. Bien en sécurité dans sa chambre. Loin de ces drames…*

Lauren continuait :

— Pendant ce temps, comme je vous le disais, Constance et Harry, un autre stagiaire de Key News, le jeune Sam Watkins, se trouve toujours en réanimation. Ainsi que vous le savez, on était sans nouvelle de lui depuis dimanche soir. La police l'a retrouvé hier soir dans une galerie, sous cette propriété des Vanderbilt appelée les Breakers. Il est dans le coma, victime d'un traumatisme crânien…

Lauren choisissait ses mots avec une infinie prudence. Quelques minutes avant le début de l'émission, Linus lui avait très fermement fait savoir qu'il ne voulait entendre aucune allusion au fait que Sam aurait dû être interviewé en tant que témoin oculaire de la mort de Maud Sloane.

— Ce grave incident, Constance et Harry, succède à d'autres faits tragiques et traumatisants venus émailler la vie de cette paisible ville côtière. En effet, le week-end dernier, ont été retrouvés dans un autre tunnel, sur une autre propriété, les restes d'une personne qui avait disparu depuis quatorze ans, Charlotte Wagstaff Sloane. Cette découverte a permis d'établir que Charlotte Sloane est morte assassinée. À la fin de ce même week-end, c'est sa propre fille, Maud Sloane, qui faisait une chute mortelle près de l'océan, au lieu-dit les Quarante Marches. On attend aujourd'hui en fin de matinée les conclusions du médecin légiste, mais la police travaille déjà d'arrache-pied à tenter d'établir le lien entre ces deux événements. À vous, Constance et Harry. Je vous rends l'antenne.

Lauren déclipa son micro et se rua sur B.J. pour savoir comment il l'avait trouvée. *Comme si c'était le plus important*, soupira Grace intérieurement. Maud était morte. Sam était dans le coma. Zoé ne retournerait jamais plus dans sa famille en Angleterre. Et Lauren ne voulait savoir qu'une chose : l'effet qu'elle avait produit ! Rien que d'y penser, Grace en avait des frissons.

Elle se rappelait encore les quelques mots échangés la veille avec Zoé dans les toilettes du restaurant. Zoé avait vu une voiture démarrer en trombe près des Breakers, le soir de la disparition de Sam. Le chauffeur de ce véhicule était-il venu ce matin achever un travail commencé avec l'agression de Sam ? Zoé avait-elle été renversée intentionnellement ?

98

La Mercedes verte se gara dans Thames Street, à l'entrée du quai Bowen.

— Je n'ai pas de badge et je m'en fous ! hurla M. Vickers à l'adresse de sa femme. Je vais chercher Joss. Et tout de suite. Tu crois que j'ai l'intention de laisser ma fille mêlée à ça ?

— À *ça* ? Que veux-tu dire, exactement, Howard ?

Il la dévisagea, stupéfait de constater qu'elle ne comprenait pas.

— Je veux dire qu'elle est en danger, Vanessa. Qu'est-ce qui te prend ? Tu ne te rends pas compte de ce qui se passe ?

— Un affreux accident s'est produit, voilà tout. Une jeune femme s'est fait renverser par une voiture. Ce sont des choses qui arrivent, Howard. C'est fort triste, mais ça peut arriver…

— Et l'autre stagiaire ? Ce gosse retrouvé dans le tunnel aux Breakers ! Ça peut arriver aussi ?

— Je n'en sais rien pour le moment, Howard. Nous verrons bien ce qu'en dira la police. Ou ce que ce jeune homme dira lui-même quand il se réveillera.

— S'il se réveille jamais ! Comment peux-tu être à ce point naïve ? Trois personnes ayant participé à notre *clambake* de samedi ont été agressées. L'une est dans le coma, les deux autres sont mortes. Parmi elles, deux stagiaires de Key News. Joss ne restera pas une minute de plus en compagnie de ces fous. Sa place est chez nous. À la maison.

Il claqua la portière de la Mercedes et se dirigea à grandes enjambées vers le quai Bowen.

99

L'émission touchait à sa fin. Le navire accostait au quai après ses circonvolutions dans la baie. Constance, Harry et le professeur Cox allaient pouvoir redescendre à terre. C'est Harry, aujourd'hui, qui se chargea de conclure, et de donner rendez-vous aux téléspectateurs pour le lendemain matin.

— Ce soir, dit-il, aura lieu une soirée exceptionnelle, le Bal bleu. La réception se tiendra au domaine des Ormes. Il s'agit d'une soirée de bienfaisance destinée à rassembler des fonds pour la protection des oiseaux menacés dans l'État de Rhode Island. Votre émission, « Key to America », sera présente à cette fête prestigieuse dont nous vous parlerons demain. Un reportage vous permettra également de découvrir ce qu'était la vie quotidienne des domestiques dans les manoirs de l'Âge d'or. Et bien d'autres choses encore. Alors à demain dans « Key to America » !

100

Elsa tourna le dos à la télévision, gagna le jardin, alla s'asseoir dans une chaise longue du patio, et tendit l'oreille au vigoureux tapage des oiseaux. Les petites créatures avaient toujours fort à faire aux heures matinales.

Ainsi les autorités allaient publier tout à l'heure les résultats de l'autopsie. Elsa tenait à être auprès d'Oliver quand la nouvelle lui parviendrait. Il aurait besoin d'elle à ce moment-là. Car ce serait pour lui un moment difficile. Si Elsa le secondait dans les heures les plus douloureuses, le lien entre eux se renforcerait jusqu'à devenir si profond que rien ne pourrait plus le défaire. C'était juste une question de patience.

En pensée, Elsa était déjà la nouvelle Mme Oliver

Sloane. Dans quelque temps, Oliver l'épouserait pour de bon. Il ne le savait pas encore, voilà tout.

101

Rusty prenait sa douche. Ses yeux le brûlaient. Il n'avait pas dormi de la nuit. Il comptait sur l'eau chaude pour le délivrer des tensions qui lui bloquaient la nuque. Il resta immobile sous le jet brûlant.

Mais les tensions subsistaient.

Joss. Cette gosse de riche. Cette nana dont les parents avaient organisé le *clambake*. Elle avait reconnu le dessin qu'il avait réalisé à partir de la boucle d'oreille ! Il en était presque sûr. Autrement, elle n'aurait pas posé la question. Il lui avait fait une réponse vaseuse. Et elle ne l'avait pas cru.

Imbécile. Ce dessin ne devrait pas se trouver dans le classeur que tu montres à tout le monde ! Qu'est-ce qui t'a pris ?

Joss et les deux personnes qui l'accompagnaient travaillaient à la télé. Ils étaient partis en courant dès qu'ils avaient appris que le gosse avait été retrouvé dans le tunnel. Mais Joss repenserait bientôt au dessin, et elle ne manquerait pas d'en parler aux autres. Alors ils reviendraient. Ou ils préviendraient la police.

Rusty réfléchit rapidement. D'abord, il devait se débarrasser de la boucle d'oreille. Un dessin sur une feuille de papier, c'était une chose ; autre chose était de se trouver en possession de l'objet lui-même, du modèle, de la boucle d'oreille que portait Charlotte Sloane le soir de sa disparition. Il pouvait tomber à cause de ça.

Il aurait dû s'en débarrasser plus tôt, il le savait. Mais il n'avait jamais pu s'y résoudre. Le bijou était trop beau. La boucle d'oreille de Charlotte Sloane était d'un goût exquis. Comme Charlotte elle-même était exquise lors de cette chaude soirée d'été. La pauvre jeune femme désespérée. Tellement pressée de fuir le Country Club, tellement bouleversée. Une femme pleine de classe, vraiment. Rusty s'était offert de la raccompagner en voiture. Et elle avait accepté.

Elle ignorait que ce serait son dernier voyage.

102

Avant toute chose, Grace voulait téléphoner à Lucy. Elle avait besoin d'entendre la voix de sa fille. B.J. lui tendit son portable. Elle s'éloigna du camion satellite. Mais elle tomba sur la messagerie de son propre téléphone, qu'elle avait prêté à Lucy. Elle décida d'appeler directement la chambre.

C'est Frank qui décrocha à la troisième sonnerie.

— Salut, c'est moi. Grace.

— Salut.

— Je peux avoir Lucy ?

— Elle n'est pas là. Elle est descendue avec Jeanne prendre le petit déjeuner.

Grace eut l'impression que son cœur allait s'effondrer.

— Tout va bien ? dit-elle.

— Tu penses à toutes ces folies que diffusent les infos ? La réponse est oui.

— J'aurais préféré que tu ne la laisses pas regarder ça.

— C'est impossible, Grace. Elle tient dur comme fer à regarder « Key to America » tous les matins. Parce que sa mère travaille pour l'émission. Alors non, je ne l'ai pas empêchée de regarder. Franchement, je ne vois pas pourquoi j'aurais dû le faire. Lucy est assez grande pour voir dans quelle atmosphère sa mère a choisi de travailler…

Grace l'interrompit en s'efforçant de ne pas élever la voix, de crainte que B.J. n'entende sa conversation.

— Qu'est-ce que tu veux dire, Frank ?

— Je ne sais pas, Grace. C'est à toi de répondre. J'ai l'impression que tes copains stagiaires sont en train de tomber comme des mouches, non ?

Et tu aimerais bien que je tombe à mon tour, pas vrai ? Grace avait maintenant envie de hurler mais elle parvint à se contenir.

— Préviens Lucy que j'ai appelé, s'il te plaît. Dis-lui que tout va bien. Que je l'aime. Et que je la verrai plus tard. Dis-lui qu'elle n'a aucune raison de s'inquiéter.

103

Aux Ormes, quand on grimpait sur le toit de la maison, on découvrait l'océan. Mickey, du balcon du troisième étage, observait la vaste tente bleu clair dressée sur la pelouse impeccable. Ce soir, des centaines d'invités danseraient sous ce chapiteau. On leur servirait les meilleures boissons et des mets excellents. Et tous deviendraient des clients potentiels.

Bien qu'exténué, il était résolu à rassembler son énergie pour faire en sorte que le Bal bleu soit un succès retentissant. Il avait veillé à chaque détail. Les serviettes à motif d'œufs d'oiseaux colorés. Les bouquets de fleurs disposés sur les tables – anémones, lupins bleus, myosotis. Le menu qui s'ouvrait sur des huîtres de Blue Point et s'achevait par un dessert aux myrtilles. Il avait même prévu de disposer dans la fontaine de bronze une flotte de petits cygnes bleus en bois, détail qui ne pouvait manquer de produire son effet sur les convives.

Dieu soit loué ! La journée s'annonce magnifique. Mickey levait les yeux vers le ciel de cristal. Oui, une belle journée. Suivie d'une soirée mémorable. Après laquelle Seasons Catering serait définitivement le traiteur incontournable de la ville.

Quel chemin parcouru, depuis l'époque où il était serveur ! Mais il avait toujours su qu'il avait rendez-vous avec le succès. Seule Charlotte Sloane avait voulu lui barrer la route quand elle s'était aperçue qu'il détournait de l'argent. Elle avait été furieuse de découvrir qu'il grugeait Oliver. Elle l'avait placé devant ses responsabilités. Elle acceptait de fermer les yeux à condition qu'il restitue l'argent volé, et qu'il rende son tablier.

Un marché inacceptable…

L'émission terminée, Grace alla prendre une fois encore des nouvelles de Sam. L'état du patient était stationnaire. Elle rentra à l'hôtel avec B.J. qui se montra peu bavard durant le voyage. Mais tous deux étaient fatigués, choqués par les événements. Au Viking, Grace descendit la première pour gagner directement la salle de rédaction, pendant que B.J. attendait le voiturier. La salle était inhabituellement paisible. Un journaliste lança :

— Salut, Grace. Ton père a téléphoné. Il attend que tu le rappelles.

Grace alla décrocher un appareil.

— Papa ?

— Grace.

Il semblait soulagé.

— Tu vas bien, chérie ?

— Je ne saurais le dire. L'atmosphère est très triste. J'imagine que tu as regardé l'émission.

— Oui. Tu ne crois pas que tu ferais mieux de tout lâcher et de rentrer à la maison ?

— C'est ce que tu ferais, papa ?

Un long silence s'installa sur la ligne. Puis Grace entendit son père reprendre :

— Je ne sais pas. Je n'ai pas tous les éléments. Je ne sais pas ce que je ferais à ta place.

— Je me sentirais mal de déserter, papa. Et il ne reste que quelques jours.

— Très bien. Mais par pitié, sois prudente. Fais bien

attention. Un tas de choses peuvent arriver en quelques jours.

Et même en quelques secondes, songea Grace dont l'esprit fut brusquement traversé par des visions de Maud, de Sam et de Zoé.

105

Toutes les télévisions locales avaient envoyé une équipe à la conférence de presse. Chacun avait hâte d'enregistrer des images et de les expédier à sa chaîne pour les émissions de l'après-midi. L'assistant du médecin légiste s'assit à une table hérissée de micros. Il était en mesure de rendre publics les résultats de l'autopsie, au terme de recherches effectuées rapidement, compte tenu de la notoriété des personnes concernées.

— Maud Sloane est morte d'une fracture de la nuque. Son taux d'alcoolémie étant particulièrement élevé, et son corps ne présentant aucune trace de lutte, nous avons conclu pour le moment à un décès accidentel.

106

Après cette conversation avec son père, Grace se rappela qu'elle avait eu l'intention de parler à Oliver

Sloane, tout comme elle était allée présenter ses condoléances à la tante de Maud.

Mais avant de lui rendre visite, elle devait s'entretenir avec l'inspecteur Manzorella. Il fallait qu'il sache, pour cette voiture que Zoé avait vue démarrer du côté des Breakers le soir de l'agression contre Sam. Ce véhicule dont elle avait entraperçu la plaque minéralogique gravée des lettres S. E. A.

Grace décida de monter passer ce coup de fil depuis sa chambre.

*

— L'inspecteur Manzorella est absent. Voulez-vous laisser un message ?

— Dites-lui de me rappeler, s'il vous plaît. Je n'ai pas de portable. Mais on peut me beeper.

Elle fouillait son sac à la recherche du beeper. Elle n'en connaissait pas le numéro par cœur. Elle le trouva, et le communiqua à la standardiste.

107

Dans sa chambre du Viking, Joss pliait bagage en regardant les infos sur la chaîne locale WPRI. Les conclusions du légiste la laissaient perplexe. Difficile de croire que la mort de Maud Sloane fût accidentelle. Maud avait fait une chute aux Quarante Marches. Ensuite Sam avait été victime d'une agression – alors qu'il prétendait avoir assisté au meurtre. Et maintenant, Zoé. Est-ce que cela ne faisait pas beaucoup de coïncidences ?

Ses parents, pour une fois, avaient raison. Il ne servait à rien de risquer sa vie pour un poste à Key News. Rien ne l'empêcherait de faire carrière dans le journalisme ailleurs. D'accord, son nom n'apparaîtrait pas au générique de l'émission, mais quelle importance ? On ne tarderait pas à le voir apparaître sur une autre chaîne.

Elle considéra un instant les photocopies du journal de Charlotte Sloane, puis les jeta dans la corbeille à papier. Terminé. Adieu cette enquête.

108

La demeure d'Oliver Sloane était impressionnante, même si elle n'atteignait pas la taille et la splendeur des manoirs de l'Âge d'or. Grace remontait l'allée de gravier. La maison, éloignée de la route, était bâtie dans le style colonial : bardage blanc et volets vert sombre. Grace monta les marches conduisant à l'entrée et considéra un instant la plaque de cuivre gravée d'un simple mot : « Seaview. »

Elle pressa le bouton de la sonnette.

C'est Oliver Sloane en personne qui vint ouvrir. Il semblait épuisé, tendu.

— Que puis-je pour vous ?

— Je m'appelle Grace Callahan, monsieur Sloane. Je tenais à venir vous voir, et à vous parler de Maud.

Il eut un léger mouvement de recul.

— Je suis désolée, monsieur. Je ne viens pas dans l'idée d'ajouter à votre chagrin. Mais j'étais avec votre fille le soir de sa mort. Nous avons parlé assez longtemps, toutes les deux. Je pensais que cela pourrait vous réconforter de savoir ce qu'elle m'a dit.

Oliver observait Grace, tout en essayant de se composer une expression calme. Il finit par ouvrir sa porte en grand.

— Vous ne voulez pas entrer ? J'étais en train de prendre un thé glacé avec une amie.

Grace ne s'était pas préparée à avoir cette conversation devant une tierce personne. Pourtant, elle suivit Oliver. Il était trop tard pour reculer, de toute façon.

Oliver la précéda dans son bureau, une pièce charmante et confortable, habillée d'étagères en acajou supportant des volumes reliés de cuir. Devant les livres s'alignaient des objets en ivoire. Une collection de grande valeur, pensa Grace qui connaissait maintenant le prix de ces sculptures.

Une femme d'âge mûr était présente, assise dans un fauteuil près de la cheminée. Elle s'essuyait les yeux avec un mouchoir. Grace avait le sentiment de la connaître, mais sans parvenir à mettre un nom sur son visage.

— Elsa Gravell, dit Oliver. Voici Grace Callahan.

Elsa préféra rester assise et attendre que Grace vienne à elle. Grace s'approcha et lui tendit la main. Elsa la serra mollement.

— Oui… Grace. Nous nous sommes déjà rencontrées. Au *clambake*. Maud nous a présentées.

La mémoire revint à Grace.

— Bien sûr, dit-elle. Vous êtes la marraine de Maud.

— C'est exact, dit Elsa avec une expression triste.

Grace eut nettement l'impression d'avoir interrompu quelque chose. Elsa, c'était évident, aurait préféré rester seule avec Oliver. Et Grace le comprenait parfaitement.

— Vous ne voulez pas vous asseoir ? offrit Oliver Sloane en indiquant l'autre fauteuil en face d'Elsa.

Lui-même alla chercher la chaise derrière son bureau.

— Je ne reste que quelques minutes, dit Grace. Je ne veux pas vous déranger. Je voulais juste vous dire, monsieur Sloane, que Maud a tenu à votre endroit des propos très affectueux.

— Vraiment ? Qu'a-t-elle dit ?

Il la regardait, plein d'espoir.

— Elle a dit que vous aviez fait tout votre possible dans des circonstances particulièrement éprouvantes. Vous l'avez élevée avec amour, avec tendresse. Maud m'a dit qu'elle vous aimait beaucoup. Compte tenu surtout de ce que vous aviez enduré.

Oliver paraissait suspendu à chacune de ses paroles.

— C'est Maud qui était la plus à plaindre, j'en ai peur, murmura-t-il. Perdre sa mère quand on est petite fille. Grandir avec un père mis au ban de la société. Les gens étaient persuadés que j'avais tué sa mère…

Sa voix se brisa. Son regard se détourna, et s'arrêta sur le presse-papier en ivoire posé sur le bureau.

— Maud était persuadée que vous n'y étiez pour rien, reprit Grace.

Il releva les yeux.

— Elle vous l'a dit ?

— Oui. Elle m'a parlé aussi d'un rêve qu'elle faisait

à propos du soir où sa mère a disparu. Elle pensait être sur le point de se rappeler un détail important… Un détail susceptible de conduire à l'assassin de votre femme.

— Alors nous ne saurons jamais, soupira Oliver. Puisque Maud n'est plus là.

— Je suis navrée, monsieur Sloane. Vraiment.

Elle se leva.

— Je dois vous laisser, maintenant. Je ne veux pas vous prendre plus de temps.

Oliver se leva à son tour, manifestement ému.

— Je ne saurais dire combien j'ai apprécié votre visite, dit-il. Vous avez pris la peine de venir. Personne ne m'a présenté de condoléances. Rien. À part Elsa, bien entendu…

Il s'approcha du bureau et saisit le presse-papier en ivoire.

— Tenez, dit-il en le tendant à Grace. Prenez-le.

Grace secouait la tête.

— Oh ! non, monsieur Sloane… C'est impossible…

— Je vous en prie, insista Oliver. En souvenir de Maud. Et pour vous témoigner ma reconnaissance de vous être montrée si gentille. Acceptez, Grace. Ça me fera du bien.

109

Une chambre de plus à faire, non prévue dans son emploi du temps.

— J'en ai marre, soupira Izzie.

Elle avait pris l'habitude d'économiser ses forces pour arriver au bout de sa besogne, chambre après chambre. Voilà qu'on lui en collait une de plus – c'était désespérant.

Elle ouvrit la porte 226. Elle entra dans la pièce. Quelle souillon avait dormi là ? Le sol était jonché de reliefs de fast-food et de sucreries. Les draps étaient tachés de rouge à lèvres et de mascara. Dans la salle de bains, toutes les serviettes traînaient par terre, et le lavabo se constellait de traces de dentifrice. La baignoire était sale, pleine de flacons de shampooing, bouchée par des paquets de cheveux noirs.

Izzie prit une grande inspiration. *Une chose après l'autre. Allons-y méthodiquement*. Elle arracha les draps du lit. Elle fit une boule des serviettes. Elle se baissa pour nettoyer la moquette. Quand elle se releva, la tête lui tourna. Elle avait un étourdissement. Elle alla s'asseoir en titubant sur la chaise, près du secrétaire. *Attendre que ça passe…*

Quand elle rouvrit les yeux, elle remarqua les feuilles dans la corbeille à papier. Bizarre, qu'une femme aussi malpropre se soit donné la peine de jeter quelque chose dans la corbeille. Izzie se pencha de nouveau. Ses yeux tombèrent sur une mention : « Original retourné à Agatha Wagstaff, sœur de la disparue. »

Izzie prit les documents, les plia, et les fourra dans la poche de sa blouse.

110

Elle se sentait coupable. Aller faire les boutiques alors que tant de peine et de chagrin se répandaient autour d'elle ! Mais B.J. souhaitait qu'elle l'accompagne à la soirée de bienfaisance des Ormes, où il devait tourner des images pour l'émission, et Grace n'avait rien à se mettre. Rien de ce qu'elle avait apporté ne convenait. Elle fit une halte chez Talbots dont la vitrine proposait des soldes. Une demi-heure après, elle en ressortait avec une robe fourreau bleu marine à prix cassé. Elle avait pris aussi un sac à main noir, des escarpins à hauts talons en cuir noir. Ainsi qu'un pantalon qu'elle avait de toute façon prévu de s'acheter.

Au Viking, elle évita de passer par la salle de rédaction avec ses paquets. Elle monta directement dans sa chambre. Elle déposa le presse-papier en ivoire sur la table de nuit, près du téléphone. Elle accrochait sa nouvelle robe dans la penderie quand son beeper sonna. L'écran affichait un numéro. Elle le composa sur le téléphone.

— L'inspecteur Manzorella, je vous prie.

Elle attendit, assise au bord du lit. Dans la folle succession des événements, elle n'avait pas repensé à l'étrange coïncidence dont elle avait été témoin, la veille, chez le tatoueur de Broadway. Ce dessin, dans le classeur de Rusty, était une reproduction du cadran solaire caché dans le jardin de Shepherd's Point. À la question de Joss, l'artiste avait répondu que l'idée de ce motif lui était « sûrement venue comme ça ». C'était peu probable. Mais d'autre part, comment Rusty aurait-il pu connaître l'existence du cadran solaire ?

Elle réfléchissait tout en étudiant le tatouage au henné réalisé sur son propre pied. Et quelque chose lui revint en mémoire. Agatha lui avait dit que, le soir de sa disparition, Charlotte portait des boucles d'oreilles reproduisant le même cadran solaire. Rusty avait peut-être vu ce bijou. Sauf que c'était là aussi un scénario peu probable. Le tatoueur n'était manifestement pas le genre d'individu que l'on rencontrait à Shepherd's Point en compagnie d'une Charlotte Sloane.

— Bonjour, mademoiselle Callahan. Al Manzorella à l'appareil.

La voix de l'inspecteur arracha Grace à ses pensées.

— Ah, oui, inspecteur… Je reviens à vous avec un détail que vous devriez connaître, selon moi. Il s'agit de quelque chose dont Zoé Quigley m'a parlé hier soir.

— De quoi s'agit-il ?

— Elle m'a dit qu'elle était allée courir du côté des Breakers, dimanche soir. Elle avait vu une voiture démarrer en trombe, au point qu'elle avait failli la renverser.

— Quel type de voiture ?

— Elle n'en savait rien. Zoé était anglaise, n'est-ce pas ? Elle n'était pas au fait des modèles américains. Cependant elle a pu lire une partie de la plaque d'immatriculation. Elle a vu trois lettres : S. E. A.

— Une plaque personnalisée ?

— Je ne sais pas.

— Très bien, mademoiselle Callahan. Je vous remercie.

Mais Grace n'avait pas envie de raccrocher aussi vite.

— Vous croyez que ça pourra vous aider à faire la lumière sur ce qui est arrivé à Zoé ? Voire à Sam Watkins ? C'est peut-être la même personne qui a agressé Sam…

— Nous allons vérifier tout cela, mademoiselle Callahan, je vous le garantis. Et surtout, n'en parlez à personne, d'accord ? Il peut s'agir d'une piste sérieuse. Il ne faut en aucun cas que le suspect se doute de quoi que ce soit…

Grace se hâta d'enchaîner :

— Moi, je pense que les événements sont liés ! C'est comme les dominos. L'un fait tomber l'autre. L'accident de Zoé n'est peut-être pas un accident. On l'a peut-être renversée parce qu'elle avait vu cette voiture aux Breakers. Sam a été agressé parce qu'il avait vu quelqu'un pousser Maud Sloane des Quarante Marches. Et Maud parce qu'elle était sur le point de mettre un visage sur l'assassin de sa mère…

— Ça fait beaucoup de « peut-être », mademoiselle Callahan. Mais ne vous en faites pas. Nous étudions toutes les hypothèses. Merci pour votre appel, mais laissez-nous faire notre boulot !

L'inspecteur avait raccroché. Grace en éprouva une frustration, puis se dit qu'il avait sans doute bien fait de ne pas la laisser continuer plus avant. Mettre Rusty en cause sur la base d'un simple dessin dans un classeur n'aurait probablement pas été juste. Grace avait besoin d'en savoir un peu plus avant d'en parler à la police.

111

Grace jeta un coup d'œil dans la salle de rédaction. Ni Joss ni B.J. n'étaient là. Beth Terry, derrière son bureau, semblait absorbée dans ses pensées. Grace se dirigea vers elle.

— Il y a quelque chose que je peux faire pour vous aider, Beth ?

— Non. Sauf si tu veux t'occuper de rapatrier un corps vers l'Angleterre.

— Mon Dieu ! Qui a prévenu ses parents ?

— Moi, évidemment.

Beth prit une expression solennelle.

— Je n'avais jamais eu de ma vie à annoncer une nouvelle de la sorte. J'espère que ça ne se reproduira plus.

— Je suis navrée, Beth. Voulez-vous un café ? Quelque chose à manger ?

— Non, merci, répondit Beth, maussade. Pour une fois que je n'ai pas faim…

— Des nouvelles de Sam ?

— Toujours pareil.

Grace était prête à faire demi-tour.

— Grace. Attends une minute.

— Oui ?

— Fais attention, d'accord ?

Grace la dévisagea, intriguée.

— Je ne sais pas, reprit Beth. Je dis ça comme ça. Mais fais attention à toi. Je ne suis pas superstitieuse. Seulement, tu es la dernière stagiaire encore dans la course.

— Qu'est-ce que tu veux dire ?

— Tu n'as pas entendu ?

Grace sentit s'accélérer les battements de son cœur.

— Il est arrivé quelque chose à Joss ?

— Elle a démissionné. Tu es la seule stagiaire encore en lice.

*

Elle avait deux heures devant elle avant de rejoindre B.J. aux Ormes. Elle monta dans sa chambre téléphoner à Lucy. Pas de réponse. Grace, en un sens, préférait que sa fille soit sortie avec Frank et Jeanne. Autant qu'elle s'amuse.

Grace n'avait aucune envie d'attendre les bras croisés. Elle était ébranlée par la démission de Joss, même si ce n'était pas le grand amour entre elles. L'espace d'un instant, elle songea à téléphoner chez les Vickers, puis elle y renonça. Qu'avaient-elles à se dire, en définitive ?

Apparemment, Grace allait gagner par élimination. Le poste d'assistant à la production serait pour elle, au terme d'une victoire peu glorieuse. Grace n'avait pas le sentiment d'avoir beaucoup œuvré pour se distinguer des autres stagiaires.

D'un autre côté, la récompense se révélerait parfaitement méritée si elle parvenait à découvrir le lien entre la mort de Charlotte, celles de Maud et Zoé, et l'agression dont Sam avait été victime. Plus important encore, elle tenait à ajouter sa pierre à l'effort commun pour mettre un terme à ces violences insensées. Pour atténuer le chagrin des personnes frappées par ces malheurs. Le meurtrier devait être arrêté.

Certes, Grace ne pouvait se montrer imprudente. Elle devait penser à sa fille. Beth, de ce point de vue, n'avait pas tort. Grace n'avait rien à gagner à prendre des risques inutiles.

Mais était-ce prendre un risque que d'aller en plein jour rendre visite à Rusty dans sa boutique de Broadway ?

*

Le premier domino s'appelait Charlotte Sloane.

De cette mort découlaient les autres. Telle était la théorie de Grace.

Arrêtée devant Broadway Tattoos, elle apercevait un peu plus loin le poste de police. En cas de problème, elle pourrait facilement remonter la rue en courant. Elle poussa la porte de la boutique.

Elle trouva Rusty en conversation avec un ado. Il lui donnait des conseils sur la façon de prendre soin de son récent tatouage. Grace se tint quelques minutes à l'écart près de l'entrée. Le jeune client paya, puis s'en alla. Rusty s'approcha de Grace. Elle remarqua qu'un mince filet de sang rayait le T-shirt du tatoueur.

— Ne vous en faites pas pour ça, dit-il. Des fois, le sang éclabousse un peu. Rien de méchant. Alors, vous êtes décidée ?

— Non. J'ai encore besoin de réfléchir.

— Ah, lâcha Rusty sans cacher sa déception. Dans ce cas, que puis-je faire pour vous ?

— Je voulais vous parler du dessin que nous avons vu hier soir dans votre classeur.

— C'est bien ce que je craignais, soupira Rusty. J'ai vu tout de suite que votre amie l'avait reconnu.

Grace repensait à leur visite de la veille. C'était vrai : Joss avait interrogé le tatoueur à propos du dessin. Voilà un aspect des choses qui n'avait pas intrigué Grace. Pour elle, le dessin s'inspirait du cadran solaire visible dans le jardin de Shepherd's Point. Mais pour Joss ? Qu'est-ce qui avait éveillé la curiosité de Joss pour ce motif ?

— En fait, reprit Grace, le dessin n'est pas né de votre imagination.

— Je savais que vous aviez compris cela. Écoutez, je ne veux pas d'ennuis. Vous ne préférez pas laisser tomber ?

Rusty prit une expression de chien battu, ce qui rassura Grace en un sens ; ce n'était pas sans anxiété qu'elle avait franchi le seuil de sa boutique. Elle insista :

— Vous ne voulez pas me dire ? Vous préférez que je prévienne la police ? Qu'ils viennent vous interroger eux-mêmes ?

Elle recula vers l'entrée.

— J'ai une explication, reprit-il. Mais il faut me promettre de ne pas en parler à la police.

— Ça dépend.

Rusty était dans une mauvaise posture, et il le savait. Il avait choisi l'option de fournir à cette femme une explication susceptible de la satisfaire ; c'était toujours mieux que la perspective de voir débarquer les flics. Les policiers refuseraient de le croire ; cette femme, c'était différent.

Il revint donc sur son expérience comme chauffeur de l'amiral.

— J'étais dehors, ce soir-là. J'attendais mon supérieur qui faisait la fête avec les autres huiles du Country Club. J'étais là à fumer des cigarettes dans la bagnole. Je me disais que ça devait être génial, de pouvoir faire des dons destinés à aider les oiseaux. Donner du fric pour qu'ils puissent continuer à voler. Moi, avec ma solde minable, je n'arrivais pas à mettre un sou de côté.

Grace compatissait.

— Bref, poursuivit Rusty, Charlotte Sloane est sortie, l'air bouleversé. Elle me voit. Elle me demande si je peux la conduire quelque part. Je n'étais pas supposé m'éloigner, mais je n'ai pas pu lui refuser ça. Elle était trop belle, trop lumineuse dans sa petite robe en fil d'or. Une vraie Cendrillon.

Rusty se tut un instant, puis continua :

— Elle avait une photo à la main. C'est cette photo qui l'avait mise dans tous ses états. Je l'observais dans le rétroviseur. Elle avait allumé le plafonnier. Elle regardait sa photo en bredouillant des trucs à propos de quelqu'un qui l'avait trompée, qui mentait, tout ça. Je lui ai demandé ce qui n'allait pas. Elle n'a rien voulu me dire. Elle m'a juste répondu qu'elle devait aller à Shepherd's Point. Je l'ai laissée à l'entrée. Et je suis retourné dare-dare au Country Club. L'amiral n'a jamais su que je m'étais absenté.

— Mais le dessin, Rusty ?

— Le lendemain matin, je nettoie la voiture, et je trouve une boucle d'oreille sur le plancher. J'étais prêt à la rendre à sa propriétaire – j'étais un gars honnête. C'est alors que j'apprends que Charlotte Sloane a disparu. Impossible de rendre le bijou. On aurait pensé que j'avais quelque chose à voir là-dedans.

— C'est pour ça que vous n'êtes jamais allé vous confier à la police…

— Regardez-moi, dit Rusty, ouvrant les mains d'un air implorant. Je suis exactement le genre de type auquel les flics adorent faire porter le chapeau. Une cible tellement facile ! Souvent je me suis dit que j'allais aller les voir et tout leur raconter. Mais j'avais peur. Ils risquaient de me transformer en coupable. Puisque j'étais la dernière personne à avoir vu Charlotte vivante…

— Vous n'étiez pas la dernière personne, Rusty. La dernière personne à avoir vu Charlotte vivante, c'est son assassin.

112

Il importait maintenant de savoir pourquoi le dessin avait éveillé la curiosité de Joss. Grace quitta Broadway Tattoos hantée par cette question. Des yeux, elle chercha un taxi. Qu'avait appris Joss ? Grace était maintenant résolue à le savoir. Un taxi s'arrêta.

Grace demanda au chauffeur de la conduire chez les Vickers.

*

C'est Joss elle-même qui vint ouvrir, vêtue d'un bikini. Elle fut surprise de la visite.

— Grace ! Qu'est-ce que tu fais là ?

— Je suis venue te parler.

Joss ricana :

— Ne me dis pas que tu viens faire des gorges chaudes. J'éviterais, si j'étais toi. J'ai quitté le stage, Grace. On ne peut pas dire que tu aies gagné avec les honneurs. C'est une victoire faute d'adversaire. Une victoire facile. Pas de quoi se vanter.

Grace avait fortement envie de tourner les talons, mais elle se maîtrisa. *Laisse-la vider son sac de bile. Essaie plutôt de trouver ce que tu es venue chercher.*

— L'important, dit-elle, ce n'est pas de savoir qui a gagné. Il se passe des choses terribles. Maud, Sam. Zoé, maintenant. Il est de notre devoir de contribuer à l'établissement de la vérité, Joss.

Joss la dévisageait d'un air de profond scepticisme.

— Ouais, dit-elle. Pour que tu ramasses la mise. Une bonne affaire pour Key News, c'est ça ?

— Non, ce n'est pas ça. Ce serait surtout une bonne affaire pour les citoyens honnêtes de cette ville.

Joss baissa les yeux vers ses pieds nus et ses orteils aux ongles peints. Elle finit par inviter son ex-rivale à entrer.

*

Grace alla s'asseoir sur le sofa à la même place que lors de sa conversation avec Maud le soir du *clambake*. Mais Joss ne vint pas s'installer à côté d'elle. Elle préféra prendre un fauteuil en face.

— Très bien, dit-elle. De quoi voulais-tu me parler ?

— Je sors de Broadway Tattoos.

— Et alors ?

— Alors Rusty m'a expliqué où il avait pris son modèle. Tu sais, ce dessin qui t'a intriguée toi aussi.

— Qu'est-ce qu'il t'a dit ? demanda Joss nerveusement.

Grace jugea qu'elle devait lui donner quelque chose si elle ne voulait pas repartir les mains vides.

— Il dit qu'il a copié un motif de boucle d'oreille. Une boucle d'oreille que Charlotte Sloane aurait perdue dans sa voiture la nuit de sa disparition.

— Merde, soupira Joss.

Elle décroisa ses jambes nues et se pencha en avant.

— Alors c'est peut-être lui.

— Ne tirons pas de conclusions trop hâtives, Joss. Ce dessin a éveillé ta curiosité, quand tu feuilletais le classeur de Rusty. Et je me demande pourquoi.

Elle pouvait presque voir tourner la machinerie sous le crâne de son interlocutrice.

— Oh ! après tout, soupira Joss, qu'est-ce que ça peut faire ? Attends une minute.

Elle quitta son fauteuil et sortit de la pièce. Elle revint avec un petit sac à main dont elle tira une feuille de papier pliée en quatre. Elle tendit le papier à Grace.

C'était le même dessin ; un croquis du cadran solaire.

— Rusty a peut-être une des deux boucles d'oreilles, Grace. Mais l'autre, c'est la police qui l'a. Elle a été retrouvée dans la poche de Charlotte. Les flics n'en ont pas parlé.

— Alors comment le sais-tu ?

— J'ai mes sources.

Le ton employé signifiait clairement qu'elle n'en dirait pas plus sur ce point.

— Mais tu peux me croire, reprit-elle. La boucle d'oreille, je l'ai vue de mes yeux.

Grace approuvait le principe consistant à ne pas révéler ses sources. C'est pourquoi elle choisit de ne pas insister. Mais il y avait un autre dessin en bas de la feuille, et cela l'intriguait.

— Qu'est-ce que ça représente ? demanda-t-elle.

— C'est l'autre indice retrouvé dans la robe de Charlotte. Un mouchoir de soie jaune.

*

Joss regardait Grace redescendre l'allée. Le journal intime de Charlotte lui revint en mémoire. Elle fut sur le point de rappeler Grace, puis se ravisa. Elle n'en avait déjà que trop dit.

113

Formidable.

Les résultats de l'autopsie avaient penché en faveur de la thèse de l'accident.

Cependant le terrain n'était pas entièrement dégagé. Sam Watkins pouvait encore s'en sortir. Le tout était de garder espoir. Et de s'armer de patience.

Dieu soit loué, Zoé Quigley, elle, ne parlerait plus.

Il restait cette Grace Callahan. Mieux valait qu'elle ne s'approche pas trop près.

Grace se doucha, se fit un shampooing, puis sécha longuement ses mèches et ses boucles couleur de miel. Elle se maquilla avec un soin tout particulier. Elle souligna ses yeux d'un trait gris bleu. Elle se passait du mascara sur les cils quand elle s'aperçut que ses ongles étaient abîmés. Elle n'avait plus le temps d'aller voir la manucure. Elle fouilla dans sa trousse de maquillage, et y trouva une lime en carton.

Elle enfila son peignoir. Elle regagna la chambre où elle s'assit au bord du lit pour se limer les ongles. Au bout de quelques minutes, elle avait les mains présentables.

Il lui restait un quart d'heure avant le départ pour les Ormes et le Bal bleu. Elle avait décidé de mettre sa robe à la dernière seconde : le lin se froisse si facilement ! Elle profita de ce répit pour s'allonger sur le lit, les pieds surélevés. Un bref repos : voilà ce dont elle avait besoin.

Mais elle ne put se détendre. Elle ne cessait de ruminer l'histoire de Rusty et l'information que Joss lui avait communiquée.

Anxieuse, elle se dressa sur le lit. Elle avait besoin de rappeler Lucy. Elle tendait la main vers le téléphone quand son regard tomba sur le presse-papier en ivoire. Le cadeau d'Oliver qu'elle avait posé sur la table de nuit. Elle le prit. Elle en caressa la surface tendre et froide.

Elle avait une lime à ongles à portée de la main.

Pourquoi ne pas essayer le test de Kyle Seaton ? Simple affaire de curiosité. Elle plaça l'objet sur une feuille de papier et commença à limer doucement l'ivoire en attendant qu'une odeur d'os brûlé remonte à ses narines.

Mais c'est une odeur de plastique qui émanait de la poudre produite par la lime.

Le presse-papier d'Oliver était un faux.

*

On frappait à sa porte.

— Qui est là ? dit Grace.

— C'est moi. B.J.

— Un instant. J'arrive.

Le rendez-vous n'était pas fixé à la réception ?

Grace se hâta de faire glisser la fermeture Éclair de sa robe. Pieds nus, elle alla ouvrir.

B.J. apparut, tout bronzé dans son blazer marine. Il portait une chemise blanche amidonnée, une cravate bleu pâle, un pantalon beige bien repassé et des chaussures éclatantes. Il présenta à Grace une petite boîte carrée.

— C'est pour moi ? Tu m'as acheté des fleurs ?

Ravie, elle jugea l'attention exquise. Depuis combien de temps un homme qui lui plaisait ne lui avait-il pas offert de fleurs ?

B.J. affichait un large sourire, heureux de cette réaction.

— J'ai pensé que tu aimerais, dit-il.

— J'adore !

Des œillets.

— Ils sont exquis, B.J. Merci.

Elle retira avec précaution le petit bouquet de sa boîte.

— Tu crois que je devrais en porter un ? Où, à ton avis ? Sur ma robe, à mon poignet ?

B.J. tendit la main vers le visage de Grace, et en écarta une mèche blonde.

— Pourquoi pas dans tes cheveux ?

— D'accord. Assieds-toi une minute. J'arrive.

Elle retourna dans la salle de bains. Devant la glace, elle ramassa ses cheveux, les ramena tous d'un seul côté et y attacha l'œillet avec une barrette.

— Joli presse-papier, lança B.J. depuis la chambre.

Il soupesait l'objet.

— C'est un faux ! répondit Grace. J'ai fait le test.

— Le résultat n'a pas vraiment dû te surprendre…

— En fait, si. Vu d'où il vient. C'est Oliver Sloane qui me l'a donné. Aujourd'hui même.

— Tu plaisantes ?

— J'ai tenu à lui présenter mes condoléances. Ça l'a touché. Il a insisté pour que j'accepte le presse-papier, en souvenir de Maud.

— À ton avis, il savait que c'était un faux ?

Grace attachait la dernière barrette dans ses cheveux. Elle recula d'un pas pour mieux voir dans la glace l'effet produit par le bouquet.

— Ça m'étonnerait, dit-elle. Oliver Sloane m'a l'air du genre à toujours vouloir ce qu'il y a de mieux.

— Tu vas le lui dire ?

— Peut-être… Je ne sais pas encore. Tu sais, il y a de fortes chances pour que ce soit Kyle Seaton qui le lui ait vendu.

Elle arrangea une dernière fois ses cheveux.

— À quoi je ressemble ? dit-elle en revenant dans la chambre.

B.J. l'enveloppa d'un regard qui en disait long.

— Génial, dit-il. De la dynamite.

Dommage que Lauren Adams fasse la route en voiture avec eux.

Grace savait qu'ils ne partaient pas pour s'amuser mais pour travailler, cependant tout se passait comme si Grace et B.J. se préparaient à sortir ensemble. Grace enfila ses escarpins et prit son sac.

— On y va ?

Le faux ivoire et les boucles d'oreille en forme de cadran solaire venaient provisoirement de passer au second plan.

115

Izzie avait allumé une bougie près de la petite sculpture sainte dressée au bord de la baignoire. Elle se laissa glisser dans l'eau chaude, et poussa un gémissement de satisfaction.

— Ah…

Elle avait décidé de rendre son tablier au Viking. Elle ferait son week-end, et puis terminé.

Elle regarda fixement la statue. Une jeune femme en rose et bleu. Dotée d'une expression de grande sérénité. Pourtant, quel enfer elle avait enduré ! Jeune, belle, riche, elle avait vécu une vie tout entière consacrée à

Dieu. On l'avait battue, jetée en prison, torturée. On lui avait broyé les seins, avant de les lui trancher ; finalement, ils l'avaient poussée sur le lit de charbons ardents où elle devait trouver la mort.

— Sainte Agathe, pria Izzie dans un murmure, s'il te plaît, viens à mon aide.

Agathe, la sainte invoquée par les femmes frappées d'un cancer du sein, regardait l'employée de l'hôtel Viking. La foi chrétienne veut que les douleurs et les chagrins de ce monde soient transcendés par la promesse d'une éternelle félicité. Izzie comptait sur ce bonheur dans l'au-delà. Elle était impatiente de retrouver son Paddy. *Nous n'aurons plus longtemps à attendre, mon amour.*

Elle plongea dans l'eau un gant de toilette. Doucement, elle frotta la cicatrice sur son buste blessé. Elle ne quittait pas des yeux la statuette. Comme c'était étrange… Son existence adulte avait commencé avec une Agathe, et elle s'achèverait avec une autre. C'est chez Miss Agatha, à Shepherd's Point, qu'elle avait appris à faire les lits et à récurer les baignoires de porcelaine. Elle avait travaillé sous la férule sévère de Finola. Et elle serait toujours à Shepherd's Point, si elle et Paddy ne s'étaient pas trouvés dans la cabane de jeu le soir du terrible drame. Izzie se revoyait accroupie dans le souterrain, près du corps sans vie de Charlotte. Plus tard, une lettre de menace lui était parvenue ; c'est alors qu'elle avait préféré fuir Shepherd's Point et les affreux souvenirs qui la hantaient là-bas.

Izzie dut fournir un effort pour se relever. Elle s'essuya. Elle donna des tapes légères sur la cicatrice en forme de V dessinée sur sa poitrine. Elle décrocha le peignoir suspendu à la porte de la salle de bains.

Elle trottina jusqu'à la cuisine. Elle mit de l'eau à bouillir. Elle se prépara à ouvrir le courrier qui s'accumulait sur la table depuis le début de la semaine.

Des factures. Toujours des factures. Des factures et des courriers indésirables… Izzie prit une profonde inspiration. Il y avait une lettre dont elle connaissait l'écriture – cette grande écriture prétentieuse sur laquelle elle s'était penchée des centaines de fois. Encore une lettre de cette même personne qui avait menacé Paddy jadis, l'accusant d'avoir été présent sur la scène de crime. Mais c'est à elle, Izzie, que la lettre s'adressait aujourd'hui…

Elle sursauta. La bouilloire sifflait. Izzie alla fermer le gaz. Mais elle ne se donna pas la peine de verser l'eau sur le sachet de thé. Elle revint à la table. Ses mains tremblaient quand elle décacheta la lettre.

« *J'ai averti votre mari voilà quatorze ans. Maintenant, c'est vous. Les os ont été retrouvés dans le tunnel. N'allez surtout pas en profiter pour dire ce que vous savez. Ou ce que vous pensez savoir.*

J'ai toujours le portefeuille en ma possession. Ce portefeuille que vous avez oublié dans la cabane le soir où Charlotte Sloane est morte. Si vous vous avisez de montrer la photo à la police, je sors le portefeuille. Qui la police croira-t-elle, à votre avis ? Vous ou moi ? »

Izzie lut la lettre plusieurs fois, et sa peur se mua en colère. Avait-elle jamais rien fait de mal ? Elle avait aimé son Paddy au mauvais moment et au mauvais endroit, c'est tout ! Après, ils avaient vécu des années durant dans la terreur d'être accusés. À cause du portefeuille de Paddy. Combien de fois Izzie avait-elle pleuré toutes les larmes de son corps, disant qu'elle voulait se conduire honnêtement, aller se confier à la police, raconter aux inspecteurs ce qui s'était passé ? Mais ils n'avaient cessé d'étudier aussi cette photo tombée de la cabane de jeu, et qui avait atterri sur le corps de Charlotte. Chaque fois, ils étaient parvenus à la même conclusion : le cliché ne parlait pas, il n'aurait permis d'incriminer personne. Izzie et Paddy ne comprenaient pas pourquoi le meurtrier se tourmentait tellement pour la photo, mais une chose était sûre : s'il venait à produire le portefeuille, alors Paddy fournirait à la police un excellent coupable.

Izzie se leva. Elle ouvrit le buffet. Elle prit une boîte de gâteaux. Elle en souleva le couvercle. Ses mains tremblaient de rage quand elle toucha l'enveloppe en cellophane. Elle l'ouvrit. Trop, c'était trop.

Il lui restait peu de temps à vivre sur cette terre. Du moins s'en irait-elle dans l'autre monde la conscience tranquille. Elle avait la vieille photo. Elle avait les photocopies du journal intime de Charlotte – ces feuilles trouvées le jour même dans la corbeille à papier de l'hôtel. Elle allait remettre le tout à cette jeune journaliste, Grace Callahan. Grace était bonne. Peut-être ces indices lui seraient-ils de quelque utilité pour bien débuter dans sa carrière.

116

Le taxi attendit dans l'allée le temps qu'Oliver aille frapper à la porte d'Elsa. Oliver était en smoking. Son bouton de manchette en or brilla sur son poignet de chemise immaculé quand il leva une main impatiente vers le heurtoir en forme de mouette. La dernière fois qu'il les avait mis, ces boutons de manchette, c'était le soir où Charlotte avait disparu. Après, il n'avait pu les porter. C'était le dernier cadeau d'anniversaire de sa femme. Mais il savait désormais que Charlotte ne reviendrait plus. Elle était morte. Les boutons de manchette pouvaient être portés en sa mémoire.

Elsa ouvrit la porte, radieuse dans une robe de soirée moulante couleur d'azur, où s'accrochait une broche en diamant figurant un oiseau de mer. Sa chevelure était crêpée : c'est ainsi qu'elle et Charlotte étaient coiffées jadis pour leur première soirée de bienfaisance. Certes, elle ne serait jamais belle, songea Oliver, mais elle s'en sortait étonnamment bien. Elle était toujours plus ou moins la même, à cinquante ans comme à trente.

— Tu es magnifique, dit-il.

— Merci, Oliver. Oliver chéri. Entre boire quelque chose.

Il resta sur le seuil.

— Je pense qu'il vaut mieux pas. J'ai déjà bu un cocktail. Et la dernière chose dont j'ai envie, c'est d'avoir l'air ivre ce soir. Les gens ne vont pas me lâcher des yeux. Je serai encore plus surveillé que d'habitude.

— Comme tu voudras.

Elsa ne voulait le contrarier en aucune manière.
— Je vais chercher mon sac, dit-elle.

117

Chaque couple, à son arrivée, s'arrêtait pour la photo ; et l'assistant du photographe exposait déjà les premiers clichés sur un grand chevalet. Les participants ne se contentaient pas de débourser une coquette somme pour participer au Bal bleu, songea Grace qui observait la scène, ils devaient aussi mettre la main au porte-monnaie s'ils voulaient repartir avec un souvenir de la fête.

Les invités conversaient aimablement. Tout le monde se connaissait, bien sûr.

Les discussions retombèrent quand un nouveau couple se présenta à l'entrée : Elsa Gravell et Oliver qui la tenait par la taille. Grace vit les boutons de manchette en or scintiller sous le flash du photographe, et nota que c'était encore une fois le même motif : le cadran solaire, les boucles d'oreilles de Charlotte.

118

On va avoir Key News dans les pattes, se dit Mickey. Le camion satellite était garé près du dais en feuillage dressé à l'entrée de service ; voilà qui ne faciliterait pas le travail des serveurs quand ils voudraient passer avec leurs plateaux d'argent… D'ailleurs, voilà ! Deux serveurs en uniforme venaient de se rentrer dedans !

Mickey jura.

— C'était couru d'avance, grommela-t-il. Il faut qu'ils me déplacent ce sacré camion.

Il alla frapper avec insistance à la portière. Mais il eut quelque peine à éveiller l'attention du chauffeur qui dormait.

— Vous allez déplacer ce véhicule !

Scott Huffman ouvrit les paupières, jeta au restaurateur un regard indifférent, et lâcha :

— Je ne déplace rien du tout, mon pote. Sauf si c'est mon boss qui me le demande.

*

Mickey parcourut des yeux la pelouse magnifique semée d'érables, de tilleuls et d'arbres exotiques. Entre un massif de rhododendrons et un saule pleureur, il repéra un caméraman. Il marcha droit sur lui et attaqua sans cérémonie :

— Vos gars doivent dégager l'entrée de service. Le camion empêche mes serveurs de passer.

B.J. regarda dans la direction indiquée par Mickey.

— Pas de problème, vieux. On se calme. Je vais voir ce que je peux faire.

119

B.J. partit régler cette histoire de camion, et Grace se retrouva abandonnée à elle-même. Ses talons s'enfonçaient dans la terre, et les moustiques n'allaient pas tarder à passer à l'attaque. Jusqu'ici, la soirée ne ressemblait pas à l'interlude romantique dont elle avait rêvé. Quant à l'aspect professionnel des choses, il n'était guère plus brillant. Lauren avait plus envie de séduire et de nouer des relations avec les huiles de Newport que de réaliser des interviews pour alimenter l'émission du lendemain.

Grace décida de faire le tour de la propriété. Marchant sur la pointe des pieds pour ne pas salir davantage ses escarpins vernis, elle se dirigea vers une gloriette qui marquait l'entrée d'un escalier donnant sur un jardin en terrasse planté de bégonias roses et blancs. Grace se retourna vers la maison. D'ici, elle découvrait l'ensemble de la fête…

On pouffa de rire derrière elle.

Il y avait quelqu'un près de la gloriette.

Invisible du reste de la réception, son ex-mari était occupé à embrasser une femme aux cheveux noirs. D'habitude, c'était après les blondes qu'il courait. Quoi qu'il en soit, cette femme-là n'était pas Jeanne.

*

Grace hésitait sur la façon de procéder. Elle finit par s'éclaircir la gorge, assez fort pour attirer l'attention de ce couple aux lèvres unies. Grace aurait voulu pouvoir filmer la scène. Et l'expression qui se peignit sur la figure de Frank.

— Mon Dieu… Grace ?

Grace ne put réprimer un petit sourire suffisant.

— Charmante soirée, non ? dit-elle.

Il se tourna vers sa compagne.

— Tu veux bien m'excuser une minute ? Je te rejoins tout à l'heure.

La brune se détacha de Frank et prit la direction de la tente bleue. Elle ne semblait pas contrariée outre mesure. *Elle est sûrement mariée elle aussi*, songea Grace.

Grace regardait son ex-mari en secouant la tête.

— Je croyais que c'était le grand amour, avec Jeanne, dit-elle.

— Laisse tomber, Grace. Ce ne sont pas tes affaires.

— Ah bon ? Tu veux que notre fille vienne vivre avec vous, dans votre maison parfaite, et ce ne seraient pas mes affaires ? Voyons un peu…

Elle croisa les bras et posa un doigt sur son menton.

— Je me demande ce que le juge pensera à l'idée de placer un enfant chez un coureur de jupons… Pour tout dire, je me demande aussi ce que Jeanne penserait de tout ça. Je vais peut-être aller lui parler tout de suite, tiens. Quand elle saura ce qui se passe, tu n'auras plus de maison du tout.

Frank s'essuya le coin de la bouche, et considéra les traces de rouge à lèvres imprimées sur le mouchoir. Il était pris au piège.

— Très bien, Grace. Tu as gagné.

— Tu laisses tomber pour la garde de Lucy ?

— À condition que tu ne dises rien à Jeanne.

— Je veux que tu règles ta pension alimentaire en retard. Et que tu t'engages à payer régulièrement désormais.

Il lui jeta un regard méprisant.

— Je n'ai pas le choix, dit-il.

— En effet. À part ça, qu'est-ce que tu fais ici ?

— Jeanne tenait absolument à assister à une mondanité à Newport. Elle en a fait tout un plat…

— Où est-elle ? dit Grace en se tournant vers les invités. Je ne l'ai pas vue.

— Je ne sais pas. Quand je l'ai laissée, elle bavardait avec des bonnes femmes de la haute société.

— Et Lucy ?

— Restée à l'hôtel.

— Toute seule ?

La fureur la gagnait, maintenant.

— Elle est assez grande pour passer une soirée toute seule, Grace. On l'a bien laissée prendre le train sans nous !

— Ce n'est pas la même chose. Une heure de train dans la journée, ce n'est pas comme une soirée entière dans une chambre d'hôtel.

120

Grace tourna le dos à Frank et s'éloigna de la gloriette. Elle en avait l'estomac noué. Lucy, seule dans une chambre d'hôtel… Était-elle assez grande, on pouvait toujours en discuter… Mais compte tenu des circonstances, c'était impensable. Si jamais il lui arrivait quelque chose, elle n'aurait pas assez de toute une vie pour se le pardonner !

Elle aperçut près de la tente immense l'inspecteur Manzorella, en costume sombre et cravate rayée, avec pochette assortie. Il scrutait la foule des invités de ses yeux noirs, les traits empreints d'une expression solennelle. Grace ne se dirigea pas vers lui. Elle avait autre chose à faire. Et elle était pressée.

Elle trouva B.J. près de l'allée ; le camion avait été déplacé.

— B.J., dit-elle, je suis navrée, mais je dois absolument faire un saut à l'hôtel…

Il la regarda d'un air d'incompréhension.

— Qu'est-ce qui ne va pas ? Tu es malade ?

— C'est Lucy. Mon mari… Mon ex-mari, je veux dire, l'a laissée toute seule. Et ça ne me plaît pas du tout…

Elle s'excusa :

— Il faut que j'aille voir si tout va bien, B.J.

— Bien sûr. Je comprends.

Il ne cachait pas sa déception. Il tira des clés de sa poche.

— Prends la voiture. Lauren et moi, on se débrouillera pour rentrer. Ne t'en fais pas. Tout ira bien ici.

— Je sais que tout ira bien.

Il était évident que B.J. et Lauren n'avaient pas besoin d'elle pour faire ce qu'ils avaient à faire. Grace n'avait plus qu'à faire une croix sur sa soirée avec B.J., et sur la chance qui lui était offerte de couvrir un événement mondain.

Peut-être y avait-il là une leçon à tirer. Elle continuait à vouloir placer l'intérêt de sa fille avant la réussite de sa carrière. Cependant elle n'aurait pas hésité à la laisser seule pour aller travailler, à condition d'être certaine que Lucy était en sécurité. Or les circonstances étaient exceptionnelles. Précisément, Lucy était-elle en sécurité ? Grace n'en était pas certaine.

Elle savait donc ce qui lui restait à faire.

*

— Lucy, c'est moi. Ouvre.

Grace frappait à la porte. Elle entendait à l'intérieur le son de la télévision, et l'émission préférée de sa fille : « Law & Order. »

Elle frappa plus fort.

— C'est maman, Lucy. Ouvre, chérie.

Où était-elle passée ? Grace sentait s'accélérer les battements de son cœur. *Ne panique pas*… Lucy s'était peut-être endormie. Ou bien elle était dans la salle de bains.

Grace gagna les ascenseurs et décrocha le téléphone mural en écrasant le combiné entre ses doigts. Douze sonneries plus tard, Lucy n'avait toujours pas répondu. Des scénarios de terreur traversaient les pensées de Grace. Lucy : il l'avait laissée toute seule ! Elle eut envie de tuer Frank. De lui briser le cou de ses mains !

Elle avait raccroché. Elle réfléchissait à ce qu'elle devait faire quand la porte de l'ascenseur s'ouvrit. Lucy apparut avec un grand sourire.

— Salut, maman. Qu'est-ce que tu fais là ?

— Mon Dieu, Lucy…

Elle étreignit sa fille.

— J'étais si inquiète…

Lucy l'observait, intriguée.

— Je suis juste descendue acheter des barres chocolatées. Ce n'est pas une bien grosse bêtise, si ?

— Non, ma chérie.

Grace n'avait aucune envie de faire de Lucy une adulte peureuse et angoissée. Et Lucy n'avait rien fait de mal.

— Qu'est-ce que tu fais là ? répéta l'enfant.

Grace ne voulait pas non plus lui mentir.

— Il se passe des choses inquiétantes, ici. Et je ne suis pas d'accord pour que tu restes toute seule.

— Papa a dit qu'il n'y avait pas de problème.

Elle essayait d'ouvrir avec ses dents l'emballage d'une de ses friandises.

— Eh bien, reprit Grace fermement, ce n'est pas mon avis. Allons, viens dans ma chambre. Je voudrais pouvoir ôter cinq minutes ces chaussures neuves qui me font mal.

— Tu es géniale, maman, habillée comme ça.

Elles attendaient que la porte de l'ascenseur s'ouvre à nouveau.

— Merci, chérie.

— Comment tu as su que j'étais restée toute seule ?

— Papa me l'a dit.

— Ah ! Tu l'as vu à cette soirée où ils allaient avec Jeanne ?

— Oui. C'est là-bas que je l'ai vu.

Et comment, je l'ai vu ! Grace ne put s'empêcher de sourire au souvenir de cette rencontre ; et à l'idée d'avoir sa fille avec elle pour toujours…

121

L'inspecteur Manzorella continuait à s'intéresser à la physionomie des invités et aux bribes de conversation qu'il arrivait à surprendre. Mais l'appel qu'il reçut sur son portable l'excita beaucoup plus que le Bal bleu.

Sam Watkins avait repris conscience.

Manzorella se rua vers sa voiture et démarra en trombe. Direction : l'hôpital.

122

L'équipe de jour avait fini depuis longtemps, et toutes les femmes de chambre étaient parties. Izzie arriva par l'entrée du personnel avec l'espoir de ne rencontrer aucune de ses collègues de l'équipe de nuit. Elle n'avait pas envie de faire la causette à qui que ce soit.

Elle avait fourré l'enveloppe dans son sac.

Elle gagna le deuxième étage par l'ascenseur, remonta le couloir et frappa à la chambre de Grace Callahan. S'il n'y avait personne, elle glisserait l'enveloppe sous la porte. Elle laisserait aussi son numéro, afin que Grace puisse la rappeler.

Mais Grace était dans sa chambre.

— Oui ?

Elle ne reconnut pas tout de suite Izzie qui n'avait pas revêtu sa blouse de l'hôtel, mais portait un pantalon de toile et une chemise à carreaux. Cependant la mémoire lui revint grâce aux cheveux ras.

— Bonjour. Je suis Izzie O'Malley.

La voix s'éleva vers les aigus à la fin de sa phrase : on aurait presque pu croire à une question.

— Bien sûr, Izzie… Comment vous sentez-vous ?

— Mieux, mentit la femme de chambre.

— Voilà qui me fait plaisir, reprit Grace.

Elle la regarda, l'air d'attendre la suite.

— En quoi puis-je vous aider ?

— Eh bien… Je me suis dit que nous pourrions en fait nous aider mutuellement.

Enfouie dans un fauteuil, Lucy grignotait ses barres chocolatées tout en suivant distraitement ce qui se passait à la télévision. Izzie s'assit pour étaler sur le secrétaire le contenu de son sac à main – des photocopies et une enveloppe.

— Je me trouvais à Shepherd's Point le soir où Charlotte a été assassinée, dit-elle à voix basse.

Grace était stupéfaite. La femme de chambre poursuivit sa confession :

— Paddy… C'était mon petit ami, mon futur mari. On était tous les deux dans la cabane de jeu, en train de faire quelque chose que nous n'aurions pas dû… On a entendu mademoiselle Charlotte venir… On connaissait le tunnel. Alors, on s'est sauvés par là.

Grace retint sa respiration, puis demanda :

— Qui était avec Charlotte ?

— Je ne sais pas. Mais ce que je sais, c'est qu'il n'aimerait pas voir ceci sortir au grand jour…

Elle ouvrit l'enveloppe.

— Voilà quatorze ans que j'observe cette photo. En

vain. Regardez. Voyez si elle vous dit quelque chose. Paddy et moi, on n'a jamais pu la faire parler. Attention de ne pas la toucher, surtout. C'est une pièce à conviction. La dernière personne à l'avoir eue entre les mains, à part Paddy et moi, c'est le meurtrier de Charlotte Sloane.

Grace prit le cliché en le tenant par les bords, et le présenta à la lumière de la lampe. C'était le même format que les photos exposées tout à l'heure sur le grand chevalet à l'entrée de la réception. Celle-ci, prise du fond d'une salle, montrait une assistance en habit, et une femme qui s'exprimait à la tribune. On ne voyait pas les visages des gens qui écoutaient le discours, mais en observant l'image de près, on devinait que la personne à la tribune n'était autre que Charlotte Sloane.

— Je ne vois pas quel danger peut représenter cette photo pour le meurtrier, dit Grace.

— Moi non plus, admit Izzie. Mais le fait est qu'il s'en sert depuis quatorze ans pour nous réduire au silence, Paddy et moi. Parce que, voyez-vous, dans notre hâte à nous enfuir, nous avons perdu quelque chose. Enfin, Paddy a perdu quelque chose : son portefeuille. Le meurtrier nous a écrit pour nous menacer de remettre le portefeuille à la police si nous parlions de la photo à qui que ce soit. Selon lui, le portefeuille nous aurait aussi sec transformés en coupables. Pas plus tard qu'aujourd'hui, j'ai encore reçu une lettre…

Izzie présentait deux lettres à Grace : une récente, et une autre jaunie.

— J'ai aussi quelque chose pour vous. Je pense qu'il s'agit du journal intime de Charlotte.

Grace considérait cet amas de pièces à conviction, et en particulier les feuillets du journal.

« Quelle idiote. Pourquoi faut-il que je sois si naïve ? Les gens mentent et trichent tout le temps. La déception de ce soir au Country Club, c'était trop. »

— Pourquoi me donnez-vous tout ça à moi, Izzie ?

— L'heure est venue de laisser agir le destin. J'ai vécu trop longtemps avec ce secret. Et comme vous avez pu vous en rendre compte, je ne vais pas bien. Même si la police venait à m'accuser, je ne pourrirais pas longtemps en prison. Il ne me reste guère de temps à vivre. Quand je serai devant le Créateur, je n'ai pas envie de L'entendre me demander pourquoi je n'ai pas dit ce que je savais.

— Vous pourriez aller le dire à la police.

Grace regardait toujours les documents étalés sur la table.

— J'ai pensé que je pouvais faire d'une pierre deux coups. Dire ce que je sais pourrait être une façon de vous aider. Vous avez là de quoi impressionner vos patrons. Vous avez été bonne avec moi. Disons que je vous renvoie l'ascenseur.

— Honnêtement, Izzie, c'est à la police qu'il faut remettre ces pièces à conviction.

Grace s'exprimait d'un ton inflexible. Elle ne se sentait pas préparée à conserver des documents de cette importance alors que le meurtrier courait toujours.

— C'est à vous de voir, ma chère, reprit la femme de chambre. Faites comme vous voudrez. Moi, je suis trop fatiguée pour m'en occuper.

Grace jeta un coup d'œil à la pendule. Il n'était que 21 heures. L'inspecteur Manzorella devait encore être aux Ormes. Le mieux était de lui apporter sur-le-champ la photo et les copies du journal ; de lui raconter aussi l'histoire d'Izzie.

« La déception de ce soir au Country Club, c'était trop… » Grace relisait le journal de Charlotte. Que s'était-il passé à cette soirée de bienfaisance ? Qu'était-il arrivé avant que Charlotte ne disparaisse ? D'après Rusty, elle regardait une photo qui la bouleversait. La réponse, à n'en point douter, figurait sur le cliché d'Izzie.

— Je vais aller tout de suite remettre ces éléments à la police, dit-elle. Je pense qu'il n'y a pas de temps à perdre.

— Je sais que vous ferez pour le mieux.

Grace se tourna vers Lucy toujours enfouie dans son fauteuil. Pouvait-elle emmener sa fille avec elle ? Comme lisant dans ses pensées, Izzie reprit :

— Je peux rester avec la petite, si vous voulez. Moi, ça ne me dérange pas.

Mais Lucy, qui avait écouté toute la conversation, était tout excitée à l'idée d'un suspense surgissant dans la vraie vie.

— Pas question de rester ici, maman. Je viens avec toi.

*

Grace et Lucy se mirent en route pour les Ormes, mais avant de quitter l'hôtel, elles passèrent par la salle de rédaction. Grace alla tout droit à l'étagère des vidéos. Elle y trouva le reportage tourné par la chaîne locale WPRI lors de la première soirée donnée par l'Association pour la sauvegarde des oiseaux en danger. Grace demanda à un technicien de la mettre dans le lecteur.

C'étaient bien les images qu'elle avait visionnées avec B.J. quelques jours plus tôt, mais elles prenaient une tout autre signification à présent. Certains visages – alors plus jeunes – lui étaient désormais connus. Le professeur Cox avait les cheveux noirs. Kyle Seaton, lui, avait encore des cheveux. Tous deux étaient en smoking. Et ce serveur, n'était-ce pas Mickey ?

Grace cligna des yeux, puis sourit. Même l'inspecteur Manzorella était là, vêtu d'un blazer bleu. Il se servait d'un talkie-walkie. Sans doute s'occupait-il de la sécurité…

— Tu viens, maman ? Je m'ennuie.

— J'en ai encore pour une minute, chérie. C'est important.

Les invités dansaient. On reconnaissait Charlotte, Oliver, Elsa Gravell. La vidéo était finie. Grace se tourna vers le technicien :

— Vous n'auriez pas une loupe, par hasard ?

— Non. Mais mes lunettes ont des verres sacrément forts. Alors, si vous voulez essayer…

Il lui tendait ses lunettes.

Grace promena les verres grossissants sur le cliché d'Izzie. À présent qu'elle avait visionné ce reportage, deux détails lui parurent importants.

123

En route pour les Ormes, Grace s'efforça de contenir l'enthousiasme de sa fille.

— Ce n'est pas un jeu, chérie. On n'est pas en train de jouer aux gendarmes et aux voleurs. Il y a des gens qui sont morts pour de bon.

— Je sais, maman. Mais c'est trop géant d'être dans une histoire comme à la télé.

— Ce n'est pas géant, Lucy. C'est dangereux.

Le ton employé par Grace était des plus ferme.

— Quand on sera arrivées, il faudra que tu restes où je te dirai, et que tu n'en bouges plus. Pas question d'aller te promener. Les risques sont trop grands. Je ne veux pas que tu sois mêlée à tout ça.

— Je pourrai au moins aller voir le tunnel ? C'est bien la maison avec le tunnel, non ?

Lucy était résolue à tirer le meilleur parti de cette aventure inattendue.

— On verra, chérie. Si on a le temps. Mais n'y compte pas trop ce soir.

*

Où caser Lucy ? Grace cherchait un endroit où l'enfant serait en sécurité, où personne ne risquait de venir l'importuner. Elle ne pouvait tout de même pas la laisser vagabonder à son gré dans la fête ! Il ne serait pas convenable non plus de l'avoir auprès d'elle pendant son entretien avec l'inspecteur. Il y avait bien le camion satellite, mais Grace pouvait-elle décemment demander à Scott Huffman de jouer les baby-sitters ? Cette option fut promptement écartée.

— Pourquoi je n'irais pas avec papa et Jeanne ? suggéra Lucy.

Grace n'en avait guère envie, mais elle y consentit car, après réflexion, c'était la meilleure des solutions. Frank, après tout, était son père.

— D'accord, dit Grace. Je les vois. Ils sont là-bas…

Elle pointait le doigt vers l'extrémité de la pelouse, un peu plus bas.

— Vas-y, Lucy. Je ne te quitte pas des yeux jusqu'à ce que tu sois avec eux.

124

Grace prit le chemin de la tente, essayant de repérer parmi tous ces visages celui qu'elle cherchait. Les gens s'amusaient et dansaient sous des nuées d'oiseaux blancs projetés sur le plafond. Pas de signe de l'inspecteur Manzorella. Ni sous la tente ni ailleurs.

Sans doute était-il déjà parti. Grace décida de l'appeler. Elle sortait de la tente avec l'intention d'aller emprunter son téléphone à B.J. quand elle aperçut Kyle Seaton. Rien d'étonnant, songea-t-elle. Nombre de ses bons clients devaient se trouver ici, au sein de la bonne société. Cela dit, il était seul. Elle s'approcha de lui et attaqua la conversation par ces mots :

— J'ai essayé votre test. Aujourd'hui même.

— Je vous demande pardon ?

— Le test avec la lime en carton, vous savez.

— Ah ! bien sûr, dit-il avec répugnance. Et pourquoi donc avez-vous fait cela ? Pour tester une de ces cochonneries vendues dans les boutiques de souvenirs ?

— Non. J'ai essayé sur une belle pièce. Un presse-papier. Un objet que m'a donné Oliver Sloane, et qui venait de sa propre collection.

Grace avait lâché sa petite bombe en étudiant la réaction du spécialiste. Elle ajouta :

— C'est drôle, ça ne sentait pas du tout l'os brûlé. Ça sentait le plastique.

Kyle se tut.

Grace s'excusa, et poursuivit son chemin.

125

Le professeur Cox dansait avec une de ses jeunes collègues, mais son esprit était occupé par des méditations anthropologiques. Dans l'espèce humaine, songeait-il, les femelles ne semblaient pas se soucier de l'âge de leur partenaire. Et même, dans bien des cas, elles allaient jusqu'à rechercher des partenaires plus âgés. Chez les mâles, c'était exactement l'inverse. Gordon, pour sa part, ne trouvait rien à redire à cette réalité. Son problème, c'était sa douleur au genou. Il s'efforçait de l'oublier grâce à sa compagne de ce soir, une assistante de la fac du nom de Susie Gonzalez.

Gordon était également déçu par son expérience avec Key News. Il attendait maintenant d'encaisser son gros chèque et de dire adieu à ces gens. Si la chaîne faisait de nouveau appel à lui cet automne, comme il en avait été question, il n'était pas sûr de répondre oui. Certes, l'argent était une chose importante, mais son rêve aussi.

Gordon avait consacré des années de son existence à obtenir l'ouverture du tunnel aux esclaves. C'était sa quête. Un but auquel il ne renoncerait jamais.

126

B.J. vit Grace et, aussitôt, son visage s'éclaira de joie.

— Tu es revenue ?

— Obligée, répondit-elle.

Elle tira les documents de son sac.

— Cherchons un endroit mieux éclairé, dit-elle. Je voudrais te montrer quelque chose.

Ils pénétrèrent dans la maison par l'entrée de service. Un couloir les mena à une salle où l'Association mettait en vente des objets au bénéfice des espèces en danger. La pièce était envahie par tout un bric-à-brac, mais Grace repéra au fond une table libre. Elle y étala les lettres, les photocopies du journal intime et la photo. Et elle fit à B.J. le récit de sa conversation avec Izzie.

— Il n'y a pas grand-chose à voir sur cette photo, dit B.J.

— Regarde mieux.

Elle ajouta :

— La main de cet homme, là, en train de caresser le dos de la femme…

— Mm…

— Si tu avais une loupe, tu distinguerais les boutons de manchette. Des boutons en forme de cadran solaire. Le même cadran solaire que dans le jardin de Shepherd's Point. Le même motif que les boucles d'oreilles de Charlotte Sloane…

Grace se tut quelques secondes, puis conclut :

— Oliver Sloane porte ce soir des boutons de manchette identiques.

— Comment as-tu appris tout ça ?

— C'est une longue histoire, B.J., se hâta de répondre Grace. Si tu ne me crois pas, tu sors, tu vas voir Oliver Sloane et tu vérifies toi-même.

— Je te crois. Bien sûr, que je te crois.

Il examinait de nouveau le cliché.

— D'accord, dit-il. Ce bouton de manchette appartient à Oliver Sloane. Ça ne veut pas dire qu'il a tué sa femme.

— C'est vrai, admit Grace. Mais c'est son épouse qui est à la tribune. Par conséquent, c'est le dos d'une autre femme qu'il est en train de caresser.

B.J. sourit.

— Bon, Oliver a déconné. Ça non plus ça ne fait pas de lui un assassin. On peut divorcer facilement. Il n'avait pas besoin de tuer Charlotte…

— Je sais qui est l'autre femme.

B.J. attendait la suite.

— Maintenant, reprit-elle, regarde le bas de cette robe, là…

— Oui…

— J'ai visionné la vidéo qui a été tournée à la soirée de bienfaisance il y a quatorze ans. La femme qui porte cette robe s'appelle Elsa Gravell.

— La même Elsa Gravell qui préside la soirée aujourd'hui ?

— Exactement. C'était la meilleure amie de Charlotte.

B.J. haussa les épaules.

— Admettons qu'Elsa et Oliver soient des traîtres, dit-il. Ça ne prouve toujours rien. En plus, il est difficile d'imaginer qu'Oliver soit allé jusqu'à éliminer sa propre fille. Si tant est que la mort de Maud soit un meurtre.

— Je continue de penser que je devrais aller parler de tout ça avec la police. Je peux emprunter ton téléphone, s'il te plaît ?

Mais ils étaient dans une maison dont les murs épais empêchaient les communications de passer. Grace dut sortir pour téléphoner.

*

Elle alla sous le dais de feuillage composer le numéro de la police.

— L'inspecteur Manzorella est à l'extérieur.

— Ce que j'ai à lui dire est très important.

— Je peux prendre un message.

Grace hésita. Mais elle avait besoin de se libérer de ces informations.

— D'accord, dit-elle. Dites-lui que Grace Callahan a appelé. Je suis en possession d'une photo ancienne qui pourrait l'aider à identifier l'assassin de Charlotte Sloane. Je vais vous donner le numéro de mon beeper.

127

À l'hôpital, l'inspecteur Manzorella fut prévenu par l'infirmière :

— Il n'a pas les idées complètement nettes. Il ne se souvient plus de grand-chose. Juste qu'il est allé aux Breakers. Après, il ne sait plus… Il ne se souvient pas d'avoir été frappé à la tête. Encore moins de la personne qui l'aurait attaqué.

— Vous croyez que ça va lui revenir ? demanda l'inspecteur sans cacher son impatience.

— Difficile à dire. Il y a un blocage. Le patient se protège.

Voilà qui est peu concluant, songea Al Manzorella. Et guère satisfaisant.

— Je veux le voir, dit-il.

128

Lauren Adams s'était enfin décidée à interrompre ses mondanités pour réaliser quelques interviews. Elsa Gravell avait dit devant la caméra de B.J. combien il importait de sauver les oiseaux menacés dans l'État de

Rhode Island. B.J. avait tourné également des images des serveurs présentant aux invités les plats somptueux de la maison Seasons Catering. Mickey Hager, le restaurateur, apparaissait lui-même dans le reportage, fier de sa prestation.

Pourtant, B.J. estima qu'il valait la peine de faire deux ou trois interviews supplémentaires avant de rentrer au Viking monter les vidéos. Le hasard voulut qu'il tombe sur Frank Callahan et Jeanne. Il leur demanda s'ils voulaient bien répondre à quelques questions de Lauren Adams. Leur réponse fut un oui enthousiaste.

— C'est pour l'émission de demain ? voulut savoir Jeanne.

— Oui, confirma B.J. Mais je ne peux pas vous garantir que votre séquence sera prise.

— Pourvu qu'ils la prennent ! dit Jeanne en faisant la moue.

Frank s'empressa d'intervenir :

— Vous savez, mon ex-femme travaille dans votre émission. Grace Callahan. Elle a de l'influence ?

B.J. accepta aussitôt d'accorder plus d'attention au sujet. Il considéra brièvement la musculature de son interlocuteur. Ainsi, c'était l'homme que Grace avait choisi pour partager sa vie et avoir un enfant. Physiquement parlant, il produisait un certain effet. Mais cela ne le rendait pas aimable pour autant, estima B.J. Il reconnut la fillette qui était avec eux : c'était la fille de Grace, il l'avait vue l'autre jour dans la salle de rédaction. Elle ressemblait beaucoup à sa maman, même si les gènes du père n'étaient pas absents…

— Elle a beaucoup plus d'influence que vous ne l'imaginez, répondit B.J.

*

Quand le journaliste pria Frank et Jeanne de lui préciser l'orthographe de leurs noms, au cas où la séquence serait retenue, Lucy commença à s'ennuyer ferme ; et lorsque les adultes s'absorbent dans leurs affaires, les enfants n'ont aucun mal à leur fausser compagnie.

129

— On ne pourrait pas rentrer, Elsa ? J'en ai assez.

— Mais je préside la soirée, Oliver ! Je suis obligée de rester jusqu'à la fin.

— Dans ce cas, reprit-il fermement, je m'en vais. Je te renverrai la voiture.

Elsa fixait des yeux le visage tendu de l'homme qu'elle aimait. Il s'était montré courageux en acceptant de venir. Elle ne pouvait pas le laisser tomber.

— Non, chéri, dit-elle. Ne fais pas cela. Je vais partir avec toi. Donne-moi quelques minutes. Va m'attendre à la voiture. Je dis au revoir et j'arrive.

130

L'inspecteur Manzorella engueula la standardiste pour ne pas lui avoir communiqué plus tôt le message de Grace Callahan. En route pour regagner les Ormes, il composa le numéro du beeper. Si cette femme était réellement en possession d'un indice, il n'était pas question d'attendre le lendemain pour lui parler.

131

La soirée touchait à sa fin. Grace regardait les groupes d'invités descendre vers la maison, puis regagner les voitures. B.J. réglait quelques ultimes détails avec les techniciens du camion satellite. Lauren était plongée dans une conversation avec un séduisant convive appartenant à l'espèce masculine.

Grace faisait demi-tour pour se mettre en quête de sa fille quand son beeper sonna. Elle prit l'appareil. L'écran afficha un numéro. Comme elle avait gardé le téléphone de B.J., elle l'ouvrit et composa le numéro en question.

— Manzorella, dit une voix grave.

— Ah, c'est vous, inspecteur. Formidable.

— Qu'est-ce qui se passe ? La standardiste m'a transmis votre message. Une photo ancienne, c'est ça ?

— Prise au Country Club le soir où Charlotte Sloane a disparu. Je l'ai comparée avec une vidéo tournée à la soirée de bienfaisance. Je pense qu'en jouant sur les deux éléments, on devrait parvenir à identifier le meurtrier de Charlotte.

— Où êtes-vous ? reprit-il d'un ton pressé.

— Toujours aux Ormes. En haut. Près de l'entrée de service.

— Je serai là dans quelques minutes, Grace. Ne bougez pas.

132

Incroyable, la désinvolture avec laquelle les gens se servaient de leur téléphone portable ! Ils n'hésitaient pas à avoir des conversations privées dans des lieux publics où l'on pouvait tout entendre. Sans en perdre une miette !

Mickey se trouvait près du dais couvert de branchages sous lequel on passait pour gagner l'entrée de service. Ce soir, il avait triomphé. Le Bal bleu resterait dans les mémoires comme un succès. Plusieurs invités lui avaient demandé sa carte. On lui avait présenté des compliments. On l'avait interrogé sur ses disponibilités dans les semaines à venir. Elsa Gravell était si contente qu'elle le retenait déjà pour l'année prochaine.

Bref, il aurait dû se sentir sur un nuage. Or ce n'était pas le cas. Il était déprimé. Son histoire avec Charlotte Sloane le tourmentait toujours. Il n'arrivait pas à ne plus y penser.

Le grand succès de la soirée avait pour lui un goût amer.

133

Quelque chose ne tournait pas rond

Alors qu'elle attendait l'inspecteur Manzorella, Grace avait aperçu Frank et Jeanne. Ils traversaient la pelouse. Et Lucy n'était pas avec eux.

Elle les rattrapa.

— Frank ! Où est Lucy ?

Son ex-mari était embarrassé.

— Elle n'est pas avec toi ? Je croyais qu'elle était allée te retrouver…

— Mais non ! Bon Dieu, Frank… Tu devais la surveiller !

Elle l'aurait giflé !

*

— Un problème ?

C'était l'inspecteur, essoufflé et faisant l'effort de n'en rien laisser paraître. Il avait dû courir depuis le parking. Grace fut soulagée de le voir.

— Ma fille a disparu.

— *Notre* fille, rectifia Frank.

Et, s'adressant à son ex-épouse :

— Arrête donc de dramatiser. Lucy n'a pas disparu. Elle est là, quelque part, sûrement en train d'explorer les lieux.

— Je l'espère pour toi, Frank, répliqua Grace en maîtrisant comme elle pouvait un accès de rage intérieure. Si jamais…

Sa voix dérapa. Grace ne put formuler le genre de malheur auquel elle pensait.

Inutile de perdre du temps à se chamailler.

Il fallait retrouver Lucy.

*

Ayant enrôlé B.J., et même Lauren, ils se déployèrent pour fouiller la propriété. Grace écoutait son instinct, et son instinct lui disait qu'il fallait chercher du côté de la maison. Lucy était forcément curieuse de visiter une demeure de ce genre. Le tunnel aussi l'attirait. En même temps, le domaine était vaste, semé de plantations généreuses et d'endroits où se cacher. Dans le pire des scénarios, il offrait à un assassin mille recoins où dissimuler le corps d'une enfant.

Autrement dit, il fallait passer la propriété au peigne fin. Ce qui exigeait des renforts.

L'inspecteur Manzorella semblait avoir deviné les pensées de Grace. Elle fut rassurée de voir qu'il prenait la situation en main et distribuait les tâches avec efficacité, en expliquant à chacun où porter son attention.

— Je vais demander qu'on nous envoie du monde, dit-il. Ne vous en faites pas. Nous allons retrouver votre fille.

*

Elle les entendait crier son prénom.

D'un coup d'œil jeté par-dessus le balcon du troisième étage, elle les vit qui se répandaient aux quatre coins du domaine, et fouillaient activement les buissons qui bordaient la pelouse.

— Lucy ! Lucy !

C'était la voix de son père.

Bon sang. Elle s'était fourrée dans un sacré pétrin. Tout ça parce qu'elle avait eu envie de voir à quoi ressemblait la maison ! Ensuite, elle s'était amusée comme une folle à grimper dans les étages et à glisser son nez dans toutes les chambres en faisant comme si elle était chez elle, comme si elle était la fille de parents richissimes, comme si elle avait plein de domestiques à son service pour lui faire son lit et tout ce qu'elle voulait.

Jamais elle n'aurait imaginé que l'affaire prendrait cette tournure.

Maman va être dans tous ses états.

On lui avait demandé de rester avec son père, et elle avait désobéi. Maintenant, le mieux était sans doute de rester cachée : ainsi, quand on la retrouverait, le soulagement l'emporterait sur la colère.

Lucy s'accroupit derrière la barrière et décida d'attendre.

134

Quelqu'un pénétra dans la maison après Grace, en prenant soin de garder avec elle une distance de sécurité. Dans la cuisine, les couteaux du restaurateur reposaient sur une table, prêts à l'usage.

*

Grace s'avança dans la vaste buanderie. Ses talons claquaient sur le carrelage. Elle serrait son sac entre ses mains, dans l'espoir d'entendre résonner son beeper, et d'apprendre que l'on avait retrouvé Lucy. Au fond de la salle, elle découvrit un escalier qui descendait vers la chaudière. Elle s'arrêta. Elle avait senti un mouvement dans son dos. Elle jeta un coup d'œil par-dessus son épaule. Personne.

Ses chaussures neuves la torturaient. Elle commençait à avoir des ampoules. Elle décida de les enlever. Elle descendit les marches pieds nus, et gagna directement l'entrée du tunnel. Le wagonnet qui servait jadis à transporter le charbon était toujours là, et le souterrain était toujours éclairé par d'avares ampoules suspendues aux murs de brique.

— Lucy ! Lucy !

Pas de réponse. Grace sentit son cœur s'effondrer. Elle avait caressé l'espoir que sa fille serait ici.

Mon Dieu, faites qu'il ne lui soit rien arrivé.

Accablée, elle fit demi-tour. Elle remonta l'escalier.

Mais en haut des marches, une silhouette menaçante lui bloquait le passage.

*

Frank était maintenant gagné par l'inquiétude. Il n'osait penser à ce qu'il adviendrait s'il était arrivé un malheur à sa fille.

Mais Lucy n'était-elle pas tout simplement allée dormir dans la voiture sur le parking ? Il jugea que cela valait la peine de s'en assurer.

Il descendit en courant l'allée de gravier. Au passage, il remarqua la présence d'une voiture sombre équipée d'une plaque personnalisée, mais n'y prêta pas attention. SEANNA.

*

— Mon Dieu, inspecteur… Vous m'avez fait peur.

Grace avait encore la main sur son cœur battant.

— Vous avez trouvé quelque chose ?

Il commença à descendre les marches sans lâcher la balustrade.

— Non, répondit Grace. Elle n'est pas là.

Pourquoi continuait-il à descendre ? Pourquoi ne faisait-il pas demi-tour ? Il fallait continuer les recherches. Retrouver Lucy…

— J'ai vraiment besoin de cette photo, Grace.

— Bien sûr. Je vais vous la donner. Sans problème. Mais on ne va pas interrompre les recherches pour ça. Retrouvons d'abord Lucy. Après, je vous ferai part de mes conclusions…

Il ne voyait donc pas où était la priorité ? Il ne comprenait pas qu'elle ne pourrait se concentrer sur rien d'autre tant que sa fille n'aurait pas été retrouvée ?

— Donnez-la-moi, Grace. Donnez-la-moi tout de suite.

Un tel éclat de rage furieuse brillait dans le regard de l'inspecteur que Grace en fut pétrifiée.

*

Tôt ou tard, il faudrait bien se montrer !

Lucy quitta sa cachette. Elle retourna dans la maison. Elle dégringola les volées de marches. Elle traversa la cuisine et sortit par l'entrée de service. Elle prit une grande inspiration.

*

— Vous n'avez pas demandé de renforts, n'est-ce pas ? murmura Grace.

Manzorella venait de faire passer son couteau de la main gauche à la main droite.

Il avança d'un pas. Grace s'adossa au wagonnet et essaya de crier. Mais l'inspecteur lui couvrit la bouche, et approcha la lame de son cou.

— Vous n'auriez pas dû vous mêler de ça, Grace.

Il la bâillonnait avec sa paume. Il tenait absolument à découvrir ce qu'elle avait appris ; il fallait qu'il sache s'il courait le moindre risque d'être percé à jour une fois qu'il aurait éliminé cette femme.

— Je vais retirer ma main, dit-il. Mais essayez de crier, et je vous tranche la gorge.

Grace approuva d'un signe, en roulant des yeux exorbités.

— Maintenant, dites-moi ce que vous savez.

Si je lui dis tout, il me tuera. Si je refuse de parler, il me tuera aussi. Seule solution : gagner du temps.

— Je sais pour les boucles d'oreilles en forme de cadran solaire, dit-elle. Je sais que la police en a trouvé une dans la robe de Charlotte.

Elle s'abstint de lui dire que l'autre était en possession de Rusty ; inutile d'attirer des ennuis au tatoueur.

— Bien, grommela Manzorella. Ce n'est pas méchant. Quoi d'autre ?

— J'ai aussi lu ce que Charlotte avait écrit avant de mourir dans son journal intime…

Là, Manzorella fut impressionné.

— Où avez-vous trouvé ce journal ?

— Quelqu'un me l'a donné.

— Qui ?

— La même personne qui m'a donné la photo. Vous voyez, inspecteur, je ne suis pas la seule à pouvoir reconstituer le puzzle. Vous feriez mieux de me laisser tranquille…

— Vous me faites rire, Grace. Alors comme ça Izzie O'Malley a fini par la sortir, sa sacrée photo. Elle et son mari l'ont cachée pendant des années. Ils craignaient que le portefeuille ne refasse surface. Ce portefeuille qui les aurait désignés comme coupables. Mais ce n'est pas un problème. Je m'occuperai d'Izzie. Quant au journal, ce n'est pas bien grave non plus. Je l'ai lu et relu. Charlotte en a écrit les dernières lignes avant que j'aille la rejoindre à Shepherd's Point. Rien qui me désigne comme étant l'assassin…

— Pourquoi l'avez-vous tuée ?

Il pouvait lui répondre, puisqu'elle ne parlerait plus.

— Je n'avais pas l'intention de la tuer. Je l'aimais. Et je savais que nous aurions pu vivre heureux ensemble dans un monde régi par autre chose que le rang social et la fortune.

— C'est notre monde, inspecteur.

— Charlotte pensait comme vous. Et c'est là qu'était le problème. Elle ne voulait même pas envisager de quitter son mari. Cet homme qui la trompait. Dont elle ne pouvait douter de l'infidélité puisqu'elle en avait la preuve ! J'avais vu ce qui se passait au Country Club. Oliver en train de caresser Elsa Gravell, à l'insu de Charlotte, croyaient-ils tous les deux. J'ai pensé que je tenais ma chance. J'ai téléphoné à Seaview : personne ne décrochait. Alors j'ai appelé Shepherd's Point. Et j'y suis allé après mon service. Il fallait que je dise à Charlotte que je l'aimais, que je l'aimerais toujours. Je l'ai implorée de quitter Oliver pour moi. Elle m'a repoussé avec mépris. Alors je l'ai frappée. C'est aussi simple que ça.

L'inspecteur releva les yeux.

Grace sentit le froid de la lame sur son cou, et pria pour qu'il ne frappe pas une nouvelle fois.

— Mais Maud… Pourquoi ?

— J'ai surpris votre conversation chez les Vickers. Maud s'approchait un peu trop de la vérité. Elle allait finir par se rappeler qu'elle m'avait vu au portail de Shepherd's Point. Je ne voulais pas courir ce risque…

— Après, vous avez appris que Sam allait dire ce qu'il avait vu. Et vous avez essayé de vous débarrasser de lui aussi.

— Exact. C'est alors que cette idiote de Zoé Quigley a mis les pieds dans le plat. Elle devait disparaître également. Les dominos, Grace. Les dominos : votre propre expression.

— Et la plaque de votre voiture ?

— Zoé était la seule à savoir. À part vous et moi.

Grace savait où conduisait tout cela. Manzorella était en train de s'assurer qu'elle ne partirait pas en laissant traîner derrière elle des indices susceptibles de le compromettre. Quand il aurait fini de la cuisiner, il la tuerait.

*

Autour de Lucy, c'était le soulagement. On écoutait la fillette donner son explication de ce qui était arrivé. Elle avait eu peur de se faire gronder : et personne ne songeait à le faire.

— Où est ma maman ? demanda-t-elle.

Elle savait qu'il ne lui restait plus qu'à affronter le verdict de Grace.

— Bonne question, répondit B.J. Elle est sûrement à l'intérieur. Elle te cherche. On va l'appeler sur son beeper.

B.J. composa le message suivant : « Lucy retrouvée. Tout va bien. Entrée de service. »

*

Le beeper sonnait au fond de son sac.

— Encore une chose, dit-elle en se cramponnant au fol espoir de s'en sortir, le mouchoir de soie jaune... Je sais qu'on l'a retrouvé aussi dans la robe de Charlotte...

— Ah, oui... Ça, c'est un problème.

Manzorella hochait la tête.

— Je n'ai pas pu le faire disparaître. Il avait déjà été enregistré. Si je l'avais subtilisé, j'aurais risqué d'attirer l'attention sur moi.

— Il y a votre ADN dessus.

— Exact. Mais qui songerait à me soupçonner, à me faire un prélèvement ?

Grace essayait désespérément de trouver autre chose – un détail susceptible d'introduire un doute dans l'esprit de l'inspecteur.

— On vous voit porter ce mouchoir sur la vidéo, dit-elle.

Elle mentait en essayant de n'en rien laisser paraître. Manzorella eut un petit rire.

— La pochette ? On ne la voit pas sur la vidéo, si ?

Il s'empressa d'ajouter :

— Peu importe, de toute façon. Même si c'est le cas, il est hautement improbable que ça intéresse quelqu'un... Non, le seul danger, c'est la photo. Il fallait que je sois devenu fou, ce soir-là, pour la laisser tomber sur le corps de Charlotte. J'aurais dû la détruire. Il y a mes empreintes dessus. Et les empreintes, Grace, ça tient des années sur ce genre de support...

Il plissait les yeux avec une expression menaçante.

— Alors donnez-la-moi. Soyez gentille. Lâchez ce sac.

*

Où Grace était-elle passée ?

Il lui avait laissé un message ; elle aurait dû accourir tout de suite.

Il devait y avoir un problème. Et il fallait que ce soit un gros problème pour que Grace ne se précipite pas auprès de sa fille retrouvée.

B.J. pénétra dans la maison en toute hâte. Il avait toujours sa caméra à l'épaule. Il cria :

— Grace !

Frank lui emboîta le pas avec mauvaise humeur.

*

Grace, d'un seul mouvement, se détacha de l'inspecteur, lui jeta son sac à la figure et se réfugia derrière le wagonnet. Elle songea brièvement à s'enfoncer dans le tunnel pour rejoindre à l'autre extrémité la trappe donnant sur la rue. Mais elle se rappelait ce qu'avait dit le professeur Cox : l'entrée extérieure du tunnel était verrouillée. Impossible de fuir par là.

Mais peut-être arriverait-elle à déclencher l'alarme…

Grace s'enfonça dans le souterrain dont le sol était froid sous ses pieds nus. Elle entendit Manzorella se lancer à ses trousses.

Ayant atteint le bout de la galerie, elle leva les yeux vers la trappe. Elle ne pourrait l'atteindre. Elle jeta autour d'elle des regards désespérés, en quête d'un objet qui puisse lui servir. Le manche d'une pelle dépassait d'un tas de charbon – mise en scène pour l'agrément des touristes qui visitaient le tunnel. Grace s'empara de la pelle, la souleva au-dessus de sa tête et commença à frapper la trappe de fer à double battant.

*

B.J. et Frank pénétraient dans la salle de réception quand l'alarme retentit.

— Ça vient d'en bas ! cria B.J.

Il se remit à courir.

*

Grace sentit la lame s'enfoncer dans son dos. Elle mobilisa toute son énergie pour pivoter sur elle-même. De nouveau elle faisait face à son agresseur. Elle fit tournoyer sa pelle qui heurta Manzorella à la tête. Tous deux s'écroulèrent sur le sol. L'inspecteur avait perdu connaissance.

Grace, qui saignait, surveilla le corps inerte de Manzorella pendant un temps qui lui parut une éternité. Puis elle entendit des voix venues du tunnel. On l'appelait.

Elle accepta de perdre connaissance à son tour.

Épilogue

Elle sentit le contact des lèvres sur son front. Elle souleva doucement les paupières. Des yeux bruns l'observaient avec intensité. Le regard de B.J.

— Quelle heure est-il ? murmura-t-elle, encore étourdie.

Ils avaient dû lui administrer des calmants.

— Bientôt 7 heures, répondit B.J. en lui prenant la main.

— Du soir ?

— Du matin.

Elle occupait un lit d'hôpital. En essayant de s'asseoir, elle réveilla brutalement la douleur dans son dos et les souvenirs qui s'y attachaient. L'inspecteur Manzorella. Le couteau. C'est par erreur qu'elle avait concentré toute son attention sur Oliver et Elsa.

— Doucement, reprit B.J. en l'aidant à se dresser dans le lit. Tu vas bientôt aller mieux, mais fais doucement. Tu as eu de la chance, Grace. Aucun organe vital n'a été touché. Ils disent que tu devrais sortir ce soir. Demain au plus tard.

Grace baissa les yeux vers la chemise froissée de B.J. – celle qu'il portait à la soirée du Bal bleu.

— Où as-tu passé la nuit ? dit-elle.

— Ma foi… Crois-moi si tu veux, mais Linus a confié à quelqu'un d'autre le soin de finir l'enregistrement de Lauren pour la séquence sur le Bal bleu. Il voulait que je reste auprès de toi.

— C'était gentil de sa part.

Elle ajouta :

— Peut-être qu'il a un cœur, en définitive.

— Peut-être. Ou alors il redoute un procès.

Il lui souriait tendrement.

— Je suis heureux que tu ailles bien, Grace. J'ai déjà perdu quelqu'un que j'adorais, et je ne sais pas si je supporterais de revivre l'expérience.

Grace l'interrogea du regard. Il reprit :

— C'est une longue histoire, chérie. Je te raconterai. Nous aurons bientôt du temps devant nous. Assez de temps pour parler de mon passé, et de tout ce que tu voudras.

Il se pencha et lui embrassa les lèvres.

Grace ferma les yeux. Elle l'embrassa à son tour.

Et cette fois, elle ne songea pas à sa blessure.

*

— Lucy… Il faut que j'appelle Lucy.

Elle essayait d'atteindre le téléphone à côté du lit. Soudain la panique s'était emparée d'elle. Quelle affreuse mère elle faisait ! Elle pensait à son nouvel amour avant même de se soucier de sa fille !

— Lucy va bien, Grace. Elle est avec Frank. Ils vont venir tout à l'heure.

De nouveau elle parut interloquée.

— Tu connais Frank ? Je ne t'ai jamais parlé de lui.

— J'ai mes sources, dit-il avec un large sourire.

Il consulta sa montre.

— Tu veux regarder l'émission ?

— Oui.

Avec précaution, elle se cala contre l'oreiller.

*

Constance et Harry ouvrirent l'émission du vendredi en direct des Ormes – non de la pelouse, comme prévu, mais de l'intérieur du tunnel.

— Il semble qu'après quatorze ans de mystère, un crime vienne d'être élucidé ici même, annonça Constance. L'affaire, commencée dans un tunnel, s'achève aussi dans un tunnel, ce souterrain dans lequel nous nous trouvons, sous le domaine des Ormes, une des demeures les plus renommées de Newport.

Tout en écoutant Constance relater les événements, Grace s'émerveilla de l'étonnante vidéo qui passait à l'écran. L'image était sombre, tremblante : le cameraman avait filmé en courant dans la galerie.

— Une exclusivité Key News, poursuivait Constance.

Il y eut un zoom sur le bout du tunnel. Deux silhouettes gisaient à même le sol. Grace frissonna quand elle se reconnut, allongée auprès de l'assassin.

— L'inspecteur Albert Manzorella, quarante-deux ans, a été transporté à l'hôpital après avoir été blessé au cours d'une lutte avec notre collègue Grace Callahan. Tôt ce matin, Manzorella a avoué les meurtres de Charlotte Wagstaff Sloane, de sa fille Maud et de Zoé Quigley, une jeune stagiaire de Key News. Il a également reconnu être l'auteur de l'agression commise à l'encontre de Sam Watkins, qui se remet actuellement de ses blessures à l'hôpital de Newport…

— Dieu soit loué, murmura Grace.

Mais elle ressentit un malaise à l'idée que le criminel se trouvait dans une chambre voisine.

B.J. se détourna de l'écran et reprit :

— Tu as entendu ? Constance a dit « notre collègue »… Tu as décroché le poste, ma chérie !

*

Le téléphone sonna presque tout de suite après les infos. C'était son père, au bord de la panique.

— Je vais bien, papa. Tu n'as aucun souci à te faire.

— Je saute dans ma voiture et j'arrive…

— Mais il n'y a pas de raison !

— Je serai à Newport pour l'heure du déjeuner.

Grace raccrocha le combiné. Elle avait eu beau protester, elle n'était pas fâchée d'avoir tout à l'heure son père auprès d'elle. Et maintenant qu'elle disposait d'un moyen de pression sur Frank, elle arriverait peut-être à récupérer sa fille plus tôt que prévu. Alors ils rentreraient tous ensemble dans le New Jersey – avec B.J. s'il voulait bien.

*

Pendant que B.J. descendait à la cafétéria leur chercher quelque chose de bon à manger, une interne vint examiner la patiente. C'était confirmé : Grace sortirait le jour même, et n'aurait plus qu'à se faire suivre par son propre médecin.

Une infirmière entra à son tour. Elle apportait un peigne, des serviettes de toilette, une brosse à dents. Grace, d'un pas mal assuré, prit la direction de la petite salle de bains. Quand elle en ressortit, elle trouva Oliver Sloane dans la chambre, assis dans un fauteuil, un bouquet de roses jaunes sur les genoux. Il se leva aussitôt.

— Oh, Grace… Dieu soit loué, vous allez bien.

Grace répondit d'un sourire. Cet homme venu lui rendre visite avait traversé tant d'épreuves, et tant perdu tout au long de sa vie !

— Oui, je vais bien, monsieur Sloane. Les médecins ne sont pas inquiets.

— Je tenais à vous remercier, Grace. Pour tout ce que vous avez fait. Sans vous, Manzorella s'en serait tiré.

— Je ne sais pas, dit-elle. La police aurait peut-être fini par découvrir la vérité, tôt ou tard.

Oliver fit la grimace.

— Peut-être, ou peut-être pas. Ils n'ont pas réussi à découvrir grand-chose en quatorze ans. Pourquoi auraient-ils fait mieux désormais ?

Il ne cherchait pas à dissimuler son amertume.

Grace avait pitié de lui. Il avait perdu son épouse et sa fille. L'assassin était un rival qui avait essayé de lui prendre sa femme. À lui qui était infidèle. Tandis que

Charlotte faisait tout ce qu'elle pouvait pour sauver leur mariage… Oliver allait devoir vivre maintenant avec sur le cœur le poids de la culpabilité.

Il lui tendit les fleurs. Elle le remercia. Il s'apprêtait à sortir quand elle le retint :

— Il y a quelque chose que j'hésitais à vous dire… Mais je crois qu'il faut que vous le sachiez… Le presse-papier en ivoire…

— Oui ?

— C'est un faux, monsieur Sloane.

— Je ne comprends pas.

— Je l'ai soumis à un test. C'est du plastique.

— Comment est-ce possible ? Je l'ai acheté chez Kyle Seaton… Kyle a une excellente réputation.

— Je ne sais pas, monsieur Sloane. Mais à votre place, je ferais tester toute votre collection.

*

Le personnel de l'hôpital autorisa la petite Lucy à venir voir sa mère. Au début, la fillette adopta une attitude solennelle et craintive. Mais elle ne tarda pas à se détendre : sa maman allait bien, et c'était rassurant. Elle était dans la chambre depuis moins d'un quart d'heure qu'elle s'emparait déjà de la télécommande pour zapper sur les chaînes, en quête de sa série préférée.

— Tu aimes « Law & Order » ? voulut savoir B.J.

— J'adore « Law & Order ».

— Moi aussi.

Lucy posa sur lui un regard chargé d'intérêt, l'air de songer qu'il gagnait peut-être à être connu, finalement.

Elle allait y réfléchir. En tout cas, ce dont elle était sûre, c'est que sa mère n'avait pas du tout l'air d'une malade, bien qu'elle fût dans un lit d'hôpital.

En fait, elle avait l'air heureuse, sa maman. Parfaitement heureuse.

Mary Jane Clark
dans Le Livre de Poche

Nul ne saura n° 37181

Alors qu'il arpente la plage de Sarasota, en Floride, avec son détecteur de métaux, Vincent, onze ans, fait une découverte macabre : sous un lit d'algues gît une main ornée d'un rubis. S'il prévient aussitôt les autorités, il se garde bien de leur remettre son « trésor », dont il espère tirer un bon prix… Lui et ses proches deviennent dès lors la cible d'un homme prêt à tout pour récupérer la bague. Cassie Sheridan, ex-chroniqueuse vedette de Key News dépêchée sur place pour rendre compte de la progression d'un cyclone, pressent qu'elle tient là un scoop – et une chance de remettre sa carrière sur les rails. Mais Cassie ignore qu'elle va bientôt être rattrapée par de mauvais souvenirs.

Nulle part où aller n° 37205

Le chroniqueur littéraire de l'émission d'information matinale de la chaîne Key News a été assassiné. Il projetait de publier un brûlot dénonçant les pratiques de ses confrères. Elle-même journaliste, Annabelle Murphy a eu connaissance du manuscrit. Elle est la nouvelle cible du tueur. À qui se fier ? Tous les collègues d'Annabelle sont suspects à ses yeux. Elle en est certaine : le meurtrier appartient bien à Key News, et il l'épie… Rebondissements, morts violentes, empoisonnements… Mary Jane Clark s'inspire des lettres piégées à l'anthrax, qui avaient semé la panique aux États-Unis après les attentats du 11 septembre 2001, dans ce sixième thriller, son meilleur à ce jour selon *Kirkus Review*.

Puis-je vous dire un secret ? n° 17201

Un présentateur vedette du journal télévisé qui se suicide sans raison apparente… Une future « First Lady » impliquée dans une relation inavouable… Une jeune journaliste qui ne se console pas de la mort de son mari… Et un tueur insaisissable. Autant de personnages pris dans l'engrenage du secret et du mensonge, sur fond de chasse au scoop et de campagne électorale. Autant d'ambitions contrariées, de trahisons, de rivalités. Autant de raisons de basculer dans la vengeance et le meurtre.

Si près de vous n° 37082

Chaque soir, Elisa Blake, présentatrice vedette de la chaîne Key News, captive des millions de téléspectateurs. Qui deviennent autant de suspects lorsqu'un mystérieux correspondant entreprend de lui adresser message sur message, disséquant ce qu'elle dit à l'antenne et commentant sa tenue vestimentaire. Mais les lettres, de plus en plus menaçantes pour elle et pour sa petite fille de cinq ans, évoquent bientôt les moindres faits et gestes de sa vie. En sorte que le coupable pourrait bien se trouver près d'elle, tout près d'elle… Exposée à tous, Elisa va devoir affronter un ennemi invisible. Le même, peut-être, qui, cinq ans plus tôt, s'est attaqué à une autre journaliste, dont le sort n'a jamais été éclairci.

Vous ne devinerez jamais ! n° 37032

C'est le grand soir. Deux adolescents franchissent les grilles du parc d'attractions. Le responsable de la grande roue leur a promis, à la fermeture, un tour gratuit. Ils s'installent, ferment les yeux. Quand la grande roue redescend, la place de l'un des enfants est vide… Trente ans plus tard, la présentatrice vedette de Key News, qui s'apprêtait à diffuser un reportage sur l'affaire, fait une chute mortelle. Pour Laura Walsh, qui réalise les notices nécrologiques de l'émission, il existe forcément un lien entre les victimes. Elle va tout mettre en œuvre pour le découvrir. Mais qui sait si, dans l'ombre, sa propre « nécro » n'est pas en train de s'écrire…

Vous promettez de ne rien dire ? n° 17252

Dans la salle des ventes de Churchill's, la tension est à son comble : l'un des plus célèbres bijoux de la collection Fabergé, l'« Œuf de lune », que l'on croyait disparu avec la famille impériale russe, est mis aux enchères. Toute la presse va annoncer le chiffre record de cette vente : six millions de dollars. Ce que tout le monde ignore, c'est que cette pièce exceptionnelle pourrait bien être un faux. Seul Peter, le fils de l'antiquaire Pat Devereaux, a d'excellentes raisons de le penser. Et il confie ses doutes à Faye, la journaliste vedette de Key News. Au même moment, un artisan russe du quartier de Little Odessa est sauvagement assassiné. Et la vieille Olga, dont le père a jadis fui la Russie révolutionnaire, manque de périr dans l'incendie de sa maison…

Du même auteur
aux éditions de l'Archipel :

Morts en coulisses, 2009.

Danse pour moi, 2008.

Cache-toi si tu peux, 2007.

Nulle part où aller, 2006.

Nul ne saura, 2005.

Si près de vous, 2003.

Vous ne devinerez jamais ! 2001.

Vous promettez de ne rien dire ? 2000.

Puis-je vous dire un secret ? 1999.

Composition réalisée par Chesteroc Ltd

Achevé d'imprimer en octobre 2009, en France sur Presse Offset par
Maury-Imprimeur - 45330 Malesherbes
N° d'imprimeur : 149198
Dépôt légal 1re publication : février 2008
Édition 02 - octobre 2009
LIBRAIRIE GÉNÉRALE FRANÇAISE - 31, rue de Fleurus - 75278 Paris Cedex 06

31/2078/9